Sandra Rehle

# Hochzeitsglück

# auf

# Gracewood Hall

## Das Buch

Monatelang hat Mindy Miller ihre Hochzeit mit dem attraktiven und reichen Andrew Crawfield bis ins letzte Detail geplant. Doch ein Aufenthalt in den Schweizer Bergen stellt alles auf den Kopf.

Dort stellt sich für Mindy die Frage, nach welchen Vorstellungen möchte sie ihr Leben gestalten? Was ist für sie wirklich wichtig? Und was wird Andrew zu all diesen Fragen sagen?

Wird es ihnen gelingen, ihre Traumhochzeit zu retten?

## Die Autorin

 Die Liebe zu Büchern zieht sich wie ein roter Faden durch das Leben von Sandra Rehle. Daher war es ganz natürlich, dass sie alles über Bücher und Geschichten lernen wollte. Nach vielen Jahren als Verlagskauffrau und Historikerin ist es jetzt an der Zeit eigene Romane zu schreiben.
"Hochzeitsglück auf Gracewood Hall" ist der vierte Band ihrer Gracewood Hall"-Reihe. Alle Teile können unabhängig voneinander gelesen werden.
Sie lebt und liebt mit ihrem Mann und ihren zwei Kindern im schönen Hamburg.

Sandra Rehle

# Hochzeitsglück

## auf

# Gracewood Hall

**Bibliographische Information der Deutschen Nationalbibliothek:**
Die Deutsche Nationalbibliothek verzeichnet diese Publikation in der Deutschen Nationalbibliographie; detaillierte bibliographische Daten sind im Internet unter dnb.dnb.de abrufbar.

© 2019 Sandra Rehle, Hamburg
info@sandrarehle.de
Herstellung und Verlag: BoD - Books on Demand, Norderstedt
Covergestaltung: Sandra Rehle, Hamburg
Covermotiv: © Shutterstock.de
ISBN: 9783751923286

# Prolog

Es war ein herrlicher Sommertag, die Sonne schien, ein laues Lüftchen bewegte die ausladenden Baumkronen am Rande der großen Rasenfläche von Gracewood Hall sachte hin und her. Das klassizistische Herrenhaus strahlte eine ruhige Erhabenheit aus und bildete die perfekte Kulisse für die Menschen, die sich überall tummelten. Aus der Ferne betrachtet wirkten sie in ihren hellen Anzügen und herrlichen Kleidern wie dahin getupfte Pusteblumen.

Aber als die Band die ersten Takte zu spielen begann und der Bassist mit seiner samtigen Stimme einsetzte, hatten alle nur Augen für das Paar, das sich jetzt auf der eigens gebauten Tanzfläche zusammenfand.

„Wise men say, only fools rush in…"

Die Braut sah zauberhaft aus in ihrem spitzenbesetzten Kleid mit dem lila Satinband, welches um die schmale Taille gebunden war. Ihr Haar hatte sie kunstvoll aufstecken lassen, den langen Schleier mittlerweile abgelegt. Strahlend und voller Vertrauen legte sie ihre Hand in die ihres frischangetrauten Ehemanns, in dessen Augen man selbst aus der Entfernung den Stolz und die Liebe sehen konnte.

„Ach Junge, das hast du gut hinbekommen", schniefte Mrs. Cuthbert[1] und tätschelte Nigel an der Schulter, der neben ihr stand. Gemeinsam gönnten sie sich eine Minute Pause von der Arbeit in der Küche und sahen dem ersten Tanz vom Küchenfenster aus zu.

„Ja", seufzte auch die sonst eher nüchterne Annie. „Es ist wie ein Märchen!"

---

[1] Am Ende des Buches befindet sich ein Personenverzeichnis.

„Besser hätte es sich Jane Austen auch nicht ausmalen können. Sie ist jung und hübsch, er reich und stattlich...", bemerkte Arthur mit einer kaum wahrnehmbaren Ironie.

„Ich freue mich wirklich sehr, dass euch die Feier und auch das Paar gefallen, aber das war ich nicht allein!", bemerkte Nigel. „Und darf ich euch daran erinnern, wie..."

„...groß der Anteil von Mrs. Cuthberts Kuchen an der Planung war?!", unterbrach ihn Arthur und strich liebevoll über Nigels rundes Bäuchlein, dass er sich in den letzten Monaten angefuttert hatte.

Nigel schnappte nach Luft und trat automatisch einen Schritt zur Seite. Bevor er allerdings etwas erwidern konnte, bemerkte Mrs. Cuthbert energisch: „Wir erinnern uns alle sehr gut. Deswegen genießen wir diesen wundervollen Tag umso mehr!" Sie zog Arthur vom Fenster weg und schob ihn Richtung Tür. „Jetzt geh und steh den Kellnern nicht im Weg."

„Ich gehe ja schon. Ich muss sowieso noch Abrechnungen machen", gab Arthur zu und lief mit schnellen Schritten durch die Halle und die Treppe hoch. Dabei fiel ihm ein, dass er noch Unterlagen aus Nigels Arbeitszimmer brauchte. Oben angekommen, die Türklinke noch in der Hand, blieb er verdutzt stehen. Max stand mit seiner Tochter Lilly im Arm am Fenster und beobachtete die Hochzeitsgesellschaft. Die Sechsjährige bemerkte ihn als Erste.

„Willst du dir auch die Braut ansehen?", fragte sie mit leuchtenden Augen.

Arthur schüttelte lächelnd den Kopf. „Nein Süße, ich wollte nur etwas holen." Er trat neben die Zwei und gab Lillys Nase einen kleinen Stups. „Außerdem habe ich schon aus dem Küchenfenster gespäht." Er schenkte ihr ein verschwörerisches Grinsen, das Lilly bereitwillig erwiderte. Dann wandte sie sich wieder dem Geschehen auf der Wiese zu.

„Liz wird auf unserer Hochzeit mindestens genauso schön aussehen, nicht wahr Dad?", erkundigte sie sich.

„Ich bin mir sicher, dass weißt du eher als ich!", gab Max munter zurück.

Lilly sah ihren Vater mit großen Augen an. „Wirklich?"

„Sicher! Sie hat mir schon verraten, dass sie sich nichts Schöneres vorstellen kann, als mit dir gemeinsam eure Kleider auszusuchen!"

„Oh! Wie schön! Das muss ich gleich Mrs. Cuthbert erzählen!", rief sie, hüpfte von seinem Arm und rannte voller Vorfreude aus dem Zimmer.

„Es ist so schön, sie so glücklich zu sehen, euch beide", bemerkte Arthur, dem Max Strahlen nicht entgangen war.

„Wie könnten wir nicht beinahe platzen vor Glück?! Du kennst doch Liz!", antwortete Max und wandte unwillkürlich seinen Blick dem Geschehen im Garten zu. Liz machte die offiziellen Hochzeitsfotos des Paares.

„Habt ihr mittlerweile einen Termin festgelegt?", erkundigte sich Arthur und verdrehte die Augen, als er Max schuldbewussten Blick sah. „Ihr Zwei!" Kopfschüttelnd, aber mit einem Lächeln auf den Lippen, verließ er den Raum.

## Ein Freitag im Juli
## Zwei Wochen zuvor

## Kapitel 1

Zum wiederholten Mal knallte ihr Kopf gegen die Kopfstütze und Melinda seufzte. Laut und deutlich, damit der Volltrottel von Fahrer auch mitbekam, was sie von ihm hielt. Wenn sie nicht bald ankämen, würde sie mehr als nur ein paar Tage Wellness brauchen, um sich in die strahlend schöne Braut zu verwandeln, die sie sich so oft in ihren Gedanken ausgemalt hatte. Wieder seufzte sie, leise diesmal. Wenn es nur schon endlich so weit wäre! Mitten in ihre Gedanken hinein piepste ihr Smartphone und das nicht nur einmal, sondern gleich fünfmal hintereinander.

Ergeben nahm sie es zur Hand, nur um im selben Moment laut „*OMG*!" zu quieken. Erschrocken bremste der Fahrer scharf und sah sich hektisch um, denn sie musste ja wohl den Bären, der seit Wochen hier in der Gegend lebte, gesehen haben. Dass sein Fahrgast beinahe aus dem Sitz flog und das trotz des Sicherheitsgurtes, bekam er gar nicht mit.

„Können Sie nicht aufpassen!", fuhr sie ihn an. Warum bremste dieser Idiot auf einer vollkommen leeren Straße? Womit hatte sie das nur verdient? Erschöpft und genervt ließ sie sich zurücksinken. Seine Entschuldigung, die er mit knallrotem Kopf und in seinem von Swytzerdütch gefärbten Englisch, von dem sie so gut wie nichts verstand, stammelte, nervte sie nur. Stattdessen widmete sie ihre Aufmerksamkeit wieder ihrem Smartphone. Ihre beste Freundin und Brautjungfer Candice hatte ihr Bilder geschickt, so wie sie es seit Monaten tat. Melinda zoomte sie beinahe bis zur Unkenntlichkeit heran, als das Gerät erneut piepste. Es war eine Sprachnachricht von Candice.

„Mindy-Darling!", zwitscherte es, „Hast du die Bilder gesehen? Als ich die hier in Singapur gesehen habe, musste ich sofort an dich denken! Weiße Seidenzelte sind genau das, was du noch für deine perfekte Hochzeit brauchst. Wenn Georgina die sieht, fällt sie vor Neid tot um!" Ganz deutlich war der hämische Unterton zu hören, den Melinda nur zu gut kannte. Ihr Herz begann wie wild zu schlagen und ihre Atmung wurde flacher.

Als Candice weitersprach, troff ihre Stimme vor Spott. „Du wirst es nicht glauben, aber sie hat tatsächlich eine Cinderella-Kutsche aufgetrieben. Sie wird jetzt in einem Kürbis zur Kirche fahren! Das musst du dir mal ..." Es wurde kurz still, dann war Candice wieder zuhören. „Darling, ich muss los, Montgomery wartet auf mich." Im Hintergrund knallte eine Tür und Candice flötete noch ein „Ich liebe dich!", bevor die Nachricht abrupt endete.

Kaum war Candice Stimme verklungen, brach in Melinda Hektik aus. Sie musste sofort mit ihrem Hochzeitsplaner sprechen. Fahrig tippte sie auf ihrem Handy herum, aber es ertönte tatsächlich ein Besetztzeichen. Verdammt! Jetzt musste sie auch noch die Festnetznummer von Gracewood Hall raussuchen. Wieso telefonierte er? Sie musste wirklich augenblicklich mit Nigel sprechen, denn sie brauchte diese Zelte unbedingt!

Gerade als sie die Nummer gefunden hatte, klingelte das Handy erneut. Es war Andrew, ihr Verlobter. Mit einem Lächeln auf den Lippen gab sie sich kurz der Vorstellung hin, dass er hier wäre und sie ihren Kopf an seine starke Schulter lehnen könnte.

„Du hast es dir anders überlegt!", rief sie ins Handy und ließ deutlich ihre Freude hören.

„Babe, bist du gut angekommen? Sorry, dass ich mich jetzt erst melde. Das Meeting dauerte länger als gedacht", drang Andrews Stimme aus dem Lautsprecher.

„Kein Problem, wenn du dann hier bist, haben wir genug Zeit!", versicherte Melinda ihm und sah dabei entspannt aus dem Fenster auf die Straße, die sich mittlerweile in Serpentinen den Berg hinaufwand.

Andrew atmete tief ein. „Babe, das hatten wir doch schon. Ich kann hier wirklich nicht weg."

Melinda setzte sich auf. „Schatz, du brauchst ein paar Tage Ruhe genauso sehr wie ich, wenn nicht sogar dringender."

„Mel, Babe, ich weiß." Andrews Stimme nahm einen sanften Klang an und Melinda rann ein wohliger Schauer über den Rücken, wie immer wenn er sie Mel nannte. Außer ihm tat das keiner. Für ihre Eltern und all ihre Freunde war sie seit dem Kindergarten Mindy. Trotzdem war sie enttäuscht, sie hatte sich so sehr auf die gemeinsame Zeit gefreut. In den letzten Wochen hatten sie sich kaum gesehen. Andrew war entweder im Büro oder beim Sport, um sich von der Arbeit zu erholen und sie selbst hatte mit der Hochzeit alle Hände voll zu tun, denn ständig tauchte ein neues Problem auf, das gelöst werden musste.

„Ich wünschte, es wäre anders. Aber wir haben ja unsere Flitterwochen!", fügte er tröstend hinzu.

„Ich freu mich drauf!" Sie merkte selbst, dass sie sich kindisch benahm, aber der Frust war zu groß. Sollte das jetzt den Rest ihres gemeinsamen Lebens so gehen, dass er nie an ihrer Seite war, weil er immer irgendeine Deadline einzuhalten hatte? Sie hatte wirklich gehofft, dass er es sich anders überlegen würde.

„Mel, sei nicht sauer. Ich arbeite doch jetzt nur so viel, damit wir in den drei Wochen wirklich ungestört sind."

„Ich weiß. Ich vermisse dich nur so sehr!", seufzte sie und schaute wieder hinaus.

„Du fehlst mir auch!"

„Andrew, können wir später sprechen? Ich muss noch Nigel erreichen."

„Was ist passiert? Ich dachte, die Hochzeit sei fertig geplant?" Sie vernahm deutlich die Mischung aus Besorgnis und Anspannung in Andrews Stimme.

„Ach nur eine Kleinigkeit, Candice hat weiße Seidenzelte gesehen, die sich hervorragend auf dem Rasen machen würden", gab Melinda betont gelassen zurück, dabei spürte sie, wie sich ihr Herzschlag wieder beschleunigte. Es waren nur noch zwei Wochen bis zur Hochzeit, ihnen lief die Zeit davon.

„Mel...", wollte er einwenden, aber sie ließ ihn nicht ausreden.

„Die sind wirklich wichtig, sie werden der Feier erst den stilvollen Rahmen geben, den sie verdient hat, den wir verdient haben. Es wird sein wie in ‚der große Gatsby'. Willst du nicht auch...?"

„Ich will dich heiraten, Melinda. Weil ich mein Leben mit dir verbringen will. Ich brauche dafür weder Seidenzelte, noch eine sechsstöckige Torte mit Blattgold."

„Aber Candice...", versuchte Melinda einzuwenden, aber diesmal unterbrach Andrew sie.

„Candice hatte ihre eigene Hochzeit, Mel."

„Und genau deswegen kennt sie sich ja auch so gut aus", erwiderte sie leicht genervt. In den letzten Monaten hatten sie schon öfter darüber gesprochen. Auch Andrew seufzte. Bei ihm im Hintergrund wurde es lauter und beiden war klar, dass ihr Telefonat in den nächsten Minuten beendet sein würde.

„Babe", begann er und seine Stimme klang deutlich weicher. „Ich liebe dich. Plane die Hochzeit, wie du es willst. Wenn du glücklich bist, bin ich es auch. Egal wofür du dich entscheidest, ich bin der, der am Altar auf dich wartet."

Melindas Groll schmolz augenblicklich dahin. Gott, wie sehr sie diesen Mann liebte! Er würde sie noch in schlammigen Gummistiefeln heiraten, wenn sie das wollen würde. Nicht dass es jemals dazu käme!

„Ich liebe dich auch! Du wirst sehen, es wird fabelhaft!", versicherte sie ihm mit mehr Selbstvertrauen, als sie verspürte. Sie hatte keine Ahnung, ob es wirklich alles so werden würde, wie sie es sich vorgestellt hatte.

„Selbstverständlich wird es das!", lachte Andrew und ihr Körper vibrierte. „Schatz, erhol dich gut. Ich muss jetzt los. Ich melde mich heute Abend. Ich liebe dich, meine zukünftige Frau!"

„Ich liebe dich auch! Bis nachher! Ich...", setzte Melinda an, doch dann war das Gespräch auf einmal unterbrochen. Ungläubig stellt sie fest, dass der Empfang zusammengebrochen ist. Noch bevor sie sich darüber ärgern konnte, war er wieder da und Mindy beeilte sich Nigel anzurufen.

„Gracewood Hall, Nigel Bedford, hallo!"

„Ich brauche Seidenzelte." Wie immer hielt sich Melinda nicht mit langen Vorreden auf. Er sollte schließlich ihre Stimme erkennen. Sie hatten in den letzten Wochen wahrlich oft genug miteinander gesprochen. „Weiße. Für den Empfang auf dem Rasen."

„Ähm, Miss Miller?", fragte Nigel verwundert nach.

Sie verdrehte genervt die Augen. Was sollte die Frage? Er wird ja wohl ihre Nummer auf seinem Display gesehen haben. „Wer sonst? Jesus Christus vielleicht?!", gab sie schnippisch zurück, redete aber gleich weiter. „Ich will weiße Seidenzelte für den Empfang. Ich schicke Ihnen Bilder."

„Miss Miller, es sind nur noch zwei Wochen bis zur Hochzeit. Ich weiß nicht...", versuchte Nigel höflich einzuwenden. Aber sie hörte dennoch, dass er nicht erfreut war über ihren erneuten Anruf. Ärger stieg in ihr auf, schließlich war er der Dienstleister und sie die Kundin. Und außerdem zahlte ihr Vater ein Vermögen für diese Hochzeit, da konnte er sich ruhig ein bisschen mehr anstrengen. Bevor sie Nigel daran erinnern konnte, wurde sie auf einmal auf ihrem Sitzplatz vor und zurück geworfen, weil dieser unfähige Fahrer eine Vollbremsung hinlegen musste. Der Sicherheitsgurt tat seinen Dienst, straffte sich augenblicklich und Melinda war festgeschnürt.

„Aaah! Sind Sie eigentlich völlig unfähig?", rief sie empört aus.

„Wie bitte?", entrüstete sich Nigel.

„Nicht Sie! Er!" Melinda zeigte mit dem Finger auf den Fahrer, bevor ihr bewusst wurde, wie unsinnig diese Geste war. „Unwichtig!" Sie schüttelte kurz den Kopf, während sie hektisch an dem Gurt zerrte, in dem vergeblichen Versuch ihn zu lockern.

„Ich kenne den Termin, danke!", entgegnete sie und warf diesem *Fahranfänger* einen mörderischen Blick zu. Am liebsten würde sie ihm eins überbraten, aber leider bekam sie nicht einmal genügend Luft, um Nigel ausreichend zu antworten.

„Ich sehe sie mir sehr gern an und melde mich dann nochmal bei Ihnen", antwortete derweil Nigel, deutlich um Geduld bemüht, was ihre gereizte Stimmung nur noch verschlimmerte. „Die anderen Änderungswünsche habe ich umgesetzt. Alles läuft nach Plan. Ich habe Ihnen gerade eine Email geschickt."

Da der Gurt sich immer noch keinen Millimeter lösen ließ, schnallte Melinda sich kurzerhand ab und bekam endlich wieder ausreichend Luft.

„Großartig! Dann ist ja hoffentlich alles geklärt", erklärte sie bestimmt und beendete kurzerhand das Gespräch. Sie seufzte laut. Diese Telefonate strengten sie jedes Mal ungemein an. Wer immer behauptet hatte eine Hochzeit zu planen würde Spaß machen, hat schlichtweg gelogen.[2]

Völlig erledigt ließ sie sich zurück ins Polster sinken und schnallte sich, mit geschlossenen Augen, wieder an. Es war ihr leider nur eine kurze Pause vergönnt, denn in diesem Moment klingelte das Smartphone erneut. Melinda öffnete die Augen nur einen spaltbreit, um zu sehen, wer denn jetzt etwas von ihr wollte. Es war ihre Cousine Mabel. Ihre Mutter hatte sie gezwungen sie ebenfalls zur Brautjungfer zu machen, dabei konnte Melinda sie überhaupt nicht leiden. Wenn die mal nicht ihre Nase in irgendwelche Bücher hielt, blickte sie wie ein verwundetes Reh durch die Welt, als wüsste sie nicht, wie sie hierhergekommen war. Die ganze Familie vergötterte sie, weil sie so freundlich war und immer ein offenes Ohr für alle hatte. Insgeheim hielt Melinda das für eine besonders miese Masche von Mabel ihren Willen durchzusetzen. Auch wenn sie nicht wollte, sie musste das Gespräch annehmen. Denn wenn sie es nicht tat, würde sich Mabel bestimmt wieder bei irgendwem die Augen ausheulen und im Endeffekt wäre dann Melinda die Gelackmeierte.

„Mabel! Was für eine Überraschung! Was kann ich für dich tun?", flötete sie also in ihr Handy und zog dabei eine Grimasse.

„Mindy, wie gut, dass ich dich noch erreiche. Ich weiß ja, du bist auf dem Weg in die Schweiz. Es ist nur so, ich weiß nicht, ob du schon mit deiner Mutter gesprochen hast, ..." Mabel ließ den Satz offen, wie sie es so oft tat. Es trieb Melinda in den Wahnsinn, als wenn Mabel es nicht über sich bringen konnte, die Wahrheit auszusprechen. *So* schwer war das doch nicht!

---

[2] An dieser Stelle geht es in „Sommerfrische auf Gracewood Hall" auf Seite 9 im Taschenbuch weiter.

„Wieso? Ist was passiert?", hakte sie daher nach, immer in der Hoffnung schnell auf den Punkt zu kommen.

„Naja, so könnte man es auch nennen. Wobei, eigentlich..." Wieder verlor sich Mabels Stimme und Mindy allmählich ihre Geduld.

„Mabel, was ist los? Weswegen rufst du mich an?" Melinda begann ungeduldig mit den Fingerspitzen auf ihrem Knie zu trommeln und spürte wie sich ein diffuser Kopfschmerz in ihr breit machte und von innen auf die Augen drückte.

„Die Brautjungfernkleider sind gekommen", antwortete Mabel schließlich.

„Ja und? Das sollten sie doch! Endlich mal etwas, das geklappt hat." Kaum hatte sie es ausgesprochen, machte sich in Melinda eine seltsame Ahnung breit.

„Jaja, natürlich. Sie sind auch wunderschön! Wirklich! Es ist nur ..." Mabel holte tief Luft, wie um sich zu rüsten. Dennoch kam nur ein Flüstern raus. „Sie sind lila."

Melinda erstarrte. Was hatte ihre Cousine gesagt?!Lila? Lila?? LILA???

„Deswegen rufe ich an, ich wollte wissen, ob du dich für andere Farben entschieden hast?", sprach Mabel weiter, aber Melinda war so vor den Kopf geschlagen, dass sie Mühe hatte die Information zu verarbeiten. „Lila?", wiederholte sie tonlos und mehr für sich. Es war eine Katastrophe! Candice hasste Lila, sie hielt es für ordinär. Melinda glaubte, schon ihre Stimme zu hören. ‚Nie im Leben würde ich so etwas tragen.'

„Naja, ja. So ein wunderschönes Frühlingsflieder und ein zartes Lavendelblau", antwortete Mabel dennoch und Melinda erwachte aus ihrer Starre.

„Wie bitte? Es sind mehrere Farben? Haben etwa alle Kleider eine andere Farbe? Oder meinst du einen Farbverlauf?", hakte sie nach, doch statt einer Antwort von ihrer Cousine begann es auf einmal in der Leitung zu knarren.

„Mabel? Bist du noch dran?" Fassungslos starrte sie auf das Display. Hier war kaum Empfang. „Mabel? Hörst du mich? Schick mir ein Foto! Ja?"

„Mindy? Hallo?", knarzte es zurück.

„Ich bin dran! Ein Foto, Mabel! Schick mir ein Foto von den Kleidern!" Sie schrie beinahe, aber die Leitung war tot. Sinnlos wedelte sie damit am Autofenster rum, aber leider verabschiedete sich auch der letzte Balken auf ihrem Smartphone und mit einem wütenden „*Fuck!*" landete das nutzlose Gerät in ihrer Handtasche. Eigentlich fluchte Melinda nie. Sie war sehr stolz darauf auch in herausfordernden Situationen ihre Eloquenz behalten zu können, aber heute war ein wirklich mieser Tag. Erst der beinahe Streit mit Andrew und nun das. „*Bloody hell!*" Warum konnte bei dieser Hochzeit nicht wenigstens eine Sache so laufen wie von Anfang an geplant? Wie schwer war es bitte nougatgoldene Brautjungfern-kleider zu schneidern?

„Wir sind gleich da!", informierte sie der Fahrer mitfühlend und auf einmal stieg in ihr ein Anflug von Entsetzen auf. Sie hasste es, wenn das Personal wusste worüber sie sprach, aber anders herum sie keine Ahnung hatte, wovon sie sprachen. Vielleicht hätte sie eine russische Prinzessin werden sollen, dann würde sie niemand verstehen. Wer sprach schon russisch?! Außerdem war es ja wohl mehr als unangebracht, sie zu trösten. Schließlich hatte er seinen Teil dazu beigetragen, dass sie sich nur noch ins Bett wünschte. Bestimmt hatte sie überall blaue Flecken, so wie sie auf dieser Fahrt durchgeschüttelt worden war.

„Wurde auch Zeit", antwortete sie daher kurz und mit so viel Kälte in ihrer Stimme, dass sie sich wunderte, warum keine Eisblumen an der Scheibe erschienen. Sie nahm sich vor, nie wieder in einen so kleinen Wagen zu steigen, der nicht einmal eine Trennscheibe besaß. Demonstrativ setzte sie die Sonnenbrille auf und wandte sich ab. Vorsichtig versuchte sie die Schultern zu kreisen. Es war ein sinnloses Unterfangen. Sie war steif wie ein Brett. So mussten sich Achtzigjährige fühlen. Es schmerzte so sehr, dass ihr die Tränen in die Augen schossen. Also ließ sie es sein. Sollten sich die Masseure darum kümmern, wofür hatte sie schließlich diesen Urlaub gebucht.

\*\*\*

Andrew Crawfield saß zwar in diesem Konferenzraum in Mayfair, aber er war nur körperlich anwesend. Er wusste, wenn er jetzt nicht aufpasste, musste er sich die Berichte über die letzten Klickzahlen und Page Impressions noch einmal ansehen, bevor er die fälligen Entscheidungen bezüglich des Unternehmens traf. Aber er konnte nichts dagegen tun, dass seine Gedanken immer wieder zu seiner Verlobten und die bevorstehende Hochzeit abschweiften. Die Situation wurde immer schlimmer, selbst der Umzug nach London hatte nicht den gewünschten Erfolg gebracht. Mel wusste nichts davon, aber es war seine Idee gewesen, die USA zu verlassen, um sich um die europäischen Märkte des Verlagsimperiums seiner Familie zu kümmern. Er hatte gehofft, wenn er Mel aus ihrem gewohnten Umfeld zöge, würde sie das nötige Selbstvertrauen aufbauen, um sich von Candice allgegenwärtigem Einfluss zu befreien. Aber so wie es jetzt aussah, hatte er damit kläglich versagt. Seine Braut war unglücklich, allein und vollkommen erschöpft. Auch wenn sie versuchte, es vor ihm zu verbergen, er sah es dennoch. Außerdem kannte er Candice schon seit Ewigkeiten. Er wusste, was sie alles tat um ihren Willen durchzusetzen und auch wenn Melinda sich bemühte zu Candice elitärem Kreis hochnäsiger Ziegen dazuzugehören, wusste er doch, dass sie im Grunde ihres Herzens ganz anders war. Das hatte er nicht nur vom allerersten Moment gespürt, sondern auch jedes Mal gesehen, wenn sie allein gewesen waren. Er würde sie so gern bei der Planung der Hochzeit unterstützen und sich einbringen, aber er hatte dieses riesige Projekt am Bein. Jeden Tag hatte er sich vorgenommen, sich heute einen schönen Tag mit ihr zu machen und dann war doch wieder etwas dazwischen gekommen. Er hatte ein schlechtes Gewissen und je mehr Zeit verstrich, desto größer wurde es.

***

„Können wir jetzt endlich los?", fragte Montgomery Cliffton, als seine Ehefrau Candice zu ihm trat.

„Selbstverständlich Schatz! Ich freue mich schon...", flötete sie, bemüht die eisige Stimmung ihres Mannes zumindest ein wenig zu verbessern, aber wie so oft unterbrach er sie.

„Wir kommen zu spät!", bemerkte er und trat aus der Suite. Energisch schritt er auf den Lift zu. „Du weißt, dass die Asiaten einen ausgesprochenen Sinn für Etikette haben, also streng dich ein bisschen an." Er wandte sich zu ihr um und musterte sie von oben bis unten. Candice bemühte sich kein Anzeichen von Schwäche zu zeigen, aber er hatte schon wieder das Interesse an ihr verloren und starrte stur geradeaus. Sie wusste, sie sah umwerfend aus und vor allem dem Anlass angemessen. Stilvoll, klassisch und nicht zu sexy. Nicht, dass es ihn interessieren würde, ob sie sexy aussah oder nicht. Seit der Hochzeitsnacht hatte er sie nicht mehr angerührt. Das war jetzt über ein Jahr her und als wäre das nicht schlimm genug, bemerkte sie natürlich die Blicke, die ihr auf der Upper East Side auf Schritt und Tritt folgten und ihren Bauch begutachteten. Vor allem ihre Schwiegermutter beobachtete sie immer wieder. Sie kam sich vor wie eine Zuchtstute. Es war erniedrigend. Einmal hatte Candice versucht mit ihrer Mutter darüber zu sprechen, aber die hatte ihr eindeutig zu verstehen gegeben, dass sie sich einfach etwas anstrengen musste. Schließlich würden sich Männer auf alles stürzen, was nur irgendwie ansprechend sei und damit würde es ganz klar an Candice liegen, ihre Ehe in die richtige Richtung zu lenken. Seither hatte sie ein Vermögen für Dessous ausgegeben. Sie hatte sogar Reizwäsche im Internet bestellt, sich aber dann doch nicht getraut, sich ihm so zu präsentieren.

Mit Andrew als Ehemann wäre das nicht nötig, da war sie sicher. Er tat zwar immer so rechtschaffen, aber sie war sich sicher, dass er im Schlafzimmer zum Tier wurde. Allein der Gedanke an seinen Traumkörper, ließ sie innerlich schaudern. Oh ja, ihr letzter Sex war viel zu lange her. Sie unterdrückte ein Stöhnen und warf einen verstohlenen Blick auf ihren Ehemann. Wenn er sie doch nur einmal so ansehen würde, wie Andrew Mindy ansah! Der alt bekannte Groll kam in Candice hoch. Immer fiel Mindy alles in den Schoß und die merkte es nicht einmal! Es war ihr unverständlich, wie Andrew sich für sie hatte entscheiden können. Sie würde immer die Tochter von Emporkömmlingen sein, egal wie sehr sie sich anstrengte. Und dieser Umzug nach London, war ja wohl der beste Beweis für den bevorstehenden Abstieg der Crawfields. Mit ihr an seiner Seite, wäre Andrew das nicht passiert. Bei dem Gedanken, wie er sie auf der Hochzeit der Abernathys abgewiesen hatte, wurde ihr Mund ein einziger Strich.

In diesem Moment machte es pling und der Fahrstuhl kam zum Stehen. Auf einmal lief der heutige Abend, wie ein Film vor ihrem inneren Auge ab und sie wurde unendlich müde. Sie würden mit Montgomerys Geschäftspartnern und deren Ehefrauen ein endloses Dinner absolvieren, in denen die Frauen die ganze Zeit schwiegen und sie würde ihre gesamte Willenskraft aufbringen müssen, nicht vor

Langeweile zu viel zu essen oder zu trinken. Dann, nach endlosen zwei oder drei Stunden, würden die Männer sich entschuldigen, um in irgendwelche illegalen Nachtclubs zu verschwinden, wo sie weiß Gott was trieben und die braven Ehefrauen müssten sich ins traute Heim verabschieden. Candice schwankte in diesen Nächten immer zwischen der Angst und der Hoffnung, er würde sich irgendeine fiese Krankheit zuziehen. Sie biss die Zähne zusammen. Sie hatte gehofft, die Ehe mit ihm würde sie endlich vom allgegenwärtigen Erfolgsdruck ihrer Eltern befreien. Sie hatte ja keine Ahnung gehabt.

# Kapitel 2

Marie Grassner saß an ihrem absoluten Lieblingsplatz am großen Panoramafenster, vor sich eine Tasse frischen Minztee, der trotz der herrschenden Sommertemperaturen den Körper auf beinahe magische Weise kühlte. Sie liebte diese Zeit des Tages, wenn die neuen Gäste voller Vorfreude anreisten und sie sie in ihre Obhut nehmen konnte. Zufrieden beobachtete sie, wie Peter einem älteren Ehepaar die Zimmerkarten überreichte. Eigentlich sollte sie die Personalplanung für die nächsten Monate überprüfen, die Bestellungen absegnen und sich auf den neuesten Stand zum Ayurveda Event bringen, aber sie war seit fünf Uhr auf den Beinen und hatte sich ein Pause verdient.

Draußen hielt eine schwarze Limousine mit quietschenden Bremsen vor dem Hoteleingang. Der Wagen kam so plötzlich zum Stehen, dass es selbst ihr wie ein Ruck durch den Körper fuhr. Sie war zwar seit Jahren nicht mehr Autoscooter gefahren, aber sie wusste noch genau wie sich das anfühlte.

Eine hübsche, junge Frau sprang beinahe aus dem Auto und hielt ihr Smartphone in die Höhe. Augenblicklich durchflutete Mitgefühl Marie. Diese jungen Leute meinten, dass sie immer und überall erreichbar sein mussten. Sie hatten keine Ahnung, wie befreiend es sein konnte, einmal ganz auf sich selbst gestellt zu sein. Gut, auch sie nutzte natürlich die technischen Errungenschaften gern, aber sie wusste, dass sie auch ohne leben konnte und tat es auch regelmäßig.

Die junge Frau suchte anscheinend immer noch nach einem guten Empfang ins Mobilfunknetz. Den Blick konzentriert auf das Smartphone gerichtet kam sie herein und blieb in einigem Abstand vor dem Empfangstresen stehen. Marie fiel auf, das sie sehr jung war, Anfang Zwanzig, schätzungsweise und sehr hübsch, wenn auch viel zu dünn. Ihre langen blonden Haare fielen ihr wie bei einer Schauspielerin in perfekten Wellen über die Schulter. Marie ließ den Blick schweifen und bemerkte, dass Peter reglos dastand und nicht den Blick von ihr abwenden konnte. Marie räusperte sich diskret und wie erhofft, kam Leben in ihren Mitarbeiter.

„Guten Tag! Willkommen im Hotel Sonnenblick", eröffnete er endlich das Gespräch.

Sichtlich genervt hob die junge Frau den Blick und stellte sich nun doch vor ihn. „Melinda Miller", antwortete sie kurz und begann kurz darauf wild auf ihr Handy zu tippen.

Peter zuckte unmerklich mit den Schultern, scheinbar hatte er etwas mehr Konversation erwartet, und begann mit seiner Arbeit.

„Wie ist das Passwort?", fragte sie unvermittelt.

Peter sah verwirrt hoch. „Entschuldigung? Wie meinen Sie?"

Melinda verdrehte die Augen, ob seiner offensichtlichen Begriffsstutzigkeit.

„Wifi. Passwort." Sie wedelte ungeduldig mit der Hand, wie um den Prozess zu beschleunigen.

Peter straffte seine Haltung, als rüste er sich für das, was nun unweigerlich kam. „Es tut mir leid, aber aus Gründen der Regeneration und Erholung unserer Gäste haben wir kein Wlan in unserem Haus."

Wie eingefroren starrte Melinda ihn an. Das hatte sie doch jetzt nicht wirklich gehört?!

„Wie bitte?" Sie spürte regelrecht, wie sich ihr ganzer Körper in Alarmbereitschaft setzte.

Peter wollte seinen Satz wiederholen, aber sie unterbrach ihn scharf.

„Ich bin sehr wohl in der Lage zu hören, was sie gesagt haben. Ich habe eine Hochzeit zu planen", teilte sie ihm mit, als wäre damit alles gesagt und Marie bemerkte, dass sie nicht die Einzige war, die den Schlagabtausch der

Beiden verfolgte. Auch die anderen Gäste, die in der Lobby saßen, reckten die Köpfe.

„Es tut mir sehr leid, aber um unseren Gästen Entspannung zu ermöglichen, verzichten wir auf jegliche elektromagnetische Strahlung", erklärte Peter gerade, aber Melina seufzte nur und wiederholte extra langsam und laut: „ICH MUSS EINE HOCHZEIT PLANEN."
Abwartend, ob er sie wirklich verstanden hatte, sah sie ihn an. „Also ist es unabdingbar, dass ich erreichbar bin."

„Aber wir sind ein Ayurveda Resort", versuchte er es erneut. Sie musste doch verstehen, dass er nichts machen konnte.

„Hören Sie,..." Melinda lehnte sich über den Tresen. „Sie werden doch selbst auch ins Internet müssen. Und da wäre es doch eine Kleinigkeit für Sie, mich daran teilhaben zu lassen." Sie lächelte ihn an und Marie wusste instinktiv, dass dieses Lächeln noch nie seine Wirkung verfehlt hatte. Auch Peter schien nicht dagegen gefeit.

„Ich würde ja, aber leider..", begann er und bemerkte im selben Moment Maries Blick. Er verstummte und versuchte ein Lächeln auf sein Gesicht zu zaubern.

Doch es erreichte Melinda nicht. Sie richtete sich zu ihrer vollen Große auf und fragte überheblich: „Haben Sie nicht verstanden?" Sie seufzte genervt und sah sich suchend um. „Spricht denn hier niemand meine Sprache?" Langsam und überdeutlich wiederholt sie. „ICH BRAUCHE EINEN INTERNETZUGANG. ICH WERDE HEIRATEN."

In diesem Moment erwachte Marie aus ihrer Faszination und stand entschlossen auf, bevor die Situation eskalierte. Peter zuckte nur noch hilflos mit den Achseln. Er war ebenso jung wie Melinda und hatte noch nicht so viel Erfahrung mit schwierigen Gästen. Meistens kamen die Leute zu ihnen ins Resort, um sich eine ganz besondere Zeit schenken zu lassen.

Als Marie näher kam, sah sie die Erschöpfung in Melindas Augen und nahm auch ihre unnatürlich steife Haltung wahr. Die Schatten hatte sie abgedeckt, aber Marie hatte schon zu viele Menschen gesehen, die nicht im Einklang mit ihren wahren Bedürfnissen lebten, um nicht zu erkennen, dass Melinda Miller dringend eine Auszeit brauchte.

„Hallo, meine Name ist Marie Grassner. Darf ich Sie zu einem Tee einladen? In der Zwischenzeit wird sich Peter um alles kümmern." Mit einem verbindlichen Lächeln trat Marie an Melinda heran und berührte sie sacht am Arm.

„Ah, endlich ein vernünftiger Mensch!" Melinda wusste sofort, dass das Problem nun endlich gelöst werden würde. „Haben Sie gehört, mir wird hier ein Internetzugang verwehrt."

„Ich bin mir sicher, es wird sich alles regeln lassen", gab Marie verständnisvoll zur Antwort und dirigierte Melinda dabei sacht in das angrenzende Kaminzimmer. „Lassen Sie uns erst einmal einen Tee trinken." Im Laufe der Jahre hatte sie festgestellt, dass das Resort zwei Arten von Gästen anzog, die einen die sich gut im Ayurveda auskannten und diejenigen, die irgendwie per Zufall, auch wenn Marie nicht an Zufälle glaubte, hierher kamen. Diese brauchten immer guten Zuspruch und viel Liebe, um sich auf das einlassen, was sie ihnen bieten konnten. Und diejenigen, die sie erreichten, kamen immer wieder. Und irgendetwas sagte ihr, dass diese junge Frau weniger verschlossen war, als es momentan den Anschein hatte.

Das Kaminzimmer war unglaublich gemütlich. Die Wände zierten Regale mit mehr Büchern als so manche Buchhandlung ihr Eigen nannte. Verschiedene Sessel und Sofas luden zum Entspannen ein und ein gewaltiger Kamin sorgte an kühlen Tagen für Behaglichkeit. Aber es war die Aussicht aus dem großen Fenster, welche Melindas Blick anzog. Sie hatte zwar schon einiges von Europa gesehen, aber in den Bergen war sie noch nie gewesen. Das Alpenpanorama hatte seinen ganz eigenen Charme. Melinda wusste nicht, wohin sie zuerst schauen sollte. Und da außer ihr niemand anwesend war, denn Marie hatte sie kurz allein gelassen, um den Tee zu holen, war es so still, dass sie ihren eigenen Atem hörte. Nach und nach kam sie zur Ruhe und auf einmal waren auch all ihre Gedanken still. Ihr Kopf war vollkommen leer.

Melinda schaute auf die grünen Wiesen, auf denen sie die Schatten der vorbeiziehenden Wolken erkennen konnte und atmete tief ein, ohne dass sie es bewusst gesteuert hatte. Sie blickte auf die zerklüfteten Gipfel am Horizont, nur auf einigen war Schnee zu sehen, und plötzlich stieg Freude in ihr auf. Darüber hier sein zu dürfen. Und noch mehr, darüber sein zu dürfen, ohne etwas tun zu müssen. Es war unfassbar. Sie tat nichts und dennoch... Eine Erkenntnis kam in ihr hoch, die so elementar wahr war, dass sie sie kaum in Worte fassen konnte und als sie es versuchte, war sie wieder weg.

Sie seufzte, so ein Mist. Das war wichtig! Sie wusste es. Hoffentlich hatte es nichts mit der Hochzeit zu tun! Beim Gedanken daran krampfte sich in ihr alles zusammen. Es gab noch so viel zu tun und zu bedenken. Eigentlich sollte schon längst alles fertig sein, es waren nur noch zwei Wochen, aber ständig kam eine neue Katastrophe dazu. Plötzlich fielen ihr die Brautjungfernkleider wieder ein und sie griff nach ihrem Handy in der Hoffnung, dass Mabel Fotos geschickt hatte. Tatsächlich waren verschiedene Nachrichten eingegangen, aber die Bilder konnten nicht komplett heruntergeladen werden und wurden daher nur verschwommen angezeigt. Eines erkannte sie allerdings, nämlich ganz viel lila. Kraftlos ließ sie sich in einen der Sessel fallen. Bevor sie sich entschieden hatte, ob sie das Gerät an die Wand werfen oder lieber in Tränen ausbrechen sollte, kam Marie mit einem Tablett und einem

Lächeln zurück. Melinda nutzte die Gelegenheit und musterte sie. Sie musste um die fünfzig sein, aber sie sah auf eine natürliche Art toll aus. Gesund und vital. Ihre Kleidung war von einer lässigen Nonchalance und ihr Haar trug sie im Nacken locker zusammengesteckt.

„Es geht doch nichts über eine schöne Tasse Tee!", verkündete Marie und stellte das Tablett ab. Sie hatte nicht nur Tee mitgebracht, sondern außerdem zwei Teller auf denen sich die größten Kuchenstücke befanden, die Melinda je gesehen hatte. „Es ist unsere Hausmischung. Sie werden sie lieben, das verspreche ich Ihnen." Marie bemerkte Melindas Blick und lächelte ihr beinahe verschwörerisch zu. „Ich weiß, was Sie denken. Solothurner Torte und Ayurveda passt nicht wirklich zusammen, aber manchmal braucht eben auch die Seele ein wenig Nahrung." Sie gab ihr einen Teller und fuhr fort. „Trauen Sie sich! Unser Chefkoch hat das Rezept ein klein wenig angepasst. Sie sieht ungesünder aus, als sie tatsächlich ist."

Marie schenkte den Tee ein und nahm Melinda gegenüber Platz.

Melinda betrachtete einen Augenblick die aus drei Schichten bestehende Nusstorte und vergaß dabei beinahe, warum sie hier saßen. Sie sah unglaublich lecker aus, wie ein Macaron nur aus Haselnüssen. In der Mitte befand sich ein saftiger Nussrührteig, der von einer Creme ummantelt war und zusätzlich bestanden der Kuchenboden und auch die oberste Schicht aus einem Haselnussbaiser. Entschlossen stellte sie den Teller beiseite und griff nach der Tasse. Sie hätte bei der Wärme lieber etwas Kaltes getrunken, aber ein funktionierender Internetanschluss war ihr wichtiger. Im Moment jedenfalls. Als sie die Tasse anhob, stieg ihr ein wunderbar frischer Duft in die Nase. Unwillkürlich schloss sie die Augen und hielt inne. Doch dann kam sie sich auf einmal blöd vor und trank endlich einen Schluck.

„Er ist fantastisch, nicht wahr?" Wieder schenkte Marie Melinda ein Lächeln und ihre Augen leuchteten in einem warmen Braun. Die kleine Fältchen in den Augenwinkeln, zwinkerten dabei fröhlich und Melinda musste sich zusammenreißen, sie nicht anzustarren. Sie wusste gar nicht, wann sie das letzte Mal eine Frau gesehen hatte, deren Gesicht so viel Lebendigkeit ausstrahlte. Der Unterschied zu den meisten Frauen in ihren Kreisen war überdeutlich. Sie behandelten ihre Jugendlichkeit wie eine Gottheit, um sie nur ja zu bewahren, ohne zu bemerken, dass es sie zu alterslosen Statuen werden ließ. Selbst ihre Mutter bekam den Druck zu spüren, obwohl sie erst Mitte vierzig war.

Als Melinda sich bewusst wurde, dass sie Marie doch anstarrte, drehte sie den Kopf und ihr Blick fiel auf ihr Smartphone, das unschuldig auf dem Tisch lag und auf Melinda dennoch wie ein Mahnmal wirkte. Unwillkürlich straffte sie ihre Haltung, als wappnete sie sich für einen Kampf.

„Es ist unumgänglich, dass ich einen Internetzugang bekomme. In zwei Wochen findet meine Hochzeit statt und es sind noch einige Entscheidungen zu fällen." Bewusst bediente sie sich ihres Ich-dulde-keinen-Widerspruch-Tonfalls, der wirkte immer. Normalerweise jedenfalls.

„Sie werden heiraten?" Marie strahlte. „Wie wundervoll! Herzlichen Glückwunsch!"

Melinda seufzte innerlich. So waren sie, die Europäer. Egal wem sie erzählte, dass sie heiraten würde, alle waren sofort hellauf begeistert und wollten ihr weismachen, dass die Vorbereitung das Schönste überhaupt war.

In Amerika wusste jeder, dass eine Hochzeitsplanung die Hölle war. Noch vor einem knappen Jahr, als sie in London angekommen waren, hatte Melinda sich artig für die Glückwünsche bedankt und gelächelt, aber mittlerweile fehlte ihr dazu die Kraft. Sie schaffte es nicht einmal mehr, sich in die herablassende Überheblichkeit zu flüchten, die sie im Frühjahr bei der Auswahl der verschiedenen Veranstaltungsorte an den Tag gelegt hatte. Ehrlich gesagt, war sie es einfach leid und langsam fragte sie sich, ob es wirklich eine gute Idee war zu heiraten. Keine Frage, sie liebte Andrew, selbstverständlich tat sie das. Er war großartig, aber seit er nach London versetzt worden war, arbeitete er noch mehr als sonst und sie sahen sich kaum noch. Melinda vermisste ihn und ihre spontanen Mittagspicknicks im Central Park. In New York war sie oft vom Campus zu ihm geeilt, und stand mit Tüten voller Köstlichkeiten vor seinem Büro. Es kam Melinda vor, als wäre es in einem anderen Leben gewesen und nicht erst letzten Sommer. Plötzlich hatte sie einen dicken Kloß im Hals und spürte wie Tränen in ihr aufstiegen. Entschlossen schluckte sie sie hinunter. Etwas worin sie mittlerweile Übung hatte.

Marie sah sie verständnisvoll an und wartete.

„Hören Sie", setzte Melinda an und versuchte sachlich zu bleiben, „es ist wirklich wichtig, dass ich ins Internet komme."

Marie nickte verständnisvoll. „Ja, ich weiß, so eine Hochzeit macht heutzutage eine Menge Arbeit. Ich kann Ihnen selbstverständlich nicht verbieten ins Internet zu gehen, nur leider haben wir keine Möglichkeit..."

„Sie verstehen nicht. Eine Katastrophe jagt die Nächste! Es werden 250 Leute anwesend sein und wenn ich nichts unternehme, habe ich keine Seidenzelte, die Brautjungfern tragen lila und Candice bringt mich um!", brach es aus Melinda heraus. Erschrocken schaute sie Marie an. Ihre Worte hallten einen Moment in ihr nach und ohne es zu wollen, merkte sie wie sich ein einzelne Träne löste und über ihre Wange rann. Ungeduldig wischte Melinda sie weg, aber ärgerlicherweise wurden es immer mehr.

Marie reichte ihr ein Taschentuch. „Gibt es denn niemanden, der Sie bei der Planung unterstützen kann?", fragte sie leise.

Stumm schüttelte Melinda den Kopf und versuchte ihre Fassung wieder zu gewinnen, während sie sich die Tränen vorsichtig, um die Wimperntusche nicht zu verschmieren, weg tupfte.

„Sie haben doch sicherlich eine Trauzeugin, nicht wahr?", probierte es Marie noch einmal.

„Candice ist in den Asien", schniefte Melinda und Marie begann zu überlegen.

„Hören Sie Melinda, ich darf doch Melinda sagen?", versicherte sie sich und fuhr auf Melindas Nicken hin fort. „Wir finden sicher eine Lösung. Aber jetzt trinken wir erst einmal eine schöne Tasse Tee und essen diese herrliche Torte. Auf leerem Magen soll man bekanntlich keine Entscheidung treffen." Sie tätschelte ihr aufmunternd die Schulter und deutete auf den Tisch. „Nachher haben Sie ihre erste Anwendung. Da entspannen Sie erst einmal und heute Abend setzen wir uns zusammen und machen einen Plan."

Prüfend sah Melinda ihr ins Gesicht. Warum tat sie das? Was versprach sie sich davon? „Warum?, fragte sie schließlich.

„Warum ich Ihnen helfe?" Marie lächelte verschmitzt. Auf einmal sah sie um Jahre jünger aus. „Weil ich es kann. Und möchte", erklärte sie schlicht und zuckte mit den Schultern. Dann nahm sie sich ihren Teller. Melinda beobachtete, wie sie nach dem ersten Happen genussvoll die Augen schloss und sich ganz auf den Geschmack konzentrierte. Es war kaum zu glauben, sie kannte niemanden, der mit so viel Genuss aß. Die meisten ihrer Freundinnen sah sie so gut wie nie essen, selbst wenn sie sich in einem Restaurant trafen. Denn dort schoben sie sich nur winzige Happen mit einer wahren Todesverachtung in den Mund, wie ihr jetzt bewusst wurde.

Marie öffnete die Augen und strahlte sie an. „Probieren Sie! Es ist köstlich!"

Melinda blinzelte verwirrt. Vor sich selbst konnte sie es ja zugeben, Marie faszinierte sie. Sie strahlte etwas aus, dass Melinda nicht genau beschreiben konnte. Sie würde es schon noch zu fassen kriegen und während sie überlegte, konnte sie auch die Torte kosten. Zumindest ein winziges Stückchen, schließlich wollte sie in ihr Brautkleid passen. Diesmal war es Melinda, die ihre Augen schloss, als der Happen in ihrem Mund verschwand. Sie wusste nicht, was sie erwartet hatte, aber ganz gewiss nicht diese Geschmacksexplosion. Die Torte schmeckte nicht einfach nur süß, sondern durch die Haselnüsse herzhaft aromatisch. Melinda seufzte. Nichts, was wirklich gesund war, konnte so gut schmecken! Mitten im Genuss, sah sie in Gedanken auf einmal ihr Kleid vor sich, ein Traum aus schwerer, weißer Seide, mit dreiviertel Ärmeln und U-Boot-Ausschnitt. Es war wirklich wunderschön und sehr, sehr eng. Sie wusste, dass sie ein korsettähnliches Bustier würde tragen müssen. Ihr graute schon jetzt davor, den ganzen Tag so eingeschnürt zu sein, denn am liebsten trug sie locker und leicht fallende Sachen. Sie bewegte sich einfach gern. Aber Candice meinte, die Fotos von der Hochzeit würden sie sich ein Leben lang ansehen und dann sollten sie doch perfekt sein. Und wo sie recht hatte, hatte sie recht. Also stellte Melinda den Teller bedauernd wieder auf den Tisch.

„Erzählen Sie mir von ihrem Verlobten, wie ist er so?", nahm Marie das Gespräch wieder auf und übersah galant die zurückgewiesene Torte.

„Andrew ist großartig. Er ist der jüngste Leiter der..." Diesmal stoppt sich Melinda selbst. Plötzlich wurde ihr klar, dass sie immer nur erzählte, was er arbeitete und nicht wie er war. Unsicher schaute sie zu Marie, aber die lächelte sie nur aufmunternd an und vermittelte Melinda nicht den Eindruck, sie würde sie für völlig durchgeknallt halten. Also setzte Melinda noch einmal an.

„Er ist klug und witzig und empathisch. Wenn wir essen gehen, bestellt er immer ein Dessert, obwohl er Süßes gar nicht mag, nur damit ich es dann aufessen kann." Ein echtes Lächeln tauchte auf ihrem Gesicht auf. Es ließ sie ganz anders aussehen. „Ich habe das noch nie jemandem erzählt."

„Warum nicht, das ist doch zauberhaft!", wunderte sich Marie.

„Ich will nicht, dass die Leute mich für maßlos oder gierig halten", bekundete Melinda und trank einen Schluck, um ihre Verlegenheit zu überspielen. So offen redete sie eigentlich mit Niemanden.

„Warum sollten sie das tun?", fragte Marie nach.

Melinda zuckte mit den Schultern. „Weil sie doch ständig über andere reden!"

„Aber das hat doch dann nichts mit Ihnen zu tun."

„Hat es doch! Die reden auch über mich!"

„Aber nur weil jemand zu einem Löwen sagt, er sei eine Maus, ist das doch nicht wahr. Der Löwe ist und bleibt ein Löwe, egal was irgendjemand sagt", stellte Marie klar.

Melinda öffnete den Mund, um etwas zu erwidern, schloss ihn aber wieder. Sie war sprachlos. Wahnsinn! Marie hatte Recht. Ihre Worte berührten Melinda tief in ihrem Innern. Sie spürte regelrecht, wie ihr ganz wohlig warm wurde. So als hätte sie in sich plötzlich ein helles Leuchten, das von ihrem Herzen ausstrahlte. Und schon wieder stiegen Tränen in ihr auf. Was ist denn nur los mit ihr?

„Entschuldigung", schniefte sie, „ich heule eigentlich nie!"

„Lassen Sie es einfach fließen, das ist meist das Beste", antwortete Marie mitfühlend und reichte ihr ein neues Taschentuch. Dann ließ sie Melinda Raum um ihre Fassung wiederzuerlangen, indem sie sich wieder ihrem Tee und der Torte widmete.

Melinda war froh darum. Sie zeigte nicht gern Schwäche. Ihrer Erfahrung nach nutzte es irgendwann jemand aus. Nach einem letzten Schniefen setzte sie sich gerade hin, straffte dann die Schultern und griff entschlossen nach dem Teller. Die Torte schmeckte noch genauso so wunderbar wie beim ersten Bissen. Ganz ehrlich, ein Stück Torte würde ja wohl kaum ihr Brautkleid sprengen. Abgesehen davon, hatte sie seit ihrem Frühstückssmoothie noch nichts gegessen. Der nächste Bissen fiel deutlich größer aus. Wenn schon, denn schon!

„Darf ich Sie noch etwas fragen, Melinda?", fragte Marie in ihrer so wundervollen empathischen Stimme und Melinda nickte zustimmend, ganz konzentriert auf den nächsten Happen.

„Weiß ihr Verlobter dass die Hochzeitsvorbereitungen Sie so stressen?"

„Ich bin nicht gestresst!", wand sie protestierend ein, aber Marie zog lediglich eine Augenbraue hoch.

„Naja, gut, doch, aber das geht doch allen so!", gab Melinda zu und verteidigte sich gleich darauf.

„Wirklich?" Marie war skeptisch. Sie hatte den Eindruck, dass hinter der Fassade noch mehr steckte und auf ihre Intuition konnte sie sich immer verlassen.

„Was denken Sie denn? Es ist die Hölle! Sie haben ja keine Ahnung, woran man alles denken muss und wie viele Entscheidungen zu treffen sind! Allein die Sitzordnung und dann noch die Gastgeschenke!" Melinda musste sich zusammenreißen nicht noch weiter auszuholen. Sie konnte ihr mit Leichtigkeit stundenlang Dinge aufzählen, die ihr den Schlaf raubten.

„Sind Sie sicher, dass wirklich keine einzige Braut auf der ganzen Welt die Vorbereitungen zu ihrer Hochzeit genießen kann?"

*Mein Gott, war diese Frau hartnäckig!* Sie wusste nicht wieso, aber aus irgendeinem Grund antwortete Melinda ihr trotzdem.

„Keine Ahnung, was weiß ich. Wenn es sie gibt, dann hat die vermutlich keine gesellschaftliche Verpflichtungen." Sie zuckte mit den Schultern. Sie hatte so jemanden noch nie kennengelernt. Candice sagte immer, das Fußvolk interessiere sie nicht! Dem konnte sie nur zustimmen. Und überhaupt, alle ihre Freundinnen feierten riesige Hochzeiten, wie sie sie seit Monaten, und eigentlich sogar noch länger, plante. Wenn zu ihrem 16. Geburtstag schon 130 Leute eingeladen waren, konnten es zu ihrer Hochzeit wohl kaum weniger sein! Oder etwa nicht?!

„Wie meinen Sie das? Gesellschaftliche Verpflichtungen?"

Melinda unterdrückte den Impuls die Augen zu verdrehen. „Andrews Familie gehört zu den wichtigsten der USA. Jeder erwartet von uns, dass wir in einem bestimmten Rahmen heiraten werden." Sie seufzte. „Schlimm genug, dass die Feier in England stattfinden wird."

Marie machte ein fragendes Gesicht und Melinda holte bereitwillig zu einer Erklärung aus, obwohl sie sich langsam wunderte, wieso sie ihr so viel erzählte. „Ich habe schon Absagen von einigen sehr wichtigen Personen bekommen, die nicht bereit sind für uns die USA zu verlassen."

„Aber Sie sind bereit sich für diese Leute so stressen zu lassen?"

Melinda schnappte überrascht nach Luft. Hatte Marie denn überhaupt keine Ahnung von den Menschen, die die Geschicke von Amerika, und damit von der ganzen Welt, leiteten? Noch nie hatte sie jemanden so von den Menschen reden hören, die in ihrem ganzen Leben die Messlatte für alles waren. Bevor sie antworten konnte, trat eine unscheinbare Hotelangestellte zu ihnen.

„Miss Miller, entschuldigen Sie. Sie werden im Spa erwartet."

„Ah Anna, vielen Dank!" Marie lächelte und wandte sich anschließend wieder zu ihr um. „Melinda, es war so eine Freude mit Ihnen zu plaudern. Ich hoffe, wir werden in den nächsten Tagen noch öfter die Gelegenheit dazu haben." Sie schaute sie so warmherzig an, dass Melinda gar nicht anders konnte, als ihre Hand zu ergreifen. Zu ihrem Erstaunen, war ihr Ärger genauso schnell verflogen, wie er gekommen war. „Machen Sie sich keine Sorgen und genießen Sie Ihren Nachmittag. Ich werde mir etwas einfallen lassen und komme heute Abend auf Sie zu. Viel Spaß!" Beschwingt und mit ihrer Teetasse in der Hand stand sie auf.

„Danke", gab Melinda überrumpelt zurück. Sie hatte nicht mit einem so abrupten Ende ihres Gesprächs gerechnet. Marie lächelte noch einmal und machte sich auf den Weg. Etwas verträumt sah Melinda ihr hinterher.

„Miss Miller?", rief sich die junge Angestellte nach einem Augenblick diskret in Erinnerung. „Wenn Sie mir bitte folgen würden?"

„Natürlich!", erwiderte sie und sprang beinahe auf. Auch wenn das Ende ihres vertrauensvollen Gesprächs etwas plötzlich gekommen war, ein Nachmittag im Spa klang in ihren Ohren überaus verlockend. Und wenn die Masseure ihr Handwerk ebenso gut verstanden, wie der Konditor, dann stand ihr der Himmel auf Erden bevor.

# Kapitel 3

Blinzelnd kam Mel wieder zu sich. Hatte sie nur ein paar Minuten geschlafen oder waren es Stunden gewesen? Eingewickelt in mehrere Tücher und Decken auf einer sehr bequemen Liege war sie, seit die göttliche Masseurin sie allein gelassen hatte, immer wieder weggedöst. Es war die außergewöhnlichste Massage ihres Lebens gewesen. Allein der Duft des Massageöls hatte sie schon so sehr entspannt, dass sie alles um sich herum vergessen hatte. So ausgeruht hatte sie sich lange nicht mehr gefühlt. Sie überlegte, wie spät es wohl war und ob sie sich langsam auf den Weg irgendwohin machen sollte. Aber irgendwie war es ihr auch egal. Selbst das Denken hatte sich in ihrem Kopf verlangsamt und gerade als sie beinahe wieder eingeschlafen wäre, klopfte es an der Tür. *Na toll, wie sollte sie denn so bitte aufstehen?* Aber wie sich herausstellte, musste sie das gar nicht, denn nach einem weiteren Klopfen wurde die Tür vorsichtig geöffnet und die Hotelangestellte, von vorhin trat ein.

„Miss Miller, bitte entschuldigen Sie, aber Dr. Nara erwartet Sie." Mit einem strahlenden Lächeln fügte sie hinzu: „Sie sehen schon sehr viel besser aus!"

Bevor Melinda sich entschieden hatte, ob sie sich über diesen Kommentar freuen oder ärgern sollte, stand Anna schon neben ihr.

„Kommen Sie, ich helfe Ihnen. Machen Sie ruhig, manchmal ist der Körper nach einer Abhyanga

Anwendung etwas langsamer als sonst."

Als wäre sie eine alte Frau, griff sie Melinda behutsam und doch kräftig unter die Arme.

„Es sind wohl eher die vielen Tücher, die mich langsam sein lassen!", stellte Melinda richtig.

Anna kicherte. „Das kann gut sein. Einmal sagte ein Gast, er käme sich vor wie eine Mumie!" Wieder kichert sie und Melinda ertappte sich dabei, wie sich ihre Mundwinkel ebenfalls nach oben bewegen wollte. Sofort zog sie sie wieder zurück. Was war nur los mit ihr? Eine Melinda Miller kicherte nicht. Und erst recht nicht mit Angestellten. Wenn Candice sie so sehen würde! Unwillkürlich richtete sie sich kerzengerade auf und fuhr mit steifen Armen in den Bademantel, den Anna ihr hinhielt. Es war Anna nicht anzusehen, ob sie die Veränderung bemerkte. Sie informierte Melinda genauso munter wie vorher. „Ich bringe Sie jetzt zu Ihrer Konsultation zu Dr. Nara und danach begleite ich Sie auf Ihr Zimmer. Dort können Sie sich vor dem Abendessen noch etwas frisch machen und etwas anderes anziehen." Wieder kicherte sie und Melinda stellte fest, dass Annas Fröhlichkeit beinahe auf sie überging.

‚Was würde passieren, wenn ich es einfach zulasse?', schoss es Melinda durch den Kopf und sie zuckte innerlich zusammen. Dieser Gedanke war geradezu revolutionär! Hatte Candice ihr nicht immer wieder gesagt, dass niemand auf der Upper East Side mit dem Personal herumalberte?! Dass eine gewisse Distanz zu den Angestellten unabdingbar war?! Seit sie Candice mit vierzehn auf der Highschool kennengelernt hatte, hatte Melinda so unglaublich viel von ihr gelernt. Damals war die Firma von Melindas Vater mit einem Mal unglaublich erfolgreich geworden und er hatte seine Tochter auf eine elitäre Privatschule geschickt. Melinda erinnerte sich genau, wie Candice auf einmal mit ihrem seidenweichem Haar und ihrer makellosen Haut vor ihr gestanden hatte. Damals war für Melinda glasklar gewesen, dass sie genauso sein wollte wie Candice. Sie hatte so erfahren und selbstsicher gewirkt. Sie hatte immer genau gewusst, wie man sich zu verhalten hatte. Abrupt blieb Melinda stehen, als ihr die Tragweite dessen bewusst wurde. Hielt sie tatsächlich immer noch daran fest?

Irritiert setzte Melinda sich wieder in Bewegung, sie würde darüber nachdenken, nur augenscheinlich nicht jetzt, denn sie waren angekommen. Anna verabschiedete sich und Melinda stand allein in dem Zimmer, dass sie auf den ersten Blick als Arztzimmer erkannte. Verwundert zog sie die Augenbraue hoch, eine Geste die keinen Effekt hatte, da sie niemand sehen konnte. Was machte sie hier? Gut, Anna hatte von einem Doktor gesprochen. War sie etwa in einer Kurklinik gelandet? Neugierig begann Melinda sich umzusehen. Mit großem Schreibtisch, einer Untersuchungsliege und Regalen an den Wänden sah es genauso aus, wie jedes andere Sprechzimmer auch. Das einzig Auffällige war das übergroße Bild an der Wand über dem Schreibtisch. Man konnte gar nicht anders als drauf zu schauen. Es zeigte ein Alpenpanorama, im sonnigen Vordergrund blühten kleine lilafarbene Blumen und im Hintergrund tobte ein mächtiges Gewitter. Blitzen zuckten über den Himmel. Es war eine Fotoaufnahme, aber es passte überhaupt nicht zu den anderen Bildern, die sie bis jetzt im Hotel und Spa gesehen hatte. Diese waren hell und freundlich, von regionalen Künstlern gemalte Bilder, die das Auge erfreuen sollten. Im Wellnessbereich hingen asiatische Holzelemente oder Bilder von Lotusblumen und Buddhastatuen. Aber dieses nervte sie regelrecht. Ohne es bewusst zu steuern, ging sie näher ran. Es musste eine Fotomontage sein. Die Gegensätze waren so krass, dass sie nicht echt sein konnten. Sie stand so nah davor, dass ihre Nasenspitze beinahe das Bild berührte.

Plötzlich wurde die Tür geöffnet und eine zierliche Inderin mittleren Alters kam herein. Offensichtlich Dr. Nara, denn sie trug einen Arztkittel. Erschrocken wich Melinda einen Schritt zurück und stieß dabei gegen den Tisch. Prompt fiel ein Bilderrahmen um.

Doch die Frau lächelte nur. „Ah, Sie schauen sich mein Bild an!"

„Äh, ja." Es war Melinda unangenehm, dass sie dabei ertappt wurde, obwohl sie nichts weiter getan hatte. Ein Gefühl, dass sie aus dem Konzept brachte, weil ihr das sonst nie passierte.

„Gefällt es Ihnen?", fragte die Ärztin mit diesem typisch asiatischen Singsang und stellte beiläufig das umgefallene Bild wieder auf.

„Nein", antwortete Melinda wahrheitsgemäß.

„Und warum?"

„Weil es nicht echt ist." Melinda sah es noch einmal an. „Die Gegensätze sind mir zu stark. Etwas weniger Filter würde ihm guttun", fügte sie hinzu und ginge an ihr vorbei auf die andere Seite des Schreibtisches.

„Also dann ist Ihnen Authentizität wichtig?", erkundigte sich die Ärztin, immer noch lächelnd.

Melinda zuckte mit den Schultern. Darüber hatte sie ehrlicherweise noch nie nachgedacht. Wieder musste sie an Candice denken und ihr fiel auf, dass sie darüber noch nie geredet hatten.

„Keine Ahnung", gab Melinda zu.

„Das Bild jedenfalls ist echt. Ich habe es selbst aufgenommen und einfach ausdrucken lassen." Dr. Nara grinste sie verschmitzt an. „Wie sagt ihr jungen Leute? #nofilterneeded."

Automatisch grinste Melinda zurück und stellte es erschrocken wieder ein.

Dr. Nara ließ sich nichts anmerken und setzte sich, nach dem sie ihre Hände desinfiziert hatte, in den Stuhl neben ihr.

„Wie geht es Ihnen?", fragte sie und schaute Melinda aufmerksam an.

Die war etwas überrumpelt über den nahtlosen Übergang. Abgesehen davon, dass sie sich nicht daran erinnern konnte eine ärztliche Untersuchung gebucht zu haben. „Gut", antwortete sie daher automatisch.

„Warum sind Sie hier?", hakte die Ärztin nach und rückte etwas näher an sie und betrachtete aufmerksam ihre Augen.

„Ich brauche dringend Erholung von meiner ätzenden Hochzeitsplanung", antwortete Mindy wie aus der Pistole geschossen. Ups, wo kam das denn her? Es musste wohl an der Massage liegen, dass sie so unkontrolliert alles rausließ, was ihr in den Sinn kam. Sie räusperte sich diskret und ergänzte: „Ich will diesen Brautglow auf meinen Hochzeitsfotos."

Dr. Nara hatte eine kleine Lampe aus ihrer Tasche geholt und kontrollierte damit Melindas Pupillen. „Aha. Und das ist alles?"

„Wie bitte?" Mindy schüttelte den Kopf. „Was machen Sie da eigentlich?"

„Ich untersuche Sie, damit wir Ihre Behandlung bestmöglich auf Sie abstimmen können. Haben Sie den Fragebogen schon ausgefüllt?" Routiniert griff sie nach Melindas Hand, um ihren Puls zu kontrollieren.

„Ich kann mich nicht entsinnen, so etwas gebucht zu haben!", entgegnete Mindy reserviert und entzog Frau Doktor ihre Hand.

Dr. Nara rückte ein wenig von ihr ab.

„Miss Miller", begann sie in einem verständnisvollen Ton. „Die Untersuchung durch mich gehört zu allen unseren Programmen fest dazu. Ich möchte mir nur ein Bild von ihrer Konstitution machen und feststellen, wo Blockaden sind. Damit wir diese lösen können und dann bekommen Sie auch ihren *Glow*." Wieder lächelte sie verschmitzt und Melinda überlegte, ob die Ärztin sich über sie lustig machte.

„Es tut auch gar nicht weh!", fügte Dr. Nara schmunzelnd hinzu.

Melinda verdrehte die Augen. Na toll, wenn sie sich jetzt noch wehrte, benahm sie sich wie ein bockiges Kind. Also reichte sie ihr seufzend ihre Hand und ignorierte das triumphierende Lächeln der Ärztin.

Als Anna sie eine geschlagene Stunde später wieder abholte und auf ihr Zimmer brachte, war Melinda ziemlich erschöpft. Die ganze Entspannung von der Massage war dahin. Das lag vor allem daran, dass dies die merkwürdigste Untersuchung war, die sie je erlebt hatte. Frau Doktor hatte ihre Zunge begutachtet und sie nach ihrer Verdauung gefragt und nach lauter anderen Dingen, über die Mindy noch nie mit jemand anderen gesprochen hatte. Nicht einmal mit ihrer Ärztin in Amerika. Sie wusste ja, dass die Europäer in vielem viel freizügiger und offener waren, aber dass das auch für Inder galt war ihr neu.

Ihr Zimmer war deutlich kleiner und einfacher eingerichtet, als sie es gewohnt war, aber sie war viel zu erschöpft, um diesen Umstand sofort zu reklamieren. Auf der schmalen Kommode lagen ihre Sachen, die sie im Spa gelassen hatte, feinsäuberlich gefaltet. Obenauf starrte sie ihr Smartphone stumm an. In einem plötzlichen Wutanfall warf sie es in die oberste Schublade. *Scheiß Handy, scheiß Empfang, scheiß Hochzeit und auch scheiß Candice.* Sie war auf einmal so wütend, dass sie heiße Tränen in sich aufsteigen spürte. Am liebsten hätte sie irgendwas kaputt gemacht, aber in dieser *Klosterzelle* stand einfach nichts rum, was sich als Wurfgeschoss eignete. Und da war er, der erste laute Schluchzer. Ein zweiter folgte sogleich, genauso laut und verkrampft. Plötzlich fielen ihr die lila Brautjungfernkleider wieder ein, zusammen mit Candice Blick wie sie vor lauter Missmut die Lippen zusammenkneifen würde und dann ihr gewisses Lächeln aufsetzte. Sie kannte diesen Gesichtsausdruck nur zu gut. Sie hatte ihn schon unzählige Male gesehen und sich schon ihr halbes Leben davor gefürchtet, ihn einmal selbst abzubekommen, wie ihr auf einmal bewusst wurde.

Diese Erkenntnis tat so weh, dass sie nur noch mehr heulte und sich aufs Bett sinken ließ. Dort kauerte sie, regelrecht geschüttelt von Weinkrämpfen, die ihren ganzen Körper beben ließen. Jahrelang hatte sie sich angestrengt, so zu sein, wie sie sie haben wollten und jetzt würden alle herausfinden, dass sie gar nicht der Mensch war, für den sie sie gehalten hatten. Dass alles nur eine Lüge war, dass sie versagt hatte.

Ein fast schon animalischer Schrei ertönte und Mindy brauchte einen Augenblick um zu begreifen, dass sie diejenige gewesen war, die geschrien hatte. Und auch dass sie nicht aufhören konnte. Verzweifelt schnappte sie sich ein Kissen und schrie hinein. Die Tränen strömten nur so aus ihr heraus, und auch wenn sie kaum noch Luft bekam, konnte sie doch nicht damit aufhören. Als würde sich das jahrelange Verstellen endlich einen Weg nach draußen bahnen. In ihr bebte alles, jede Zelle wurde durchgeschüttelt und neu sortiert. Es tat so weh, physisch und psychisch, aber sie spürte auch dass etwas anderes nach dem Schmerz kommen würde. Dass es irgendwie darunter lag. Noch konnte sie es nicht richtig fassen, aber es war da. Es hatte scheinbar nur jahrelang darauf gewartet, dass sie es zum Vorschein brachte und endlich war es soweit. Zumindest fast. Bald würde es nun strahlen dürfen.

War sie es möglicherweise sogar selbst? Ihr ganz eigenes Ich?

Über diesen Gedanken, wurden ihre Schluchzer leiser. Langsam bekam sie auch wieder mehr Luft, aber sie brauchte trotzdem ein Taschentuch. Wundersamerweise stand eine Zupfbox auf dem Nachtisch. Kurz wunderte sie sich darüber, aber dann gewann die Erschöpfung Oberhand. *War doch f\*\*\*egal, warum das Ding dort war!* Müde zog sie sich die Decke über den Kopf und schlief ein.

Als sie aufwachte, fühlte sie sich wie erschlagen. In ihrem Kopf pochte es unangenehm und ihre Zunge klebte an ihrem Gaumen und schrecklichen Durst hatte sie außerdem. Also taumelte sie ins Bad und drehte den Hahn auf. Gierig schluckte sie das kalte Wasser, das ihr übers Kinn lief. Die Frage nach der Trinkwasserqualität durchzuckte sie kurz, aber das war jetzt auch egal.

Als der dringendste Durst gestillt war, ließ sie sich das kalte Wasser übers Gesicht und die Arme laufen. Allmählich fühlte sie sich besser. Sie griff nach einem Handtuch und hielt es sich länger als eigentlich nötig vors Gesicht. Als müsste sie sich wappnen für das, was sie im Spiegel zu sehen bekomme. Oh Mann, sie wusste gar nicht, dass sie so ein Angsthase war. Sicher, so einen Heulkrampf hatte sie noch nie erlebt und auch wenn sie sich vollkommen verändert fühlte, würde sie ja jetzt wohl kaum eine andere Nase haben! Sie verdrehte die Augen über sich selbst und ließ das Handtuch sinken. Ja, das war sie. Ungeschminkt, mit zerzausten Haaren und Augenringen. Sie beugte sich vor und sah sich in die Augen. Sie waren himmelblau und hatten sich seit ihrer Geburt kaum verändert. Das erzählte ihr ihre Tante jedenfalls immer und wurde dabei nie müde zu betonen, dass das etwas Besonderes war. Sie musste es ja wissen, denn sie hatte selbst vier Kinder und als Älteste von sechs sich viel um ihre Geschwister gekümmert. Ihre Ma mochte sie nicht besonders und ihr Vater verbrachte sein Leben mit Arbeiten, für anderes war da kein Platz. Nicht einmal für seine Familie. Andrew war da, Gott sei Dank, anders. Bei dem Gedanken an ihn musste sie lächeln und ihre Augen begannen zu leuchten. Das sah tatsächlich ganz hübsch aus, auch ohne Wimperntusche und Lidschatten. Sie schenkte sich ein schiefes Grinsen. Ein Magenknurren war die Antwort, es war wohl Zeit sich zum Essen fertig zu machen.

Also drehte sie entschlossen das heiße Wasser in der Dusche auf.

Zwanzig Minuten später stand sie, in ihrer pinken Lieblingsleggings und passendem Shirt prüfend vor dem Spiegel und atmete noch einmal tief durch. So kannte sie sich. Ihre Haare waren noch etwas feucht, also zwirbelte sie sie zu einem lockeren Dutt, während sie entschlossen zur Tür ging. Schwungvoll zog sie sie auf und Anna stürzte beinahe in ihre Arme. Verschiedene Papiere segelten wie übergroßes Konfetti um sie herum.

„Aaah!", rief Melinda erschrocken auf.

„Huch!", entfuhr es Anna, die ihr Gleichgewicht rasch wiederfand. „Miss Miller, alles okay? Ich wollte sie nicht erschrecken!"

Melinda hielt sich, mit gesenktem Kopf, am Türrahmen fest. Ihr Herz galoppierte wie ein Mustang und zu allem Überfluss waren ihre Knie ganz weich. Seit wann war sie bitte so schreckhaft?

„Versuchen Sie tief einzuatmen", riet Anna ihr. „Dann wird es gleich besser." Sie schaute Melinda aufmerksam an, die ihrem Vorschlag umgehend folgte. Als sie sich sicher war, dass ihr Gast nicht umfiel, bückte sie sich, um die Blätter aufzusammeln.

„Ich bin sonst nicht so schreckhaft", beeilte sich Melinda klar zu stellen und wunderte sich wieder über sich selbst. Noch vor ein paar Stunden hätte sie sie angeherrscht.

Anna stand wieder auf und lächelte sie warm an. „Das ist ganz normal. Das zeigt nur, dass die Behandlung bereits anschlägt."

„Wenn ich mich erschrecke?", fragte Mindy verwirrt. „Ich hatte doch erst eine Massage."

„Bei den einen geht es schneller, bei den anderen dauert es länger. Jeder reagiert unterschiedlich." Anna zuckte lakonisch mit den Schultern. „Ich wollte sie zum Abendessen abholen."

Wie aufs Stichwort knurrte Melindas Magen und sie musste grinsen. „Dinner klingt gut."

„Dann wollen wir uns mal beeilen." Anna zwinkerte ihr zu und setzte sich in Bewegung. Dann reichte sie ihr die Papiere. „Hier ist der Therapieplan für die nächsten Tage. Dr. Nara kommt gleich noch mal zu Ihnen."

„Okay", gab Melinda unbestimmt zurück. Sie wusste nicht, was sie davon halten sollte, aber Anna redete direkt weiter.

„Sie wird Ihnen sagen, welches Dosha bei Ihnen vorherrscht und wonach Sie dementsprechend essen sollen."

„Duuscha?", hakte Mindy verwirrt nach. Langsam war sie sich wirklich nicht mehr sicher, ob sie im richtigen Hotel gelandet war? Wer weiß, wohin sie dieser unfähige Fahrer gebracht hatte. Bestimmt sollte sie ganz woanders sein!

„Das habe ich bestimmt nicht gebucht!", wandte sie daher ein, doch Anna lachte nur und fuhr fort.

„Ayurveda heißt übersetzt die Lehre vom Leben. Also wird alles den Elementen zugeordnet. Es gibt drei Grundkonstitutionen, Vata, Pitta, Kapha. Die in uns allen in unterschiedlichen Anteilen stecken. Ich habe zum Beispiel viel Kapha, deswegen bringt mich wenig aus der Ruhe, aber ich werde dadurch auch nie so schlank sein wie Sie." Anna lächelte sie offen und interessanterweise ohne Bedauern an. Jetzt hatte sie Melindas volle Aufmerksamkeit. Ihr war noch nie eine Frau begegnet, die wirklich zufrieden mit ihrem Körper war. Fasziniert lauschte sie ihr.

„Wenn die Kräfte im Gleichgewicht sind, dann sind wir gesund und fühlen uns gut. Das ist das, was wir hier tun.

Wir möchten unsere Gäste wieder in ihr Gleichgewicht bringen."

Melinda runzelte die Stirn. Irgendwie kam ihr das doch vertraut vor. Interessant war es auf jeden Fall. „Deswegen auch die merkwürdige Untersuchung."

„Genau!" Anna freute sich. „Da ist Frau Dr. Nara ja schon. Ich wünsche Ihnen einen guten Appetit, Miss Miller. Wir sehen uns morgen." Sie lächelte noch einmal, bevor sie ging.

Melinda nickte nur, denn schon stand die Ärztin neben ihr.

„Miss Miller, kommen Sie, lassen Sie uns ihr Vata ins Gleichgewicht bringen." Auch sie lächelte und führte sie in den Speisesaal, wobei Saal etwas zu gewaltig klang. Das ganze Hotel war eher klein und gemütlich, aber modern mit vielen Fenstern. Dr. Nara schritt voran und erklärte ihr, wie das Buffet aufgebaut war.

„Ich werde ja wohl...", wollte sie genervt einwenden und hielt dann inne. Die Speisen sahen anders aus, als in den meisten Hotels. Einiges erkannte sie als indisch. Es gab viel Gemüse, aber dazwischen standen lauter Schälchen mit Chutneys und Gewürzen und Kräutern.

Dr. Nara lächelte sie wohlwollend an. Nichts schien sie aus der Ruhe zu bringen. Wenn Ayurveda das mit einem machte, dann wollte sie das auch, schoss es ihr durch den Kopf. Irritiert hielt sie inne. Wo kamen denn diese ganzen neuen Gedanken her? Warum wollte sie so sein wie die Ärztin? Verwirrt sah Melinda auf sie runter, denn sie war deutlich größer als Frau Doktor. Diese war überhaupt nicht zurecht gemacht. Graue Strähnen durchzogen ihr schwarzes Haar, sie trug, soweit Melinda das erkennen konnte, keinerlei Make up und außerdem hatte sie Falten!

Aber wenn sie sie so anlächelte wie jetzt, blitzten ihre Augen und ihr ganzes Gesicht strahlte eine ruhige Heiterkeit aus. Sie musste zugeben, dass sie fasziniert war.

„Wollen wir weitermachen?", fragte sie schmunzelnd und auf einmal war Melinda klar, dass sie schon einige Gäste gehabt hatte, die ihr erklären wollten, dass sie ja wohl wüssten, wie man sich an einem Buffet bediente. In ihrem Schmunzeln war nichts Überhebliches. Melinda sah nur Freundlichkeit und auf einmal fühlte sie sich deutlich leichter.

Nachdem die Ärztin gegangen war, probierte Melinda sich durch die verschiedenen Gerichte und glücklicherweise schmeckte alles köstlich, auch wenn einige ganz anders schmeckten, als sie es erwartet hatte. Sie war so in ihr Essen vertieft, dass sie gar nicht merkte, dass sie weder einen Tischnachbarn noch ihr Smartphone dabei hatte.

Als sie fertig war und gerade überlegte, ob es im Ayurveda auch Desserts gab, stand Marie vor ihr, mit einem Tee in der einen und einem Stapel Zettel in der anderen Hand.

„Guten Abend Melinda, darf ich mich setzen?", fragte sie und Melinda machte eine einladende Handbewegung.

Marie legte den beachtlichen Stapel neben sich. Es waren verschiedene A4 Papiere, garniert mit bunten Haftnotizen.

„Was ist das?", erkundigte sich Melinda, die auf einmal eine ungute Ahnung beschlich.

Marie lächelte, etwas bemüht, wie sie fand. „Es sind Nachrichten für Sie. Sie kamen über unsere allgemeine Emailadresse."

„Für mich?", hakte sie nach, obwohl sie längst wusste, was das alles war und vor allem von wem. Das köstliche Essen lag ihr plötzlich wie ein Stein im Magen und am liebsten wäre sie aufgesprungen und zum Waschraum gerannt. Statt dessen schob sie den Teller zur Seite und legte die Hände in den Schoß. Sie konnte Marie nicht ansehen, denn sie spürte schon wieder Tränen aufsteigen. Sie war erst 22 Jahre alt und fühlte sich wie ein Wrack.

Flammend heiße Scham wallte in ihr auf. Sollte sie nicht ihr Leben im Griff haben, so wie andere auch? Aber sie hatte nichts im Griff. Nicht einmal so eine bescheuerte Hochzeit konnte sie planen! Andere lenkten Millionenunternehmen und sie war nicht in der Lage 250 Leute einen schönen Tag zu bereiten.

„Tut mir leid", nuschelte sie und starrte noch immer auf die weiße Tischdecke. „Ich hätte nicht gedacht, dass sie so etwas tut. Aber eigentlich hätte ich damit rechnen müssen", gab sie leise zu.

„Wie lange geht das denn schon?", fragte Marie mitfühlend. Überrascht hob Melinda den Kopf. Mit allem hatte sie gerechnet, aber nicht damit.

Sie zuckte mit den Schultern. „Die Hochzeit plane ich seit zehn Monaten."

„Sie schreibt Ihnen seit zehn Monaten täglich..." Marie hob die Papiere an. „... zwischen zwanzig und dreißig Emails?" Ihre Fassungslosigkeit war nicht zu überhören, automatisch ging Melinda in den Verteidigungsmodus.

„Candice weiß eben, wie man es richtig macht. Ich will schließlich eine Hochzeit..." Sie verstummte, denn plötzlich wurde ihr bewusst, dass sie gar nicht wusste, was für eine Hochzeit sie wirklich feiern wollte. Während der letzten Monate hatte sie jede Woche andere Anweisungen an Nigel geschickt. Mittlerweile hatte sie den Überblick über alle Änderungen längst verloren.

„Und woher weiß sie, wie man es richtig macht?", hakte Marie vorsichtig nach.

„Sie kennt sich eben aus und ihre Hochzeit letztes Jahr war..." Wieder ließ Melinda den Satz offen. Die Erinnerung an eine wutschäumende Candice, wie sie am Morgen ihrer Hochzeit in der Küche vom Country Club stand und den Fahrer der Konditorei anschrie, weil die Veilchenblüten auf der Torte den falschen Farbton hatten, kam ihr in den Sinn. „... eine Katastrophe!", beendete sie ihn endlich.

Melinda warf einen Blick auf den Papierstapel, der sich in den letzten 4 Stunden angesammelt hatte und begann auf einmal unkontrolliert zu kichern. Sie konnte gar nicht mehr aufhören. Es war völlig unpassend, aber sehr befreiend.

Geduldig, aber mit deutlichen Fragezeichen im Gesicht wartete Marie, bis sie sich beruhig hatte.

„Es war furchtbar. Alle waren sturzbetrunken, selbst der Fotograf!", wieherte Melinda. „Candice Oma soll sich das Mikro gegriffen haben, um den Leuten schmutzige Witze zu erzählen." Sie grinste Marie an. „So hat man mir jedenfalls erzählt, Andrew und ich mussten früher los. Warum habe ich das vergessen?", wunderte sie sich.

Marie zuckte mit den Schultern. „Vermutlich hatte sie auch kein großes Interesse daran ihre Erinnerung wach zu halten."

„Wer kann es ihr verdenken?" Melinda lächelte ein wenig schief.

„Aber sind es nicht gerade die Geschichten von den kleinen und großen Katastrophen, über die wir dann gemeinsam lachen und die wir immer wieder gern erzählen?", gab Marie zu bedenken.

Melinda sann darüber nach und begriff plötzlich, dass die Stimmung von Candice Hochzeit auch deshalb so gekippt war, weil Candice alles und jeden kontrollieren wollte. „Entschuldigung, ich..." Melinda holte tief Luft. „Hat Sie Ihnen wirklich all diese Emails geschickt?", fragte sie nach und griff nach dem Stapel. Es waren Candice typische Mails, gefüllt mit Fotos, Links und ihren oberlehrerhaften Beschreibungen.

„Ja", antwortete Marie.

„Haben Sie sie gelesen?", erkundigte sich Melinda.

„Natürlich nicht... Allerdings konnte ich nicht vermeiden zu erkennen, worum es geht."

„Ist ja auch schwer zu übersehen", gab Mindy zurück und hielt ein Bild von einer Hochzeitstorte hoch, die natürlich ganz anders aussah, als die, die sie vor Monaten bei Mrs. Cuthbert, der Haushälterin von Gracewood Hall, in Auftrag gegeben hatte. Das Einzige übrigens, an dem sie festgehalten hatte.

„Manipulation", korrigierte Marie sie. „Kontrolle und Angst. Mangelndes Selbstbewusstsein und das scheinbar völlige Fehlen von Selbstliebe, vielleicht spielt auch Neid eine Rolle."

„Wie bitte?"

„Natürlich kenne ich Ihre Trauzeugin nicht", erklärte Marie und Melinda fiel auf, dass sie nicht  Freundin gesagt hatte. „Und ich würde mich freuen, wenn ich mich irre, aber wenn ich es richtig verstehe, dann versucht Candice sie zu kontrollieren, um sich nicht mit sich selbst und ihrem eigenen Leben beschäftigen zu müssen."

Melindas Augen wurden noch größer und Marie fuhr fort.

„Scheinbar hat Candice nicht verstanden, dass der einzige Weg um sich nachhaltig besser zu fühlen und ein erfülltes Leben zu leben, der Blick in sein eigenes Inneres ist und sich mit dem auseinander zu setzen, was man dort vorfindet", erklärte Marie. „Wir alle tragen Verletzungen aus unserer Kindheit in uns. Nur wenn wir diesen Schmerz zuzulassen und hinsehen, können die seelischen Wunden heilen. Aber anstatt sich zu fragen, was sie wirklich glücklich macht, manipuliert Candice Sie. Weil sie sich dann kurzzeitig machtvoll fühlt."

Melinda stand der Mund offen, im wahrsten Sinne. Denn Marie hatte Recht. Diese Erkenntnis war schmerzhaft und peinlich, aber irgendwie auch befreiend.

„Es ist ein Ablenkungsmanöver, ein ziemlich perfides sogar", schloss Marie.

„Und ich habe es zugelassen", ergänzte Melinda beinahe tonlos. „Bin ich blöd!", purzelte die Enttäuschung über ihre eigene Unfähigkeit, das zu Erkennen aus ihr heraus.

„Liebe Melinda", Marie nahm ihre Hand und drückte sie. „Bitte verurteilen Sie sich nicht dafür. So etwas passiert den Besten von uns! Mir ist es passiert. Bei meinem ersten Ehemann und meinem Vater. Deswegen musste ich auch einfach mit Ihnen sprechen. Ich weiß, wie verfahren so eine Situation sein kann."

Melinda sah Marie ungläubig an. Ihr war es auch so ergangen? Sie strahlte so viel Selbstbewusstsein aus! „Niemals!", widersprach sie. „Sie wirken so... als könnte Sie nichts umwerfen."

Marie lächelte. „Das war aber nicht immer so. Ich bin schließlich auch schon sechzig Jahre alt."

„Nein!" Melinda konnte es nicht glauben, sie hatte sie mindestens zehn Jahre jünger geschätzt.

„Doch, liebe Melinda. Das Leben ist ein Prozess, wir dürfen uns entwickeln. Ich glaube sogar, dass das der Sinn des Lebens ist. Aber das führt jetzt etwas zu weit." Marie deutete auf die Zettel und Melindas Lächeln verschwand genauso schnell, wie es gekommen war. „Was machen wir jetzt damit? Das muss aufhören und nicht nur, weil es meine Mitarbeiter von ihrer eigentlichen Arbeit abhält."

„Ich sagte ja, wenn ich einen Internetzugang hätte, würde ihre Mitarbeiter davon gar nichts mitbekommen", erklärte sie, aber Marie schüttelte den Kopf.

„Tut mir leid, aber das hilft Ihnen nicht weiter."

Mist. Melinda ließ wieder den Kopf hängen, denn sie wusste wirklich nicht, was sie machen sollte. „Sie weiß doch, dass ich im Urlaub bin", entgegnete sie leise und gemeinsam schwiegen sie einen Moment. Erst jetzt fiel Melinda auf, wie ungewöhnlich still es im Speisesaal war. Sie waren beinahe allein. Alle Gäste hatten sich schon zurückgezogen, nur die Servicekräfte gingen leise umher und räumten auf.

„Ich habe eine Idee", sagte Marie plötzlich.

„Ja?" Hoffnungsvoll hob sie den Kopf.

„Ja! Wir richten Ihnen eine Emailadresse ein!" Marie strahlte.

„Wie soll mir das denn helfen? Ich habe doch eine Emailadresse und die kennt Candice", wendete Melinda verständnislos ein.

Ungeduldig winkte Marie ab. „Das ist mir klar, aber darüber sind Sie doch nicht zu erreichen. Wir richten Ihnen eine Adresse übers Hotel ein. Miller@sonnenblick.ch oder so ähnlich und dann kann Ihre Trauzeugin dorthin so viele Mails schicken, wie sie möchte." Marie sah sehr zufrieden aus.

„Es ist doch völlig egal, von welchem Account ihre Mitarbeiter die Mails ausdrucken..."

„Nicht doch Melinda, niemand druckt die Mails aus oder liest sie auch nur, aber wir lassen Candice in dem Glauben, dass sie es tun und sich um alles kümmern werden."

Endlich verstand Melinda, worauf Marie hinauswollte. „Dann lügen wir", gab sie zu Bedenken, aber Marie zog nur eine Augenbraue hoch. Okay, es war wohl kein großer moralischer Unterschied zwischen einer Lüge und Manipulation.

„Wir verschaffen Ihnen etwas Zeit um zur Ruhe zu kommen. Nur dann können Sie herausfinden, was Sie wollen und Kraft sammeln für die Begegnung mit ihr. Denn früher oder später wird es ja dazu kommen."

Bei dem Gedanken lief Melinda ein Schauer über den Rücken. Daran wollte sie nicht denken. Maries Idee war gar nicht so dumm. Es konnte klappen. Und ein paar Tage ohne permanent an die Hochzeit zu denken wären wirklich himmlisch!

„Gut, dann machen wir es so. Hoffen wir, dass es klappt und Candice den Köder schluckt." Marie freute sich sichtlich und stand auch schon auf. „Kommen Sie, wir machen es gleich. Dann haben wir es erledigt und Sie können dann direkt mit dem Entspannen anfangen!"

Gute zwanzig Minuten später, ging Melinda mit einer Tasse Tee, die Marie ihr in die Hand gedrückt hatte, draußen noch ein wenig umher. Sie war viel zu aufgewühlt, um sich irgendwo hinzusetzen. Wie wunderschön die laue Sommernacht war, nahm sie kaum wahr. Die Mailadresse war jetzt eingerichtet und sie hatte Candice auch geschrieben, was ewig gedauert hatte. Das Schreiben der Nachricht, nicht das Einrichten. Obwohl es im Endeffekt nur drei Sätze waren, war es ihr unendlich schwer gefallen die richtigen Worte zu finden. Denn erst jetzt, wo jemand wusste, was in den letzten Monaten passiert war, konnte sie sich eingestehen, wie dringend sie eine Pause brauchte. Wenn sie ehrlich war, hatte sie richtige Angst, dass es nicht funktionierte und außerdem fragte sie sich wie es jetzt weiterging.

Sie hatte noch nie etwas ohne Candice gemacht, stellte sie erschrocken fest. Aber sie war ja auch ihre beste Freundin! Da war es doch klar, dass sie bei allem dabei war, rechtfertigte sie sich vor sich selbst und dennoch hörte sie eine kleine leise Stimme, die zu bedenken gab, dass beste Freundinnen aber nicht über den anderen bestimmten.

Melinda ließ die Terrasse hinter sich und lief die angelegten Wege entlang. Der Garten lag im Halbdunkel, was ihr merkwürdigerweise ein beschütztes Gefühl vermittelte. Wie war sie nur an diesen besonderen Ort geraten? Beinahe verdrehte sie die Augen über ihre konfusen Gedanken. Sie wusste doch, dass sie dieses Hotel selbst gebucht hatte. Ja, gut, aufgrund einer Empfehlung von Mum oder einer ihrer Bekannten, aber sie hatte sich ganz allein entschieden hierher zu kommen, stellte sie stolz fest. Sie konnte es also doch, eigene Entscheidungen treffen.

‚Prima, Melinda! Du bist ja auch erst 22 Jahre alt. Schön, für dich‘, ätzte eine andere Stimme in ihr, diesmal deutlich lauter. Am liebsten hätte sie der Stimme die Zunge rausgestreckt.

Sie atmete tief durch und versuchte die verschiedenen Gedanken in sich zu ignorieren, bis es nur noch ein diffuses Rauschen war, das in ihrem Kopf umher schwirrte. Die leise Ahnung, dass sie früher oder später doch Ordnung in das Gedankenchaos bringen musste, ignorierte sie. Stattdessen nippte sie an ihrem Tee und konzentrierte sich auf den Weg, der vor ihr lag. Gab es nicht so etwas wie Meditation im Gehen? Wer hatte das denn letztens erzählt? Es musste Mabel gewesen sein. Sie hatte sich Ostern mit ihrer Mum unterhalten über Spiritualität und solches Zeug. Melinda hatte nicht zugehört, weil es sie überhaupt nicht interessiert hatte und schließlich hatten sie sich erst ein paar Tage vorher für Gracewood Hall als Location entschieden. Da hatte sie natürlich ganz andere Sachen im Kopf gehabt. Gracewood Hall war echt hübsch! In der wundervollen Eingangshalle mit der Wahnsinnstreppe würde, sollte es regnen, der Empfang stattfinden und dank der Glaskuppel wäre es dennoch hell und freundlich. Vielleicht konnte sie ja doch wie Scarlett O’Hara die Treppe hinunter schweben in ihrem Brautkleid, die Schleppe dekorativ ausgebreitet. Bei der Vorstellung schlich sich ein Grinsen auf Melindas Gesicht.

Auf einmal endete der Weg vor einem kleinen Holztor, hinter dem sie einen altmodischen Küchengarten erkannte. Sie hob den Riegel an und öffnete das Tor. Details konnte sie nicht erkennen, das Licht der Wegbeleuchtung reichte nicht bis hier her, aber dafür war der Duft beinahe überwältigend. Es roch nach verschiedenen Kräutern und

Blumen. Bedauernd stellte sie fest, dass sie sich gern besser damit auskennen würde und beschloss spontan tagsüber noch einmal herzukommen. Vielleicht gab es ja diese kleinen Pflanzschilder, wie sie sie schon einmal im Internet gesehen hatte. Der Garten war nahezu quadratisch angelegt, die Beete ordentlich eingefasst mit etwas Grünem, dass wohl Buchsbaum war. In der Mitte stand eine steinerne Sonnenuhr und gegenüber dem Eingang befand sich eine Holzbank, auf der sie sich nun niederließ. Die mittlerweile leere Tasse stellte sie neben sich.

Dieser Garten war etwas Besonderes, das spürte sie. Es war so schön hier, dass selbst das sonst allgegenwärtige Rauschen in ihrem Kopf verstummte. Entspannt lehnte sie sich zurück, blickte nach oben und staunte. Über ihr wölbte sich der Himmel in seiner ganzen wundervollen Pracht. Melinda wusste nicht, wann sie zuletzt so viele Sterne auf einmal gesehen hatte oder ob sie ihn überhaupt schon einmal so gesehen hatte. Also in echt und nicht auf einem Foto. Kurz spürte sie den Reflex nach ihrem Handy zu greifen und ein Bild zu machen, aber dann fiel ihr ein, dass es in ihrem Zimmer lag und sie ließ ihre Hand sinken. Stattdessen genoss sie einfach den Anblick des wunderschönen Firmaments.

Zeit spielte keine Rolle mehr. Je länger sie im Angesicht der Sterne dasaß, desto ruhiger fühlte sie sich. Die Hochzeit und Candice rückten in den Hintergrund, bis sie vollkommen zufrieden den Moment genoss. Selbst als sie dachte, sie würde platzen, so vollkommen erfüllt und im Einklang mit der Welt, blieb sie noch einen Moment sitzen. Langsam stand sie auf und strich beim Hinausgehen gedankenverloren mit ihrer Hand über einen Busch, der üppig wucherte. Der Duft nach Lavendel stieg in ihre Nase.

Plötzlich war sie wieder fünf Jahre alt und rannte in ihrem weißen Baumwollkleid mit der lila Schärpe einen sonnenbeschienenen Kiesweg entlang. Der Sommer in der

Provence war ihr schönster Urlaub mit ihren Eltern gewesen. Sie hatten ein Bauernhaus gemietet, mit einem unglaublichen Garten und Melinda hatte die ganze Zeit irgendwelche Märchen gespielt. Ihre Eltern mussten ihr immer wieder aus dem dicken Märchenbuch vorlesen. Sie hatte es so geliebt, sich vorzustellen, sie wäre ein einfaches Dorfmädchen, das die Gänse hütete und dabei Blumen pflückte. Die Sträuße hatte sie in alle Gläser gestellt, die sie im Haus hatte finden können. Damals war sie wirklich glücklich gewesen.

Mit einem wehmütigen Lächeln und einer unbestimmten Melodie im Kopf machte sie sich auf den Rückweg.

Erst als sie im Bett lag fiel ihr ein, dass sie die Tasse auf der Bank vergessen hatte.

## Samstag
## Kapitel 4

Sie hatte so gut geschlafen, wie seit Monaten nicht mehr. Melinda hatte keine Ahnung, ob es an dem Tee gelegen hatte, an der Ruhe hier auf dem Berg oder dass es abends tatsächlich dunkel war. Genüsslich streckte sie sich. Das Sonnenlicht fiel durch einen Spalt in den Vorhängen und während sie beobachtete wie die winzigen Staubpartikel schwebten, genoss sie das glatte Material der Bettwäsche. Wie so oft fragte sie sich, was die in den Hotels anders machten. Zuhause hatte sie die teuersten Laken der Welt, aus Seide und ägyptischer Baumwolle, aber keines kam an dieses Hotelgefühl heran. Aber noch blieb sie ein wenig liegen, dafür war es zu schön. Auch wenn es für Melinda völlig untypisch war, so vor sich hin zu dösen, konnte sie sich nicht motivieren aufzustehen. Sie sah immer noch auf die tanzenden Staubkörnchen und ganz langsam wurde es leer in ihrem Kopf.

Sie musste noch einmal eingeschlafen sein, denn jetzt war sie hellwach und bereit aufzustehen. Dynamisch warf sie die Arme nach oben und strampelte gleichzeitig die Decke weg. Die Matratze unter ihr vibrierte und einer plötzlichen Eingebung folgend, war sie eine Sekunde später auf den Beinen und hüpfte ausgelassen auf dem Bett. Das war so albern, dass sie anfing zu lachen. Übermütig sprang sie mit ausgebreiteten Armen auf den Boden, um sich sofort rücklings wieder fallen zu lassen. Ein wenig außer Atem lag sie da und spürte wie ihre Mundwinkel beinahe ihre Ohrläppchen berührten. Vermutlich sah sie aus wie die Grinsekatze, die sie immer gruselig gefunden hatte. Lachend stand sie endgültig auf, bereit für den Tag und was er alles so bringen würde.

Auf dem Weg zum Speisesaal traf sie in der Lobby auf Marie und Anna.

„Guten Morgen!", rief sie ihnen gut gelaunt entgegen.

„Melinda, Sie scheinen gut geschlafen zu haben", antwortete Marie freundlich und auch Anna lächelte herzlich.

„In der Tat, so gut wie schon lange nicht mehr!" Melinda strahlte, bis ihr Blick plötzlich auf die Uhr hinter ihr fiel. Es war beinahe Mittag. Ups.

Marie bemerkte ihren Blick und lachte. „Kommen Sie, wir finden schon noch etwas zum Frühstücken für Sie."

„Warten Sie, hier ist Ihr Anwendungsplan für heute und die nächsten Tage." Anna gab ihr einen dicken Umschlag.

„Oh, danke!" Verblüfft nahm sie ihn entgegen und überlegte augenblicklich, was sie bitteschön alles tun sollte. Eigentlich wollte sie sich doch erholen. Marie lief mit ihren dynamischen Schritten vor und so blieb ihr keine Zeit, sofort in den Umschlag zu schauen.

„Setzen Sie sich doch gern auf die Terrasse, Melinda. Es ist so ein schöner Tag heute!", schlug sie vor. „Ich sorge dafür, dass Sie ihr Frühstück bekommen."

„Okay", murmelte sie, aber das hatte Marie vermutlich nicht mehr gehört, denn sie war schon weg. Es war ein wunderschöner Tag. Also trat Melinda hinaus und suchte sich einen Platz unter einem der großen Sonnenschirme. Es wehte ein laues Lüftchen und so war es, trotz der fortgeschrittenen Stunde angenehm. Nur ein paar andere Gäste saßen hier und bewunderten die Aussicht auf die Berge. Ein Paar fiel ihr besonders auf. Sie saßen sich gegenüber und beide lasen. Sie hatte ihre nackten Füße auf seinem Schoß abgelegt. Seine linke Hand streichelte sie immer wieder, wie selbstvergessen. Melinda konnte ihren Blick gar nicht abwenden, so wunderschön sahen die Zwei miteinander aus. Vertraut und entspannt. Genau das wollte sie auch!

Auf einmal fiel ihr auf, dass sie gar nicht wusste, ob Andrew auch gern Romane las. In seiner Wohnung hatte sie damals nur Sachbücher gesehen.

Melinda ließ ihren Blick schweifen und überlegte, wann sie selbst das letzte Mal ein Buch in der Hand gehabt hatte. Als Kind hatte sie es immer sehr gemocht, aber dann hatte sie immer mehr Zugang zum Internet bekommen... ach, sie wusste auch nicht. Ihr Blick wanderte wieder zu dem Paar zurück, sie sahen so richtig glücklich aus, wie sie so versunken waren. Gerade bei der Frau spiegelten sich alle Emotionen in ihrem Gesicht, während sie las.

„Bitte sehr!" Marie stellte ein großes Tablett vor Melinda ab und unterbrach damit ihre Überlegungen. Stirnrunzelnd beobachtete Melinda, wie sie verschiedene Schüsseln und tatsächlich ein Thermoskanne vor ihr abstellte.

„Um Himmels Willen, was ist das?", entfuhr es ihr.

Marie bemerkte ihren irritierten Blick und erwiderte grinsend. „Ihr Frühstück."

„Ich soll das alles essen?" Normalerweise trank sie zum Frühstück nur einen grünen Smoothie, wenn überhaupt.

„Am besten Sie starten mit dem warmen Zitronenwasser." Marie deutete auf die Kanne. „Den Getreidebrei können Sie danach mit den verschiedenen Toppings versehen. Und seien Sie ruhig großzügig mit dem Nussmus. Bei ihrer Konstitution tut Ihnen das Öl gut."

Natürlich war der Porridgetrend nicht an ihr vorbei gegangen, trotzdem staunte sie, was es alles so gab.

„Lassen Sie es sich schmecken!" Marie goss ihr ein großes Glas ein und wendete sich zum Gehen.

„Ähm, Marie... Haben Sie einen Moment Zeit? Ich würde Sie gern noch etwas fragen."

„Sicher", erwiderte sie unverzüglich und setzte sich zu ihr. Melinda schaute noch einmal zu dem Paar und fasste Mut.

„Hat Candice sich noch einmal gemeldet?", fragte sie und trank einen Schluck von dem Zitronenwasser. Es schmeckte etwas fad und sie stellte es schnell wieder zur Seite.

„Nicht, dass ich wüsste. Unser Plan scheint erst einmal zu funktionieren." Marie zwinkerte ihr verschwörerisch zu.

„Gut." Melinda nickte und traute sich dann endlich auszusprechen, was ihr seit gestern Abend nicht mehr aus dem Kopf ging. „Mir ist immer noch nicht klar, warum ich zugelassen habe, dass sie so über mein Leben bestimmt."

Marie zuckte mit den Schultern. „Das kann ich Ihnen nicht genau sagen, das wissen nur sie. Aber ich habe festgestellt, dass wir alle limitierende Glaubenssätze haben. Wir alle glauben, wir seien nicht gut genug oder wir verdienen es nicht oder so ähnlich", antwortete sie. „Und das führt dazu, dass wir die merkwürdigsten Entscheidungen fällen."

„Alle?" Melinda sah sie skeptisch an und schüttelte entschlossen den Kopf. *„Never ever!"*

„Selbstverständlich!", entgegnete Marie.

„Aber was ist mit den super erfolgreichen Menschen?"

„Die haben erkannt, dass sie nicht alles glauben müssen, was ihre Gedanken ihnen sagen. Sie haben sich von ihren limitierenden Glaubenssätze nicht aufhalten lassen, sondern versucht sich dessen bewusst zu sein und trotzdem das zu tun, was sie wollten."

„Woher wollen Sie das wissen? Kennen Sie sie?" Melinda war sich bewusst, dass sie Marie herausforderte, aber sie wollte wirklich begreifen, was Marie meinte.

Marie lachte auf. „Nein, aber ich arbeite seit fast vierzig Jahren im Hotelwesen. Wenn ich eins kenne, dann sind es Menschen."

Oh Gott! Die Vorstellung, dass sie allen ihre dunkelsten Geheimnisse ansehen konnte, war irgendwie...

„Gruselig!", rutschte es Melinda raus und Marie lachte erneut.

„Aber nein, Melinda! Wo denken Sie hin? Ich kenne doch nicht die geheimsten Gedanken und Wünsche von anderen Menschen", versicherte sie.

„Ach nein?" Melinda deutete auf ihren von Gänsehaut überzogenen Unterarm.

Maries Augen blitzten vergnügt, als sie zu einer Erklärung ansetzte. „Was ich meinte ist, dass ich durch die Gespräche mit so vielen verschiedenen Menschen weiß, dass wir alle unser Päckchen zu tragen haben. Manche haben nur einen kleinen Rucksack und andere ein ganzes Kofferset, das sie mit sich rumschleppen."

Diese Vorstellung war zu komisch und Melinda musste prusten.

„Das Wichtigste ist aber zu erkennen, dass es in unserer Macht steht, den Koffer stehen zu lassen. Wir müssen uns nicht selbst die ganze Zeit erzählen, was alles Schlimmes passiert ist."

„Okay, das verstehe ich. Aber was, wenn einem etwas wirklich Schlimmes passiert ist. Was machen die, die eine schlimme Kindheit hatten?", hielt sie dagegen.

„Eine Kindheit mit Missbrauch und Drogen und wenn man außerdem das uneheliche Kind von minderjährigen Eltern ist?" Marie sah sie fragend an und Melinda nickte. „Dann hat Oprah Winfrey bewiesen, dass man dennoch ein erfülltes Leben leben kann."

„Oprah Winfrey?" Melinda ließ den Mund offen stehen, das hatte sie nicht gewusst. Ihre Sendung war vor ihrer Zeit auf ihrem Erfolgshöhepunkt gewesen.

Marie nickte. „Ja, tatsächlich ist sie sogar die erste Schwarze, die Milliardärin geworden ist."

„*Awesome*", hauchte Melinda andächtig.

„Ja, das finde ich auch", stimmte Marie zu. „Es ist nicht für jeden gleich leicht oder schwer", ergänzte sie. „Aber es gibt genügend Beispiele für Menschen, die es nicht leicht hatten und trotzdem unglaublich erfolgreich und glücklich waren. Und ich bin mir sicher, dass sie das alle geschafft haben, weil sie erkannt haben, dass sie die Vergangenheit nicht dadurch ändern, dass sie sie sich permanent in Erinnerung rufen."

„Tatsächlich?", fragte Melinda nach, weil sie plötzlich merkte, wie viel Spaß ihr diese Unterhaltung machte.

„Ja, tatsächlich!" Marie zwinkerte ihr zu und Melinda wusste instinktiv, dass es Marie auch so ging. „Wissen Sie was, ich habe genau das richtige Buch für Sie. Ich suche es Ihnen nachher raus. Aber jetzt muss ich leider los." Marie erhob sich.

„Sie wissen, wie man es spannend macht!"

Marie lachte auf. „Lassen Sie sich überraschen!", antwortete sie und verschwand mit beschwingten Schritten aus Melindas Blickfeld.

Maries Worte klangen in ihr nach. Hatte sie limitierende Glaubenssätze? Sie spürte, dass da einiges war, aber sie kam nicht ran. Es war, als würde sie versuchen sich durch einen dichten Nebel zu kämpfen. Sie war so tief in Gedanken versunken, dass sie gar nicht merkte, dass sie tatsächlich das ganze Glas mit dem warmen Zitronenwasser ausgetrunken hatte.

Lautes Lachen holte sie zurück in die Wirklichkeit. Das lesende Paar war aufgestanden. Er hatte sie nah zu sich gezogen. Offensichtlich flirteten sie sehr verliebt miteinander und Melinda musste bei ihrem Anblick lächeln. Die beiden zu sehen berührte ihr Herz und sie traf eine Entscheidung. Genau das wollte sie auch! Mit Andrew. Auch wenn sie noch nicht wusste, wie das ging, aber sie wollte auch so ein Leben, in dem sie auch noch nach Jahrzehnten mit Andrew gemeinsam glücklich war. Und während die beiden Arm in Arm die Terrasse verließen, begann etwas in ihrem Herzen aufzublühen.

# Montag

Melinda saß vor dem Hotel auf einer Bank und hielt ihr Gesicht in die Sonne. Das ganze Wochenende hatte sie jeden Tag mindestens eine Stunde in dem Küchengarten gesessen und in dem Buch, das Marie ihr gegeben hatte, gelesen oder einfach nur dagesessen und ihren Gedanken zugehört. Einige davon waren alles andere als nett und sie war wirklich erschrocken darüber, was sie so alles dachte. Prompt hatte sie ausprobiert, was Marie ihr gesagt hatte und was auch in dem Buch stand, dass man seine Gedanken steuern konnte und sie hatte festgestellt, dass es funktionierte. Sie konnte es selbst kaum glauben, aber sie war in der Lage die Fieslinge aus ihrem Kopf zu schmeißen. Gut, sie fanden immer wieder irgendwelche Schlupflöcher und krochen wieder rein, aber sobald sie sie erkannte, flogen sie wieder raus. Melinda war regelrecht überwältigt von dieser Erkenntnis. Genauso wie von den vielen anderen Dingen, die in dem Buch standen, von denen sie sich gern Notizen machen würde. Deswegen hatte sie heute, am Montag, beschlossen, die Pause zwischen ihren Anwendungen zu nutzen und hinunter in die kleine Stadt zu fahren, um sich ein schönes Notizbuch zu kaufen. Denn das, was sie hier gerade erlebte war ihr zu wichtig, um es ins Handy zu tippen.

In diesem Moment fuhr das Taxi vor, das sie sich bestellt hatte. Melinda stand auf und ging zu dem Wagen, allerdings blieb der Taxifahrer schnöde sitzen, anstatt ihr die Tür zu öffnen. Noch bevor sie sich entschieden hatte, ob sie demonstrativ stehen bleiben sollte oder einfach selbst die Tür öffnete, eilte ein Hotelangestellter herbei und öffnete die Wagentür für sie. Sie schenkte ihm ein dankbares Lächeln, auch wenn sie sich kurz wunderte, wo er auf einmal hergekommen war.

Die Faulheit des Taxifahrers beschränkte sich offensichtlich nicht nur auf körperliche Beschäftigung, sondern auch auf Kommunikation. Ohne ein Wort zu sagen, fuhr er einfach los. Da es nur eine Straße gab, die den Berg wieder hinunter führte, machte sich Melinda allerdings keine Sorgen, dass sie nicht dort ankommen würde, wo sie hinwollte. Abgesehen davon, war sie ebenfalls nicht besonders scharf auf ein Gespräch mit einem Fremden. Wen sie allerdings wirklich gern sprechen wollte, war Andrew, daher hatte sie ihr Smartphone in die Tasche gepackt und schaltete es nun ein. Bewusst ließ sie den Klingelton stumm und wappnete sich innerlich für Tausend Nachrichten, die unweigerlich kommen mussten. Die meisten würden von Candice sein, mit Andrew hatte sie am ersten Abend vom Gästetelefon des Hotels angerufen, um Bescheid zu geben, dass sie gut angekommen war und um sich mit ihm zu versöhnen. Leider hatte er wieder kaum Zeit gehabt, aber er hatte versprochen, ihrer Mutter Bescheid zu geben. Was er anscheinend auch getan hatte, denn ihre Mutter hatte nur eine einzige Nachricht geschickt, mit guten Wünschen. Wie erwartet, waren ein Großteil der Nachrichten von Candice, einige von Andrew und auch noch drei von Mabel. Erwartungsvoll sah sich Melinda Andrews Nachrichten an. Die Erste war noch von Freitagnacht.

Mel, mein Schatz, ich vermisse dich jetzt schon. Es tut mir leid, dass ich vorhin so wenig Zeit hatte. Ich hätte so gern mit dir länger gesprochen – wobei ich noch ganz andere Dinge lieber mit dir gemacht hätte, aber du bist nicht da und ich liege jetzt allein in dem viel zu großen Bett... Lass dich verwöhnen! Ich lösche jetzt das Licht, es ist schon spät und träume von dir! Ich liebe dich!

Melindas Wangen färbten sich zartrosa. Andrew war so süß! Noch nie hatte ein Mann ihr solche Nachrichten geschickt. Verliebt drückte sie ihr Handy an ihre Brust und seufzte. Sie vermisste ihn auch schrecklich.

„Wo soll's denn hingehen?", unterbrach der Taxifahrer auf einmal sein Schweigen.

Melinda war ganz überrascht, dass sie ihn trotz seines Akzents verstanden hatte. „In die Stadt, ich suche ein Schreibwarengeschäft."

„Kein Problem!", versicherte er.

Melinda nahm sich nun entschlossen Mabels Nachrichten vor. Sie hatte mehrere Fotos von den verschiedenen Brautjungfernkleidern und auch eines von sich in ihrem Kleid geschickt. Sie sahen gar nicht so übel aus, wie Melinda gedacht hatte und Mabel selbst stand ihres einfach toll! Neidlos musste Melinda anerkennen, dass dieses Lila für Mabel wie gemacht war. Tatsächlich hatten alle Kleider eine andere Nuance von Flieder über Lavendel bis Aubergine und auf einmal konnte sie sich...

„So Lady, wir sind da", verkündete der Fahrer und riss sie aus ihren Gedanken. Der Wagen kam zum Stehen und Melinda kramte nach ihrer Kreditkarte.

\*\*\*

Nigel Bedford klickte freudestrahlend auf „Senden" und lehnte sich äußerst zufrieden zurück. Endlich hatte er im Internet einen Anbieter solcher Zelte, wie Mindy sie haben wollte, gefunden und gerade die Anfrageemail abgeschickt. In diesem Moment wusste er, dass alles gut werden würde, dass Mindy und Andrew eine traumhafte Hochzeit bekämen, von der sie und ihre Gäste noch nach Jahren schwärmen würden.

Sein Blick fiel auf die Uhr. Er hatte noch zwei Stunden Zeit bis Mrs. Cuthbert den Tee im Salon servieren würde.

Bis dahin wollte er noch einmal kontrollieren, ob sie in der Planung auch nichts vergessen hatten und vielleicht schaffte er es sogar noch die To-Do-Liste für das anstehende Sommerfest auf Gracewood Hall zu kontrollieren.

***

Das Städtchen war wirklich hübsch, sauber und aufgeräumt und überall blühten Blumen. Der Taxifahrer hatte sie tatsächlich direkt vor einem Geschäft für Papeterie abgesetzt, doch Melinda zückte als allererstes ihr Smartphone und wählte Andrews Nummer aus.

„Babe! Ist alles in Ordnung?" Andrew klang ein wenig atemlos und besorgt.

„Ja, klar! Ich bin okay." Melinda schmunzelte. „Ich habe mir einen Hotspot gesucht!"

„Sehr gut, gut!" Andrew holte tief Luft. „Ich bin froh, deine Stimme zu hören. Wie geht es dir? Wie ist das Hotel? Hast du meine Nachrichten bekommen?"

Melinda musste lachen. „Wow! Du bist doch sonst nicht so aufgeregt. Was ist los?"

„Nichts, bei mir ist nichts los. Ich freue mich nur so über deinen Anruf."

„Ich freue mich auch! Mir geht es gut und deine wundervollen Nachrichten habe ich auch bekommen!" Melinda strahlte übers ganze Gesicht. „Dankeschön!"

„Du klingst auch ganz anders. Viel entspannter. Ich freu mich für dich!"

„Es ist sehr schön hier und... irgendwie anders als erwartet. Aber gut anders." Sie begann vor dem Schaufenster auf und ab zu gehen. Plötzlich fiel ihr Blick auf das perfekte Notizbuch. „Warst du eigentlich schon mal in der Provence?", fragte sie unvermittelt.

„In Frankreich?", fragte Andrew zurück. „Nein, ich kenne nur Paris und die Côte d'Azur. Möchtest du dorthin?"

„Ja, schrecklich gern. Ich war einmal als kleines Kind dort und irgendwie erinnert mich hier alles daran. Ich weiß auch nicht."

„Ich kann mir nichts Schöneres vorstellen, als mit dir in die Provence zu fahren", erklärte Andrew und kritzelte sofort eine Notiz für seinen Assistenten.

Melinda seufzte. Er war so toll! Nicht nur unglaublich aufmerksam, sondern auch verdammt sexy. „Ich liebe dich, weißt du das?"

„Und ich liebe dich! Erzähl, was machst du heute noch?"

„Ich bin in der Stadt, ich möchte etwas besorgen und dann werde ich wahrscheinlich noch in einem dieser netten, kleinen, europäischen Cafés einen Kaffee trinken und von dieser fantastischen Schokolade essen!", erklärte Melinda enthusiastisch.

„Jetzt bin ich noch trauriger, dass ich nicht bei dir sein kann!"

Melinda lachte. „Ich hatte dich eingeladen mitzukommen, aber du..."

„Jaja, ich weiß. Aber du könntest doch deinem Verlobten, der dich über alles liebt, etwas Schweizer Schokolade mitbringen", schlug er vor.

Melinda lachte wieder und auch Andrew musste grinsen.

„Vielleicht", sagte sie.

In diesem Moment klopfte es an Andrews Bürotür. Sein Assistent erinnerte ihn an sein nächstes Meeting. „Schatz, es tut mir leid, aber..."

„Du hast einen Termin", beendete sie den Satz für ihn.

„Ich wünschte, ich könnte weiter mit dir telefonieren!", gab er zu und Melindas Herz machte einen kleinen Hüpfer.

„Ich auch. Aber übermorgen bin ich ja schon wieder Zuhause!", munterte sie ihn und auch irgendwie sich selbst auf.

„Gott sein Dank! Viel länger könnte ich es auch nicht mehr ohne dich aushalten!", erwiderte er rau. Leiser fügte er hinzu: „Ich male mir ständig aus, wie wir unser Wiedersehen feiern..."

„Ach ja?!", gab sie schmunzelnd zurück, obwohl er ihr direkt Bilder in den Kopf gesetzt hatte. Sie biss sich in die Wange. Sie waren beide wohl kaum am richtigen Ort für solche Gespräche. „Ich melde mich spätestens am Flughafen!", sagte sie und lenkte das Gespräch in unverfänglichere Bahnen.

„Ja, bitte! Babe, ich muss los..." Er klang zerknirscht.

„Dann leg auf!", erwiderte sie lachend und zeigte ihm gleich darauf wie das ging.

So gut ihr diese Auszeit hier tat, genauso sehr vermisste sie Andrew. Es war so schön gewesen, seine Stimme zu hören und mit ihm zu sprechen. Sie freute sich so sehr auf ihre Flitterwochen. Auch jenseits der ganzen romantisch-sexy Erwartungen, weil sie wusste, wenn sie zwei ganz allein waren, war immer alles einfach. Deswegen hatte sie auch „ja" gesagt, als er sie im letzten Herbst gebeten hatte, seine Frau zu werden. Weil sie bei ihm einfach sein konnte, ohne irgendetwas tun zu müssen. Sie zwei erschufen sich zusammen eine ganz andere Welt als die, die in der sie groß geworden waren. Dort gab ein keine großen gesellschaftlichen Verpflichtungen oder Grundregeln, wie man sich zu verhalten hatte. Aber jetzt würde sie erst einmal dieses wunderschöne Notizbuch mit dem lavendelfarbenen Leineneinband kaufen und auch gleich einen passenden Stift dazu.

Fast zwei Stunden später saß sie, wie angekündigt, in einem der kleinen Cafés und staunte. Sie hatte nicht gedacht, dass man in so einem kleinen Städtchen so lange und vor allem so gut shoppen konnte. Sie hatte einen wunderbaren Teeladen, einen bezaubernden Buchladen, in dem es sogar englische Bücher gab, und eine filmreife Confisserie entdeckt. Auf dem Stuhl neben ihr standen nun verschiedene Papiertüten mit Geschenken für Andrew, jede Menge Pralinen und Schweizer Schokolade und allerlei anderen Mitbringseln. Sie hatte sich außerdem mit einem Espresso und einem wahrhaft köstlichen Törtchen belohnt und fühlte sich nun gestärkt genug, sich Candice Nachrichten anzusehen.

Es waren so viele, dass sie, nachdem sie zwei, drei gelesen hatte, die anderen nur noch überflog. Erst hatte sie noch ein paar „Inspirationen" geschickt, dann etwas Klatsch und Tratsch und als Melinda offensichtlich nicht antwortete, war sie erst zu Besorgnis und dann Ärger übergegangen, bis schließlich zu der Info, dass sie die neu eingerichtete Emailadresse nutzen würde, aber zur Sicherheit alles auch aufs Handy senden würden. Nach dieser Nachricht ließ Melinda fassungslos das Smartphone sinken. Candice hatte ihr tatsächlich in den letzten drei Tagen 198 Nachrichten geschickt. Und sie hatte noch nicht einmal einen Bruchteil dessen gelesen, geschweige denn angesehen.

Und sie lebte noch. Dieser Gedanke setzte sich in Melinda fest. Es war nichts Schlimmes passiert, obwohl sie nicht auf Candice Nachrichten reagiert hatte. Die Zeit dehnte sich aus und schien einen Moment still zu stehen. Ein weiterer, geradezu revolutionärer Gedanke kam auf. Und ehe sie der Mut verließ, hob sie ihr Smartphone wieder an und löschte kurzerhand den Chatverlauf.

Noch während sie zu begreifen versuchte, was geschehen war, bemerkte sie wie leicht sie sich auf einmal fühlte.

Leicht und mächtig zugleich. Als hätte ein tonnenschweres Gewicht auf ihr gelastet und als könne sie nun, da es von ihr genommen war, die ganze Welt verändern. Es war irre! Sie fühlte sich so gut, wie..., sie konnte sich nicht erinnern, wann sie sich das letzte Mal so gut gefühlt hatte. Womöglich noch nie. Nein, diesen Gedanken wollte sie gar nicht zulassen. Es war schon schlimm genug, dass sie anscheinend ihr halbes Leben irgendwie mit angezogener Handbremse unterwegs gewesen war. Aber sie konnte und wollte nicht glauben, dass sie nicht einmal als Kind so in sich selbst geruht hatte und gleichzeitig gewusst hatte, dass sie genau so wie sie war, richtig war.

In dem Urlaub in der Provence zum Beispiel, da hatte sie gewusst, dass sie sowohl die Prinzessin, als auch ein Dorfmädchen sein konnte. Sie war mit dreckigen Füßen quer durchs Haus gelaufen und hatte sich nicht darum gekümmert, was andere wohl davon halten würden, denn sie war vollkommen aufgegangen in ihrem Spiel. Die schwarzen Füße und die Flecken auf dem Kleid hatten einfach zu dem Dorfmädchen dazugehört. Punkt.

Also griff sie entschlossen nach dem neuen Notizbuch und begann zu schreiben.

# Dienstag

„Melinda, wie geht es Ihnen? Morgen geht es wieder nach Hause, nicht wahr?" Lächelnd kam Marie auf sie zu.

Melinda klappte ihr Notizbuch zu und lächelte ebenfalls. Sie freute sich Marie vor ihrer Abreise noch einmal sprechen zu können. „Mir geht es sehr gut, danke! Setzen Sie sich doch!" Sie rückte einen Stuhl an ihrem Tisch beiseite.

„Sie sehen großartig aus, liebe Melinda. Die Zeit bei uns scheint Ihnen wirklich gut getan zu haben!"

„Dankschön!", freute sie sich und gab das liebe Kompliment direkt zurück. „Es ist aber auch traumhaft bei Ihnen! Marie, darf ich Ihnen noch eine Frage stellen?"

„Sehr gern! Wie kann ich Ihnen helfen?"

„Wenn man sich bewusst gemacht hat, was in der Vergangenheit passiert ist und so und man damit *fine* ist, also zumindest erstmal, was passiert denn dann? Was kommt danach?" Melinda hatte in den letzten Tagen so viel geschrieben, wie nicht einmal in den intensivsten Schul- und Collegezeiten. Zeitweise hatte sie aufhören müssen, weil sich ihre Hand so verkrampft hatte.

„Oh, dann kommt das Beste!" Marie strahlte sie an. „Dann beginnen Sie Ihre Träume aufzuschreiben. Alles was Ihnen einfällt und was Sie schon immer mal machen wollten. Träumen Sie, am besten so groß wie möglich!"

„Und was soll das bringen? Ich meine, ich werde doch im Leben keine Primaballerina mehr, dafür bin ich doch schon viel zu alt."

„Woher wollen Sie das wissen? Kennen Sie denn die Lebensgeschichten aller Primaballerinen der Welt?", fragte Marie zurück.

„Abgesehen davon, dass das ein Beispiel war, nein, ich kenne nicht alle", gab Melinda zu.

„Es gibt tatsächlich Studien darüber, dass wenn wir groß träumen, wir unserem Gehirn erlauben nach vielen Möglichkeiten Ausschau zu halten, damit der Traum wahr werden kann", erklärte Marie. „Warum sollten wir uns schon beim Träumen und Ausmalen unserer Ziele und Visionen beschneiden und mir einer kleineren Version zufrieden geben? Hm?"

Melinda musste lachen, als sie Maries auffordernden Gesichtsausdruck sah. „Keine Ahnung."

„Sehen Sie. Also nehmen Sie sich die Zeit herauszufinden, was Sie in Ihrem Leben machen wollen. Es kann sein, dass es eine Weile dauert, bis Sie es wissen. Wir alle sind oftmals so sehr in unserem Kopf gefangen, dass wir nicht mehr fühlen, was unser Herz uns eigentlich sagen will. Aber sie werden es wissen, wenn ihr Herz weit offen ist."

„Okay...", antwortete Melinda langsam. Sie hatte bereits einige Dinge im Kopf.

„Und währenddessen machen Sie es sich einfach so schön wie Sie können. Das Leben ist ein Prozess. Geben Sie sich selbst und dem Universum ein wenig Zeit für die Umsetzung", bestärkte Marie sie.

„Apropos Prozess, was soll ich denn jetzt mit Candice machen?" Dieser Gedanke trieb sie die ganze Zeit umher, aber sie hatte ihn immer auf später verschoben. Nur wenn sie morgen abreiste, konnte sie Marie nicht mehr um Rat fragen.

Marie sah sie an und schwieg einen Moment. „Liebe Melinda, Sie dürfen eine Grenze ziehen. Sie entscheiden, wie sich andere Menschen Ihnen gegenüber verhalten. Und was mit denen passiert, die sich nicht an Ihre Grenze halten. Es ist eine Form von Selbstliebe." Marie nahm Melindas Hand und drückte sie. „Ich weiß, dass Sie das schaffen! Sagen Sie ‚Stopp! Das verletzt mich.'"

Melinda sah auf einmal Candice vor sich, wie sie bei einem solchen Gespräch reagieren würde. „Oh Gott, ich weiß nicht, ob ich das kann!", gab sie ganz offen zu und ließ den Kopf kurz hängen.

„Sie sind so stark Melinda, Sie wissen ja gar nicht, wie stark Sie sind! Selbstverständlich schaffen Sie das!" Marie drückte noch einmal ihre Hand und suchte ihren Blick. „Wenn Sie sich verängstigt und unsicher fühlen, ist das nur Ihr Gehirn, was vermeiden möchte, dass Sie sterben. Es ist so konstruiert, dass es immer abcheckt, wann und wie wir die größtmögliche Überlebenschance haben. Das war in der Steinzeit großartig, jetzt ist es meistens nur hinderlich. Sie wissen doch selbst, von einem unangenehmen Gespräch stirbt man nicht."

Melinda gab einen komischen Laut von sich, irgendeine Mischung zwischen Prusten und ungläubigen Schnauben.

„Wissen Sie, was ich immer mache, wenn ich vor etwas stehe, das mir Angst macht?"

Melinda schüttelte den Kopf. „Nein, was?"

„Ich denke mir das allerschlimmste Szenario aus, das mir einfällt." Marie machte eine kleine Pause, um Melindas volle Aufmerksamkeit zu erlangen.

„Und was soll das bringen?", Melinda zog ihre Nase kraus und Marie musste sich ein Lächeln verkneifen. Ihre junge Bekannte sah damit sehr niedlich aus.

„Dann suche ich für dieses schlimmstmögliche Szenario eine Lösung! Dadurch werde ich ganz ruhig. Ich kann total entspannt in diese vermeintlich schreckliche Situation gehen, denn ich habe ja bereits eine Lösung für meine absolute Horrorvorstellung, die meist eh nicht eintritt und außerdem vertraue ich darauf, dass mir für alle weniger schlimmen Situationen schon eine Lösung einfallen wird." Wieder schwieg Marie einen Moment.

„Okay…", sagte Melinda langsam. „Das hat was. Darüber denke ich mal nach." Ein kleines Lächeln breitete sich auf ihrem Gesicht aus. „Dankeschön!"

„Sehr gern! Ich werde morgen nicht im Haus sein, daher verabschiede ich mich jetzt schon von Ihnen." Marie nahm Melindas Hände in ihre. „Melinda, ich habe mich wirklich sehr gefreut Sie als Gast in meinem Haus haben zu dürfen. Ich wünsche Ihnen von Herzen alles Liebe und Gute für Ihre Zukunft und eine traumhafte Hochzeit mit wundervollen Flitterwochen! Ihr Andrew ist ein Glückspilz, dass er mit Ihnen sein Leben verbringen darf."

Melinda musste kräftig schlucken, aber es half nichts. Maries Worte waren so voller Liebe, dass ihr eine Träne über die Wange kullerte. „Dankeschön!" Sie schniefte. „Ich danke Ihnen, dass…" Ihr fehlten die richtigen Worte.

Maries Herz wurde weit. Sie rutschte mit ihrem Stuhl herum, breitete die Arme aus und zog Melinda an sich.

„Für alles", beendete Melinda den Satz. „Danke für alles!" Sie drückte Marie noch einmal fest und löste sich dann langsam von ihr. Sie versuchte ein Lächeln.

Marie lächelte auch, tätschelte Melinda noch einmal die Schulter und stand auf. „Wir sehen uns wieder! Ich bin sicher!"

Melinda nickte und versuchte ihrer Tränen Herr zu werden. „Ja, ganz bestimmt."

***

Sie hatte schon fast alles fertig gepackt, ihr Flieger ging morgen recht früh. Es war schnell gegangen, denn den Großteil ihrer Klamotten hatte sie nicht angezogen, weil sie hier ganz sie selbst hatte sein dürfen und daher meist in Leggings und Top oder sogar nur im Bademantel durch die Gegend gelaufen war. Auch jetzt trug sie genau das, denn sie hatte nachher noch einen letzten Massagetermin. Aber bevor sie sich in den Wellnessbereich begab, hatte sie sich noch einmal in den wundervollen Küchengarten gesetzt. Ihr Notizbuch lag aufgeschlagen neben ihr. Sie hatte schon so viel darin notiert, dass es sie selbst überraschte. In der Schule hatte sie Schreiben nie leiden können und jetzt konnte sie nicht mehr damit aufhören. Sie grinste und sah sich in der blühenden Oase um. Wie gern hätte sie so einen Garten in London, an dem sie sich zurückziehen konnte. Das konnte sie gleich auf ihre Wunschliste setzen! Und bis das Wirklichkeit war, würden vielleicht ein paar Kräutertöpfe in ihrer Küche sie immer daran erinnern. Es müsste sie nur jemand pflegen, sie hatte nämlich keine Ahnung davon. Plötzlich fiel ihr auf, dass sie gerade dabei war sich in Gedanken für ihre Unwissenheit zu tadeln. Wie konnte sie so etwas denken? Seit wann war Unwissenheit per se etwas Schlechtes? Dann besorgte sie sich die Informationen eben im Internet oder sie kaufte ein Buch. Sie könnte sich sogar Erinnerungen in ihr Smartphone eintragen, was die Pflanzen wann brauchten. Melinda schüttelte den Kopf und schmiss die negativen Gedanken raus. Sie würde das mit Leichtigkeit hinkriegen. Jawohl!

Mitten in ihre Gedanken hinein, sah sie Anna auf sich zukommen.

„Hier sind Sie!", rief Anna und kam lächelnd näher. Wieder hielt sie einen dicken Umschlag in der Hand. „Ich habe hier ein paar Empfehlungen für Ihren Alltag, mit Rezepten und so weiter. Dann können Sie sich auch Zuhause ayurvedisch ernähren und ein wenig Entspannung von hier nach Hause mitnehmen."

„Packen Sie mir den Garten auch ein?", scherzte Melinda und nahm den Umschlag entgegen. Natürlich fiel ihr auf, dass sie viel lockerer mit Anna und all den anderen Angestellten umging, als noch vor ein paar Tagen, aber es war auch so viel schöner! Noch immer staunte sie, wie leicht alles sein konnte, wenn man sich selbst ein wenig locker machte.

„Leider sind uns die Umschläge in dieser Größe ausgegangen", erwiderte Anna lachend. „Ich bin mir allerdings sicher, dass es auch bei Ihnen solche Gärten gibt. Sie wohnen in London nicht wahr? Die Briten sind doch leidenschaftliche Gärtner!", meinte sie und brachte Melinda damit auf eine Idee. Natürlich! Irgendwo in dieser Stadt musste es einen solchen Garten geben, der öffentlich zugänglich war.

„Anna, Sie haben Recht! Danke!" Melinda strahlte sie an.

„Gern geschehen!", freute sich Anna und wandte sich zum Gehen. „Denken Sie an Ihren Termin?", fragte sie noch.

„Den vergesse ich bestimmt nicht!", versicherte Melinda und deutete auf die Sonnenuhr, die erstaunlich präzise funktionierte.

Anna lächelte noch einmal und verschwand dann aus ihrem Blickfeld und Melinda lehnte sich zurück und schloss genüsslich die Augen, den Umschlag locker in ihren Händen.

\*\*\*

Schon seit Tagen tigerte Mabel um die vier Brautjungfernkleider herum, die ordentlich in Kleiderhüllen verpackt an ihrem Schrank hingen. Sie waren so wunderschön, dass Mabel sich nicht daran sattsehen konnte. Inzwischen hatte Mindy offensichtlich ihre Nachrichten und Fotos bekommen und sich angesehen, aber noch nicht geantwortet und daher wusste Mabel nicht, was sie tun sollte. So ein Aufschieben von Entscheidungen kannte sie von ihrer Cousine gar nicht. Immer wieder fragte Mabel sich, ob es überhaupt ihre Aufgabe war, etwas zu tun? Schließlich war sie nicht die erste Brautjungfer und

Trauzeugin. Denn das war ja Melindas beste Freundin Candice, die Schreckliche, wie sie sie heimlich nannte. Mabels Geduld und Mitgefühl wurde immer stark auf die Probe gestellt, wenn sie Candice sah, was netterweise sehr selten der Fall war. Aber das war wirklich ein anderes Thema. Wie so oft in den letzten Tagen öffnete Mabel den Kleidersack und bewunderte ihr Kleid. Sie musste gestehen, dass sie nicht traurig über den Fehler war. Der Lavendelton stand ihr um Längen besser, als das Nougatgold, das Mindy eigentlich bestellt hatte. Es betonte perfekt ihre dunklen Locken.

Wenn es nach ihr ginge, würde sie viel lieber dieses Kleid tragen. Aber es war ja nicht ihre große Feier, sondern Melindas. Mit einem letzten sehnsüchtigen Blick, schloss Mabel den Reißverschluss. Vielleicht konnte sie es ja behalten und zu einer anderen Gelegenheit anziehen. Sie beschloss, erst einmal abzuwarten. Ein paar Tage waren ja noch Zeit, bis die anderen Brautjungfern hier in London eintreffen würden. So wie sie ihre Cousine kannte, hatte diese bestimmt bereits den Fehler gemeldet und sich um Ersatz gekümmert und sie selbst machte sich vollkommen umsonst Gedanken.

# Mittwoch
## Kapitel 5

„Hallo Liebling! Ich bin jetzt auf dem Flughafen. Gott sei Dank!" Melinda sandte kurz ein Stoßgebet nach oben, denn der Limousinenservice hatte ihr zwar einen größeren Wagen, aber den gleichen Fahrer, wie auf dem Hinweg geschickt. Und leider war er noch nervöser gewesen, als am vergangenen Freitag.

„Gott sei Dank? Was ist denn passiert?", fragte Andrew alarmiert nach.

„Nichts, der Fahrer konnte leider überhaupt nicht Autofahren, deswegen bin ich auch etwas spät." „Babe, das tut mir leid. Bekommst du deine Maschine noch?"

„Ja, dafür reicht es. An der Sicherheitskontrolle war nicht viel los. Ich kaufe mir jetzt noch etwas zu Trinken und dann..."

Das war es! Genau vor ihr, in einer Boutique auf dem Züricher Flughafen, hing ihr Traumkleid. Weiß, lang und schmal geschnitten, mit Spitze verziert und ein schmales lila Band betonte die Taille. In einem wahren Geistesblitz sah sie sich in diesem Kleid glücklich durch einen Garten gehen.

„Ja?", fragte Andrew. Melinda war auf einmal verstummt. „Mel, bist du noch dran?"

Das Bild in ihrem Kopf war genauso schnell verschwunden, wie es gekommen war.

„Was? Ja! Ja, ich bin noch dran. Hör mal Schatz, ich muss auflegen!" Melinda sprach immer schneller. „Wenn ich im Flieger sitze, schicke ich dir wie immer die Flugnummer. Ich liebe dich!", versicherte sie ihm noch und in einer fließenden Bewegung legte sie auf.

Ohne lange nachzudenken, ging Melinda auf die Verkäuferin zu.

„Hallo, ich möchte gern das Kleid dort anprobieren." Sie wies mit der Hand ins Schaufenster.

Die nicht mehr ganz so junge Verkäuferin musterte sie hochnäsig von oben nach unten. „Natürlich", murmelte sie und setzte sich gemächlich in Bewegung.

Melinda ärgerte sich über ihr Verhalten und über sich selbst. Sie hätte sich doch stärker schminken sollen und doch lieber die weiße Leinenhose anziehen sollen, statt der einfachen Leggings. Allerdings fror sie im Flieger immer und Leinen knitterte... Jetzt war es auch egal. Sie sah sich nach der Kabine um und brachte ihren Koffer hinein. Dann wandte sie sich zu der Verkäuferin um, die sich aufreizend viel Zeit ließ. Aber Melinda war noch so entspannt, dass sie nicht sofort wieder in ihr altes Muster fallen wollte. Dafür genoss sie diese Leichtigkeit zu sehr.

Endlich kam sie, das Kleid nachlässig in der Hand. Es war offensichtlich, dass sie ihren Job unter ihrer Würde fand. Melinda ignorierte sie so gut es ging. Lieber konzentrierte sie sich auf das Kleid. Aus der Nähe betrachtet sah es noch schöner aus und es fühlte sich wundervoll an. Weich und seidig, trotz der Spitze. Entschlossen zog sie den Vorhang zu und beeilte sich es anzuprobieren.

Es war perfekt. Es passte nicht nur wie angegossen und sie hatte auch den Reißverschluss selbst schließen können, sie sah auch wunderschön aus. Anders als sonst und doch ganz wie sie. Andächtig stand sie einfach da. Kein kritisches Drehen und Wenden vor dem Spiegel. Es war erstaunlich. Es war so schön! Dr. Naras Worte kamen ihr in den Sinn und sie erkannte, dass ihr Ehrlichkeit und Authentizität tatsächlich sehr wichtig waren. Das war auch ein Grund, warum sie sich in Andrew verliebt hatte. Trotz all der Intrigen in ihrer Welt, war er immer aufrichtig. Von jetzt an würde sie das auch mehr leben, um ihm und sich selbst gerecht zu werden. Sie sah sich aufmerksam im Spiegel an und entschied mit ihrer Haarfarbe anzufangen. Zu ihrer dunkleren Naturhaarfarbe zurückzukehren, schien ihr ein guter und einfacher Anfang. Verliebt strich sie über den Stoff und ein strahlendes Lächeln breitete sich auf ihrem Gesicht aus. Das war ihr Kleid. Am liebsten hätte sie es nie wieder ausgezogen. Nun drehte sie sich doch einmal. Sanft bauschte sich der lange Rock um ihre Beine. Beinahe hätte sie gejuchzt. Aber nicht hier. Sie seufzte einmal sehnsüchtig, dann öffnete sie den Reißverschluss. Sie wollte ihren Flieger nicht verpassen.

„Ich nehme es", verkündete Melinda, als sie aus der Kabine trat.

„Endlich!", murmelte die Verkäuferin leise und wandte sich zur Kasse um.

Melinda runzelte die Stirn. „Wie bitte?"

„Nichts, nichts", beschwichtigte sie, fuhr aber dann in einem herablassenden Ton fort. „Lila ist immer eine..."

„Ich habe Sie nicht nach Ihrer Meinung gefragt!", unterbrach Melinda sie eisig. Sie wollte nicht hören, was diese Person, die augenscheinlich mehr als unzufrieden in ihrem Leben war, zu sagen hatte. „Wenn Sie sich jetzt beeilen würden..." Melinda sah sie auffordernd an. Aber die Verkäuferin war tatsächlich kratzbürstig drauf. Sie starrte zurück, als überlegte sie, was sie erwidern konnte. Melinda seufzte innerlich, musste jetzt wirklich zu härteren Bandagen greifen?!

„Jetzt starren Sie nicht so, sondern machen Ihre Arbeit!", verlangte Melinda in königlicher Manier und setzte hochnäsig hinzu. „Das kann ja so schwer nicht sein." Sie wedelte mit der Hand, als wolle sie eine lästige Fliege verscheuchen und seufzte genervt. Dann legte sie wie zufällig ihre Handtasche, ein Designermodell, das nur ausgewählte Kunden bekamen, auf den Verkaufstresen und kramte scheinbar nachlässig durch ihren Stapel Kreditkarten. Es wirkte, endlich setzte sich die Tusnelda in Bewegung. Sie scannte das Preisschild und auf der Anzeige erschien ein wahrhaft lächerlich günstiger Preis, vor allem für die Qualität. Ohne mit der Wimper zu zucken, reichte Melinda der Verkäuferin, die jetzt auch noch wie eine Kuh blöd glotzte, eine Kreditkarte. In diesem Moment erschien eine etwas ältere Frau, die Melinda aufgrund ihrer resoluten Art sofort als die Managerin dieses Ladens erkannte.

„Ah!", begann sie, als sie das Kleid erkannte, dass noch immer auf dem Tresen lag. „Sie haben es gekauft." Bei diesen Worten kam Leben in die Kuh und sie zog ENDLICH die Kreditkarte durch das Lesegerät.

„Es ist ein wundervolles Kleid. Sie sehen bestimmt fantastisch darin aus. Sie sind genau der richtige Typ dafür", bekundete die Chefin, nachdem sie Melinda warm angelächelt hat. Sie begann es vorsichtig zu falten und in einen Karton zwischen unzähligen Lagen Seidenpapier zu legen.

Melinda wurde ganz warm ums Herz, denn genau so hatte sie es auch empfunden. Die jetzt ganz stille, schon beinahe unterwürfige Verkäuferin gab Melinda ihre Karte und den Beleg. Melinda warf ihr einen langen, bedeutungsschweren Blick zu und wandte sich dann wieder zur Chefin um.

„Es muss auf Sie gewartet haben!", sagte diese gerade und reichte ihr eine große, schwere Papiertasche.

Melinda lächelte sie offen an. „Sieht ganz so aus."

„Viel Freude damit und einen guten Flug!", wünschte ihr die Ältere. Melinda bedankte sich lächelnd und eilte beschwingt zu ihrem Gate.

\*\*\*

„Mel, Babe!", rief Andrew und trat vor sie, einen Strauß weißer Rosen in der Hand.

„Andrew! Was machst du hier?" Melinda, ließ überrascht ihr Gepäck los, sprang ihm strahlend in die Arme und küsste ihn stürmisch. „Ich dachte, du müsstest arbeiten!" Gott, er sah so gut aus! Sie wusste wirklich nicht, was sie an ihm lieber mochte, seine verwaschenen Lieblingsjeans oder den dunklen Businessanzug, den er gerade trug. Er machte einfach in allem eine unglaublich gute Figur.

„Bob, unser Marketingleiter, hat sich den Rücken gezerrt und da haben wir alle Termine heute Nachmittag abgesagt." Andrew grinste und hob sie mit Leichtigkeit hoch. „Sein Verlust ist mein Gewinn!"

„Und meiner!", freute sie sich und küsste ihn wieder. „Allerdings hoffe ich, dass er bald wieder gesund ist!"

Andrew lächelte. Es war so schön sie wieder im Arm zu halten, dass er sie gar nicht loslassen wollte. Dabei sollten sie sich beeilen, sein Fahrer stand im Halteverbot. „Er wird morgen wieder fit sein und sein Arzt wird ihm hoffentlich ins Gewissen reden, wegen seiner ungesunden Lebensführung. Ansonsten mach ich es!" Er gab ihr noch einen Kuss und stellte sie dann langsam wieder auf ihre Füße. „Lass uns gehen!" Er gab ihr die Blumen.

„Rosen und Lavendel?", fragte Melinda lächelnd und schnupperte an dem Strauß.

„Als kleine Anzahlung für unseren Urlaub", antwortete er, während er ihren Trolley nahm und sich nach der Tasche mit dem Kleid bückte. „Was ist denn hier Schönes drin? Für Schokolade ist es zu leicht!" Er stellte sie auf den Trolley, damit er die anderen Arm frei hatte und ihn um seine wunderschöne Verlobte legen konnte.

„Da bin ich dir schön auf den Leim gegangen. Du magst doch gar keine Schokolade.", erwiderte Melinda lachend.

Andrew vergrub sein Gesicht in ihrem Haar und murmelte: „Stimmt, ich vernasche lieber dich!"

Melinda lachte leichthin, aber auch sie verspürte ein wildes Ziehen in ihrem Körper. Die Auszeit hatte ihr sehr gut getan, aber sie hätte die freien Tage noch lieber mit ihm verbracht.

„Eigentlich wollte ich dich zum Essen ausführen...", flüsterte er und zog sie nah an sich, während sie Richtung Ausgang liefen. „Aber vielleicht sollten wir gleich nach Hause fahren und einfach was bestellen."

„Das klingt verlockend!" Sie wandte sich lächelnd zu ihm um. „Aber nur, wenn alle Telefone ausgeschaltet sind! Ich will dich ganz für mich, wenigstens bis morgen früh."

„Das lässt sich einrichten", versprach er und drückte ihr einen Kuss auf die Schläfe. „Das Gleiche gilt aber auch für dich!"

„Selbstverständlich!" Auf dem nächsten Laufband zog Melinda ihr Smartphone aus der Tasche und ohne es aus dem Flugmodus zu holen, schaltete sie es ganz aus. Dann griff sie lächelnd in die Innentasche seines Jacketts und drückte die Kurzwahltaste seines Assistenten. „Charlie, hallo, hier ist... Ja, danke, es war herrlich! Ich wollte nur Bescheid geben, dass Andrew für den Rest des Tages nicht... Prima! Sie sind der Beste! Dankeschön!"

Andrew beobachtete sie fasziniert. So umgänglich sprach sie selten mit anderen. Egal, was in der Schweiz passiert war, es hatte ihr unglaublich gut getan. Auch die Erschöpfung war weniger geworden. Ihre Augen strahlten wieder.

„Er hatte sich so etwas schon gedacht", informierte Melinda ihn.

„Er ist wirklich gut. Ich weiß schon, warum ich ihm ein derart fürstliches Gehalt zahle." Andrew grinste. „Aber jetzt lass uns nicht mehr über andere Leute sprechen. Jetzt zählen nur noch wir zwei..." Er zwinkerte ihr zu und Melinda lächelte ihn an. Gott, wie hatte sie es nur so lange ohne ihn ausgehalten? Es waren ja nicht nur die paar Tage in der Schweiz gewesen. Ihr letzter ruhiger Abend war viel zu lange her. Immer war etwas dazwischen gekommen, meist die Arbeit und die Hochzeit. Sie kuschelte sich an ihn und er legte wieder den Arm um sie. Sie freute sich wirklich sehr auf ein paar ruhige Stunden mit ihm. Es war der perfekte Abschluss ihrer Auszeit.

*\*\**

„Schatz, wie war es in den Bergen?", erkundigte sich Andrew, als sie im Wagen saßen.

„Wunderschön! Ich konnte mich gar nicht an dem Panorama satt sehen. Allerdings muss ich gestehen, dass ich dort mein Herz verloren habe." Sie machte eine kleine Pause um die Spannung zu steigern.

„An wen?", fragte er nach, wider besseren Wissens, ein wenig alarmiert.

„Ich war wirklich jeden Tag dort, mehrere Stunden, wenn es sich einrichten ließ", schwärmte sie und genoss es sehr, dass er sichtlich Mühe hatte, im Vertrauen zu bleiben. „Hoffentlich gibt es das hier in London auch!"

„Was denn?" Jetzt war er wirklich verwirrt und Melinda musste lachen. Schnell küsste sie ihn und augenblicklich breitete sich ein Kribbeln in ihrem Körper aus.

„Was Mel?", hakte Andrew nach und schob sie etwas von sich.

„Einen altmodischen Küchengarten. Quadratisch, mit Buchsbaum eingefasst und mit Kräutern und Blumen bepflanzt", antwortete sie vergnügt. Ihr Lachen verstärkte sich, als sie sah, wie erleichtert er war.

„Lachst du mich etwa aus?" Ein Funkeln trat in seine Augen.

„Nein! Ich doch nicht! Du weißt doch Mindy Miller lacht nie!", gab sie wie aus der Pistole geschossen zurück und bemühte sich sichtlich um einen versnobten Gesichtsausdruck.

Andrew sah sie an und ihm ging sein Herz auf. Da war sie, die Frau, die er hinter der Fassade immer gespürt hatte, die sich nur ab und zu und auch nur ein wenig gezeigt hatte. Jetzt saß sie in ihrer ganzen strahlenden Größe neben ihm und er verliebte sich noch mehr in sie. „Ich liebe dich unendlich", sagte er und griff nach ihrer Hand.

Alles an ihr wurde weich, ihr Blick, ihr Lächeln und auch ihr Herz. Es öffnete sich und ließ die Liebe fließen. „Andrew..." Sie brauchte keine Worte, um auszudrücken, was sie empfand. Er las es in ihrem Gesicht, das sah sie ihm an. Sie hob ihre Hand und legte sie an seine Wange. „Und ich liebe dich."

Er schmiegte sich in die Berührung und schloss kurz die Augen. Beide rückten noch ein wenig näher und er legte den Arm um sie, zog sie so nah an sich heran, dass nicht einmal ein Lufthauch zwischen sie passte und Melinda schloss die Augen, als sie ihren Kopf an seine Schulter lehnte. Kurz dankte sie dem Automobilhersteller, dass er die Sicherheitsgurte so angebracht hatte, dass dies überhaupt möglich war.

„Du träumst also von einem Bauerngarten in London?", fragte er nach einer Weile.

„Meinst du, so etwas gibt es hier?", murmelte sie noch immer die Augen geschlossen. Es war einfach zu schön, ihn so nah an sich zu spüren.

„Ich bin mir ganz sicher! Die Briten sind doch begeisterte Gärtner."

„Aber auch in der Stadt?" Sie spürte selbst, wie Zweifel sich in ihren Kopf schlichen und schmiss sie energisch wieder raus, denn sie erzählten nichts als Quatsch.

„Es gibt hier unendlich viele Parks und im Mai findet immer eine große Gartenmesse statt, auf der sogar die Königsfamilie ist", antwortete er.

„Woher weißt du das?", wunderte sie sich. „Interessierst du dich für Pflanzen? Und warum hast du mir noch nie davon erzählt?"

Andrew lächelte. „Nicht sonderlich, aber einen schönen Garten mag ich auch." Er nahm ihre Hand und küsste sie. „Im Büro hatten sie davon gesprochen. Aber da ich nicht wusste, dass dich das interessiert, habe ich es dir nicht erzählt. Entschuldige."

„Du musst dich doch nicht entschuldigen!" Sie hob den Kopf und sah ihn an. „Im Mai wusste ich das ja nicht einmal selbst!" Sie grinste ein wenig schief.

„Ich kann mir dich sehr gut in einem Garten vorstellen!", stellte er klar.

„Tatsächlich?" Melinda zog die Augenbrauen hoch.

„Ja, sicher. Ich sehe dich förmlich vor mir, in einem kurzen Sommerkleidchen und mit Gummistiefeln und..." Seine linke Hand begann kleine Kreise auf ihrem Knie zu zeichnen.

„Kurzes Sommerkleidchen und Gummistiefel?", hakte sie nach. „Ist ja eine interessante Kombi."

„Nein, sexy!" Er grinste und seine Hand wanderte ein Stück höher.

Melinda atmete tief ein. „Sind wir bald da?", fragte sie und er hörte die Sehnsucht in ihrer Stimme. Sie spiegelte seine Eigene.

„Ein wenig dauert es noch." Er hauchte ihr Küsse hinters Ohr und sie schauderte. „Aber ich sehe keinen Grund, warum wir uns bis dahin nicht ein wenig vergnügen sollten..."

„Andrew! Wir können doch nicht, hier im Wagen, der Fahrer", versuchte sie einzuwenden, aber seine Hand wanderte immer höher und ihre Sinne explodierten beinahe. Sie rutschte tiefer in den Sitz und öffnete instinktiv ihre Beine ein wenig.

„Wenn du nicht zu laut bist, wird der Fahrer nichts bemerken", versprach er ihr und erreichte gleichzeitig ihre Mitte. Zart fuhren seine Finger an der Naht ihrer Leggings entlang.

Melinda stöhnte auf. Schauer durchfuhren sie. Haltsuchend krallte sie ihre Hand in seinen Oberschenkel. Ihr Körper machte ihr unmissverständlich klar, dass die Tage ohne Sex zu viele gewesen waren. Sie wollte mehr, sie wollte ihn. Ihre Hand wanderte sein Bein hoch, um es ihm zu zeigen. Sie drehte ihren Kopf und barg ihn in seiner Halsbeuge. Stöhnte an seiner Haut.

Andrew streichelte sie intensiver. Der Stoff ihrer Leggings war so dünn, dass er spürte, wie ihre Knospe langsam erwachte und sich aufrichtete. Er selbst war längst steinhart und ihre Berührungen ließen ihn zittern. Als sie tatsächlich den Reißverschluss seiner Hose öffnete und ihre Hand sich um seinen Schwanz schloss, stöhnte auch er.

„Psst!", flüsterte sie und knabberte an seiner Kinnlinie entlang. „Du musst leise sein."

Er brauchte seine ganze Willenskraft um nicht ihre Sicherheitsgurte zu lösen und sich auf sie zu werfen, dass in seinem Kopf ständig Bilder aufflackerten, wie sie nackt in ihrem Bett lag, machte es nicht besser. Er zog sie näher zu sich und küsste sie. Dabei griff er nach ihrer Hand und zog sie aus seiner Hose. Wenn sie so weitermachte, konnte er für nichts garantieren. „Wenn du nicht willst, dass ich dich gleich hier und jetzt nehme, dann..."

„Wer hat gesagt, dass ich das nicht will?", fragte sie kokett nach und biss ihm zart in die Lippe.

„Wer sind Sie und was haben Sie mit meiner Verlobten gemacht?", fragte er leichthin, aber in seinem Blick flackerte die Begierde auf.

„Sag bloß, es gefällt dir nicht, Andrew Crawfield?!" Melinda zog die Augenbrauen hoch. „Ich dachte immer, stille Wasser seien tief..." Sie lächelte vielsagend.

„Stille Wasser?"

„Du wirst wohl kaum bestreiten, dass kaum jemand etwas über deine vergangenen Liebschaften weiß."

„Und weil ich ein Gentlemen bin, hast du angenommen, ich würde auf Sex in der Öffentlichkeit stehen?!"

„Wir sind in deinem Wagen und nicht in der Öffentlichkeit", stellte sie richtig.

Scheinbar prüfend sah er sich um. „Tatsächlich!" Er warf ihr einen verschmitzten Blick zu.

„Es ist fantastisch, nicht wahr?"

„Ja, ganz großartig." Er zog sie an sich und küsste sie innig.

Melinda stöhnte an seinen Lippen und rutschte so nah wie möglich an ihn heran. Ihre Hand wanderte an seiner Brust entlang, langsam aber stetig zog sie sein Hemd aus der Hose. Sie wollte seine Haut spüren.

Endlich hatte ihre Hand ihr Ziel erreicht. Langsam strich sie über seine Haut und er erschauerte.

„Mel...", murmelte Andrew. „Ich muss dir..."

„Hm", machte sie nur und küsste ihn weiter, aber er unterbrach den Kuss. „Egal, was du gehört haben magst, es gab nicht so viele Frauen in meinem Leben, wie du vielleicht denkst."

Melinda sah ihn fragend an. „Ist denn eine von ihnen heute noch von Bedeutung?"

„Nein! Natürlich nicht!", rief er aus. „Du bist die Frau meines Lebens. Ich liebe dich und ich möchte immer mit dir zusammen sein." Er griff nach ihren Händen und suchte ihren Blick. „Ich will alles mit dir teilen."

„Okay."

„Okay?" Er sah sie fragend an.

„Ja, okay." Sie sah ihn mit schräg gelegtem Kopf an. „Soweit ich mich erinnere, haben wir schon ganz zu Beginn unserer Beziehung darüber gesprochen, dass Treue nicht verhandelbar ist. Für keinen von uns, oder etwa nicht?"

Er nickte lächelnd. „Ich will nur dich!"

„Gut zu wissen!" Sie küsste ihn sacht. Die Leidenschaft schwelte noch immer in ihr. Der Gedanken, den Rest des Tages mit ihm im Bett zu verbringen, ließ sie lächeln.

*** 

„Mabel, Darling, wie gut, dass ich dich erreiche! Wie geht es dir?" Lauren Miller, Melindas Mutter war heute früh mit einem unguten Gefühl aufgewacht und seitdem unruhig durch ihre Suite im Ritz gelaufen. Sie war seit letzter Woche in London, um sich ganz in Ruhe auf die bevorstehende Hochzeit ihrer einzigen Tochter einzustimmen.

„Tante Lauren, was für eine Überraschung! Mir geht es gut, danke. Wie kann ich dir helfen?"

„Ich bin mir nicht sicher...", gab Lauren zu. „Weißt du, ob es eine Brautparty für Mindy geben wird?"

„Ich habe keine Information darüber, dass Candice eine geplant hätte." Mabel holte tief Luft. Sie verstand ihre Tante sofort, auch sie lief seit heute früh mit einem komischen Gefühl in der Brust herum. „Meinst du,...?" Sie traute sich nicht, den Gedanken auszusprechen. Auch wenn sie Candice nicht ausstehen konnte, würde sie doch ihre beste Freundin nicht so hängen lassen, oder etwa doch?

„Ich habe keine Ahnung, wobei ich diesem Miststück alles zutraue."

„Tante Lauren!", rief Mabel erschrocken aus.

„Mabel, du hast keine Ahnung, was sie sich in den letzten Monaten alles geleistet hat und ich vermute, dass ich nur einen Teil dessen kenne, denn Melinda erzählt mir nicht alles. Ich bin schließlich ihre Mutter." Lauren seufzte leise. Sie hatte wirklich alles versucht, aber ihre Tochter war wie blind wenn es um Candice ging. „Wie dem auch sei, ich denke, wir sollten etwas planen. Einen netten Brunch oder so. Was hältst du von Freitagvormittag?"

„Übermorgen? Ähm, grundsätzlich ist das eine tolle Idee! Aber bekommen wir so kurzfristig noch einen Tisch? Hast du an ein bestimmtes Lokal gedacht?" In Mabels Kopf sprudelten die Gedanken nur so über.

„Ach, es sind doch nur wir drei. Ihre anderen Freundinnen kommen erst nächste Woche und nur zur Hochzeit rüber geflogen und auf Candice Gesellschaft können wir gut verzichten," bemerkte sie und Mabel konnte ihr nur zustimmen. „Mabel, Darling, du findest sicher, ein schönes Plätzchen für uns. Du kennst dich doch hier so gut aus!", setzte Lauren noch hinzu.

Mabel musste schmunzeln. Es war ja klar, dass sie sich um die Organisation kümmern sollte. „Ich sehe, was sich machen lässt. Ich habe schon ein paar Ideen. Muss es in der Stadt sein oder gern auch ein wenig im Grünen?"

„Das überlasse ich ganz dir! Ich vertraue deinem Urteil voll und ganz. Vielleicht können wir nach dem Essen noch etwas unternehmen?"

„Du meinst einen Besuch im Beautysalon?", fragte Mabel nach.

„Hm. Mindy war doch jetzt erst im Spa. Ich dachte eigentlich eher an etwas, dass das Auge erfreut. Ein Museum oder eine Kunstgalerie oder so. " Lauren dachte nach. Leider kannte sie sich in London nicht so gut aus.

„Ich glaube, ich habe schon eine Idee! Ich recherchiere das und sage dir dann Bescheid!" Mabel schnappte sich ihr Smartphone und begann zu tippen.

„Prima, du bist ein Schatz! Ich höre von dir!", antwortete Lauren erleichtert und legte auf.

Mabel war froh, endlich etwas tun zu können und stürzte sich mit Feuereifer auf die Planung. Ihre Cousine sollte einen unvergesslichen Tag bekommen.

„Ich glaube, ich muss mich bei Bob bedanken", murmelte Andrew, als er wieder genug Luft zum sprechen hatte.

„Hm?", gab Melinda unbestimmt zurück. Sie war angenehm müde und entspannt. Sie könnte ohne Probleme jetzt einschlafen, vielleicht hatte sie auch schon geschlafen. Wer wusste das schon. Es war ihr egal. Im Moment genoss sie es, nackt neben ihm in ihrem Bett zu liegen und an nichts denken zu müssen. Mit geschlossenen Augen kuschelte sie sich an ihn und war nur Sekunden später tatsächlich eingeschlafen.

Andrew wagte es nicht, sich zu bewegen, denn er wollte sie auf keinen Fall wecken. Abgesehen davon war es einfach zu schön, sie wieder nah bei sich zu spüren. Zart strich er über ihr blondes Haar. Die tiefen Schatten unter ihren Augen waren in den letzten Tagen tatsächlich weniger geworden und sie sah insgesamt wieder gesünder aus. Er war sehr froh, dass ihr etwas Abstand zur Hochzeitsplanung gut getan hatte. Wie immer, wenn er an die Hochzeit dachte, überlegte er, ob es nicht doch noch eine Möglichkeit gab, aus der Sache wieder rauszukommen. Nicht aus der Hochzeit an sich, er konnte sich nichts Schöneres vorstellen, als Mel zu heiraten und mit ihr sein Leben zu verbringen. Aber diese wahnwitzig große Veranstaltung, dieser ganze elitäre Zirkus, der war ihm zuwider. Auch wenn seine Familie zu den Einflussreichsten der USA gehörte, maß er diesen angeblich so wichtigen gesellschaftlichen Verpflichtungen nicht mehr Bedeutung bei, als notwendig. Er hatte eine etwas andere Vision von seinem Leben. Wenn diese riesige Hochzeit ihr wirkliche Freude gemacht hätte, dann würde er dieses Brimborium liebend gern mitmachen, aber so... Unmerklich seufzte er. Er traute sich einfach nicht, jetzt so kurz davor, das Thema noch einmal anzusprechen. Er hatte es ja ein paar Mal versucht, war aber nicht zu ihr durchgedrungen. Jetzt waren es ja nur noch ein paar Tage und dann wäre es endlich vorbei und sie wären in den Flitterwochen. Und danach gab es bestimmt keinen Grund mehr für Candice seine Ehefrau permanent zu kontaktieren. Außerdem hatte er sich schon vorgenommen, Mel zu ermuntern wieder zurück an die Uni zu gehen und ihren Master zu machen, damit sie sich etwas Eigenes aufbauen konnte.

Leise seufzend angelte er vorsichtig nach seinem Buch, das auf dem Nachttisch lag und begann zu lesen. Er hatte zwar höllischen Durst, aber er würde eher verdursten, als dass er sie jetzt aufwecken wollte, nur weil er aufstand.

***

Frustriert knallte Candice ihr Tablet auf den Tisch. Sie hatte immer noch keine Antwort von Mindy! Die war doch längst aus ihrem lächerlichen Detox wieder zurück. Unruhig trommelte Candice mit ihren perfekt manikürten Nägeln auf der Tischplatte. Sie musste wissen, wie der Stand der Dinge war! Sie musste diese Hochzeit einfach verhindern. Sie konnte nicht zulassen, dass diese Langweilerin wieder einmal alles so in den Schoß fiel. Sie musste etwas tun. Beinahe blind vor Wut und Angst, sprang sie auf und rannte dabei einen Kellner um. Gläser klirrten und frischgepresster Orangensaft gab sich ein hübsches Stelldichein mit einem Erdbeersmoothie auf ihrer weißen Hose.

„Können Sie nicht aufpassen?", fauchte sie und rauschte, ohne ihn eines weiteren Blickes zu würdigen, davon. Sie musste nach London. Sofort.

***

Zwanzig Minuten später begann Melinda sich zu regen und Andrew legte das Buch weg. „Hey Dornröschen", flüsterte er und gab ihr einen Kuss auf die Stirn.

„Habe ich etwa geschlafen?", murmelte sie und blinzelte verwirrt.

„Tief und fest." Andrew lächelte. Sie sah so süß aus! Was war er für ein Glückspilz, dass er diesen Anblick nun jeden Tag genießen konnte.

„Entschuldige! Ich wollte nicht...", begann Melinda, aber er unterbrach sie.

„Stopp! Wer müde ist, muss schlafen. Das ist kein Grund sich zu entschuldigen."

„Aber ich wollte doch die freie Zeit mit dir genießen!", protestierte sie und richtete sich auf. Jetzt war sie endgültig wach. „Wie spät ist es eigentlich?" Sie versuchte an ihm vorbei auf den Wecker zu sehen, aber im hellen Sonnenlicht konnte sie die digitale Anzeige nicht erkennen.

„Aaah!"

Ehe sie sich versah, hatte er sich ebenfalls aufgerichtet und sie zurück in die Kissen geworfen. Er küsste sie stürmisch. Sie sah so toll aus, mit den verwuschelten Haaren und nackt. Er konnte nicht anders, er war schon wieder erregt. Küssend und knabbernd begann er sich einen Weg von ihren tollen Lippen zu ihren wunderschönen Brüsten zu bahnen.

„Keine Ahnung. Hast du noch einen Termin, von dem ich nichts weiß?", bemerkte er zwischen zwei Küssen.

Sie schüttelte den Kopf. „Nein, aber schrecklichen Hunger."

„Den habe ich auch!", murmelte er und Melinda verdrehte grinsend die Augen. „Echt jeeeetzzz..." Ihr Satz ging in einem Stöhnen unter. Er war bei ihren Brüsten angekommen und hatte gierig angefangen über ihre Spitzen zu lecken. Prompt entschied sich ihr Körper um. Lustwellen brandeten auf und ließen sie erzittern. Seine Hände begaben sich auf Wanderschaft, erkundeten ihren langen, schlanken Körper als wäre er ihnen neu. Zärtlich streichelte er ihren Bauch, der wieder seine süße, leicht gerundete Form hatte, wie er zufrieden feststellte.

„Ich muss Pipi", stellte sie fest und bemerkte erst danach, dass sie es wohl laut gesagt hatte. Denn Andrew gab sie augenblicklich frei.

Melinda lief ein wenig rosa an. So offen hatte sie das Thema noch nie angesprochen. Vor niemanden, außer der Doktorin in der Schweiz. Aber die hatte ja auch ALLES wissen wollen.

„Dann musst du gehen", antwortete er ohne jede Verlegenheit und sprang selbst auf. „Ich bestelle uns derweil etwas. Was möchtest du?", fragte er, während er sich nach seiner Shorts umschaute.

Melinda setzte sich nur langsam auf. Sie war zu verblüfft darüber, dass sie anscheinend mit so einigen Themen nicht offen umging. Die Erkenntnis war so banal, wie elementar. Sie unterdrückte nicht nur oft ihre eigene Meinung, sondern anscheinend auch natürliche Bedürfnisse. Nur warum? Ihre Angst nicht gemocht zu werden, so wie sie war, saß anscheinend tiefer als gedacht.

„Also, was willst du essen?", fragte Andrew noch einmal. Er hatte seine Shorts gefunden und stieg gerade hinein.

„Babe, alles okay?", sprach er sie an und berührte sacht ihre Schulter.

Melinda blinzelte. „Äh, ja, klar. Mir ist nur gerade... Sorry, was hast du gesagt?", stammelte sie.

„Ich wollte wissen, was du essen möchtest? Indisch, thai, chinesisch, koreanisch oder nichts Asiatisches?", zählte er auf und sah sie dabei besorgt an.

„Nichts Indisches bitte, das hatte ich die letzten Tage. Und nichts mit Kokosmilch." Sie überlegte. „Ich habe Lust auf eine große Portion Reis mit Gemüse in Sojasoße von dem, du weißt schon, Nummer 75. Passt das für dich?" Sie lächelte ihn an.

„Im Green Garden finde ich immer was!" Er beugte sich zu ihr hinunter und gab ihr einen leichten Kuss. „Ist sonst wirklich alles okay?"

„Ja, klar!" Sie stand nun endlich auf und ging ins Bad. Bewusst widerstand sie dem Impuls sich etwas überzuziehen, da fiel ihr etwas ein. „Und bestell auch Eiscreme, ja?"

„Geht klar. So wie immer?", antwortete Andrew grinsend. Er hatte sowieso vorgehabt, ein Dessert für seine Süße zu bestellen.

„Ja!", antwortete sie und schloss dann die Badezimmertür. Irgendwo war schließlich Schluss mit Offenheit.


Als sie aus dem Bad wiederkam, schaute sie ob Andrew noch beschäftigt war und holte dann schnell ihr neues Traumkleid aus dem Karton. Sie wollte es aufhängen, damit es keine Falten bekam. Es war so schön. Wie verliebt strich sie noch einmal über den Stoff und versteckte es dann, einem inneren Impuls folgend, weit hinten in die letzte Ecke ihres begehbaren Kleiderschrankes. Dann schnappte sie sich ihr Tablet und checkte schnell ihre Mails, nur um nachzusehen, ob Nigel alles hatte klären können.

„Was tust du da? Ich dachte, wir hatten einen Abmachung?", fragte Andrew als er wieder ins Zimmer trat.

„Erschreck mich doch nicht so!", rief sie und fasste sich ans Herz.

„Aha!", stellte er grinsend fest und warf sich neben sie. „Du verheimlichst mir was!" Er warf einen Blick auf den Bildschirm.

„Wie bitte?" Sie sah ihn mit Fragezeichen in den Augen an. „Wie kommst du denn darauf?"

„Ich weiß, was ich weiß!", gab er munter zurück.

Als sie das Funkeln in seinen Augen sah, musste sie ebenfalls grinsen. „Du spinnst! Ich habe nur nachgesehen, ob Nigel mir eine Mail geschickt hat."

„Und hat er?", fragte er nach und strich dabei ihre Haare zurück.

„Ja, er hat alles geregelt und...", begann Melinda, aber Andrew unterbrach sie.

„Dann ist ja alles gut!", bemerkte er und hauchte feine Küsse auf ihre nackte Schulter. Langsam, aber zielstrebig näherte er sich ihrem Hals.

Melinda entspannte sich augenblicklich und ließ das Tablet auf ihren Schoß sinken. Wie beiläufig nahm er ihr das Gerät aus den Händen und legte es auf den Nachttisch. „Ich denke, wir sollten die Zeit sinnvoll nutzen, bis das Essen kommt." Langsam und in Spiralen ließ er seine Hände an ihrem Körper nach unten wandern. Seine Lippen folgten der Spur.

Melinda versuchte zu entscheiden, ob sie noch mehr von ihm wollte oder eine Dusche das dringendere Bedürfnis war. So gut ihr Appartement auch klimatisiert war, langsam bemerkte auch sie die Sommertemperaturen. Sie stöhnte auf, als seine Hände über ihre Hüfte zu ihren Schenkel strichen und seine Zunge ihre Mitte nur kurz berührte. Viel zu kurz! Aber er gab ihr keine Gelegenheit zu protestieren. Schon war er an ihren Fesseln angelangt. Mit einem Ruck zog er sie bis ans Fußende des Bettes. Ihre Augen weiteten sich vor Überraschung. Aber da griff er bereits nach ihren Händen und ehe sie wusste wie ihr geschah, lag sie in seinen Armen. Schwungvoll nahm er sie hoch.

„Aah! Was machst du?", rief sie erschrocken aus und schlang ihre Beine um seine Mitte.

„Lass dich überraschen!" Er zwinkerte ihr zu und versiegelte ihren Mund mit einem Kuss.

Oh Gott, wie sehr sie ihn wollte! Schon wieder! Seit ein paar Monaten nahm sie die Pille nicht mehr und war immer noch ganz überrascht, wie viel Lust sie empfinden konnte, was für einen Unterschied das machte und wie sehr es ihr gefiel. Wild küsste sie ihn zurück, vergrub ihre Hände in seinem Haar. Dass sie es überhaupt konnte, war auch ein Zeichen, wie hektisch die letzten Wochen gewesen waren. Normalerweise achtete er immer sehr darauf, dass seine Haare eine bestimmte Länge nicht erreichten, denn dann lockten sie sich, was er schrecklich fand und sie großartig.

„Du machst mich wahnsinnig, weißt du das eigentlich?!", knurrte er, als sie begann ihr Becken an seinem Bauch zu reiben.

„Danke. Gleichfalls!", gab sie grinsend zurück. „Hattest du eigentlich etwas Bestimmtes im Sinn oder willst weiter hier einfach so rumstehen?" Aufreizend leckte sie ihm über die Lippen und er stöhnte. Wie konnte er nicht davon träumen, sie zu heiraten? Diese Frau hatte so viele Facetten, dass er mindestens sein ganzes Leben brauchen würde, um alle kennenzulernen.

*\*\**

Als sie aus dem Bad kam, wollte sie automatisch nach einem Tanktop und Leggings greifen, hielt dann aber inne. Das hatte sie in den letzten Tagen oft genug getragen und so entschied sie sich spontan für das Polokleid, das sie letzten Sommer gemeinsam mit Andrew auf Long Island gekauft hatte. Es war knallpink und überall waren lustige, kleine Wassermelonen drauf gestickt. Es war unkompliziert und trotzdem sah sie immer gut angezogen damit aus.

Gut gelaunt und barfuß lief sie leichtfüßig in den offenen Wohnbereich ihres Appartements. Es lag im 10. Stock und bot einen fantastischen Ausblick auf Londons Bankenviertel. Andrew hatte ihren runden Esstisch, der direkt an der bodentiefen Fensterfront stand, liebevoll mit ihrem besten Geschirr gedeckt. Sogar den Rosenstrauß hatte er dazu gestellt. Melinda musste schmunzeln, als sie sah, dass er gerade zwei Kerzen anzündete. Als sie Möbel für ihre gemeinsame Wohnung ausgesucht hatten, hatte er sich einem runden Esstisch gewünscht. Denn er hatte als Kind die Artussage gelesen und geliebt und seitdem von einem runden Tisch geträumt. Mit glänzenden Augen hatte er ihr von gemeinsamen Mahlzeiten und den dadurch entstehenden Familienzusammenhalt vorgeschwärmt. Sogar ihre gemeinsamen Kinder hatte er in die Erzählung eingeflochten, auch wenn diese noch nicht einmal existierten. Es war einer dieser Momente gewesen, in dem sie sich noch ein wenig mehr in ihn verliebt hatte.

Andrew trug eine legere Chino mit dem Hemd, dass Melinda ihm in demselben Laden ausgesucht hatte, in dem sie auch ihr Polokleid gefunden hatte. Er trug die Hemdsärmel hochgekrempelt, so dass sie die goldenen Haare auf seinen Unterarmen sah. Er wirkte so entspannt, ganz wie im Urlaub. In diesem Moment sah er auf und ein breites Lächeln erhellte sein Gesicht.

„Ich glaube, wir sollten am Wochenende ans Meer fahren", verkündete er und Melindas Herz machte einen Hüpfer.

„Au ja! Hast du denn Zeit dafür?"

„Die nehme ich mir!", versprach er und nahm sie in den Arm. „Du siehst wunderschön aus! Wenn ich dich nicht schon heiraten würde, müsste ich dir schleunigst einen Antrag machen."

„Ha, wusste ich es doch! Du träumst von einer einfachen Strandhochzeit mit deinen Kumpels am Lagerfeuer und einer Kiste Bier!" Sie lachte.

„Du hast den Grill vergessen!", zog er sie auf. „Aber ich kann mir eben nichts Schöneres vorstellen, als dich im Bikini zu sehen." Er zwinkerte ihr zu und Melinda gab ihm gut gelaunt einen Kuss. Sie wollte den Gedanken an die bevorstehende Hochzeit jetzt nicht vertiefen. Sie hatte beschlossen, dass jetzt alles so bleiben würde, wie geplant. Sie wollte sich damit nicht mehr auseinandersetzen, die Feier hatte sie schon genug Nerven gekostet und Nigel würde schon den Überblick behalten. Es war einfach viel schöner, den Moment mit Andrew zu genießen. Bis ihr Magen laut zu knurren anfing und lustigerweise Andrews antwortete. Verdutzt schauten sie sich an und brachen in Gelächter aus.

„Ich hole das Essen!", sagte Andrew und lief schon um die Küchentheke herum.

„Brauchst du Hilfe?"

„Nein, setz dich einfach." Er warf ihr einen verliebten Blick zu, bevor er die Backofentür öffnete. Er hatte die Gerichte in Schalen umgefüllt und warm gestellt. So praktisch geliefertes Essen war, so hässlich fand er die Verpackungen. ‚Es müsste eine Art Pfandsystem geben', schoss es ihm durch den Kopf. Naja, vielleicht konnten sie zumindest mit Mr. Wong vom Green Garden eine andere Vereinbarung treffen, denn dort bestellten sie mindestens einmal in der Woche.

Er stellte alles auf ein Tablett und trug es rüber.

„Es sieht köstlich aus, Schatz! Dass du dir eine solche Mühe gegeben hast! Wie schaffst du das alles nur?", flachste Melinda.

„Ach, du weißt doch, für meine Familie tue ich alles!", gab Andrew in bester Hausfrauenmanier zurück. „Was machst du morgen?", erkundigte er sich.

„Ich habe eine Anprobe fürs Brautkleid. Meinst du, du bekommst noch einen Junggesellenabschied?"

„Keine Ahnung, ich werde auf jeden Fall den Jungs im Büro am Freitag eine Runde im Pub spendieren", erklärte er. „Und du? Weißt du etwas?"

Melinda schüttelte den Kopf. „Ich habe keine Ahnung, was Candice geplant hat." Bei der Erwähnung ihrer

Trauzeugin spürte sie einen kleinen Stich im Herzen. „Sie ist ja mit Montgomery irgendwo in Asien und die anderen Mädels kommen erst nächste Woche an." Melinda zuckte mit den Schultern. „Momentan bin ich aber auch gar nicht erpicht auf eine wilde Party."

„Ich auch nicht!" Er schenkte ihr ein schiefes Lächeln. „In letzter Zeit war auf der Arbeit auch so viel los. Die Umstrukturierungen fressen viel mehr Zeit als gedacht... Ich freue mich einfach nur auf unsere Flitterwochen!"

„Oh ja, ich mich auch! Schlafen, essen, Strand, essen, schlafen..." Ihre Augen bekamen einen sehnsüchtigen Glanz. Andrew griff nach ihrer Hand und drückte ihr einen Kuss auf.

„Mir fällt dazwischen noch etwas anderes ein, aber bei dem restlichen Plan bin ich dabei!" Er zwinkerte ihr zu und sie musste lachen.

„Dann sind wir verabredet!" Sie streckte ihm die Hand hin und er schlug grinsend ein.

„Hast du das ernst gemeint, mit unserem Ausflug ans Meer?", fragte sie und wechselte damit das Thema.

„Ja, klar." Andrew nickte. „Vielleicht können wir ja auch Gracewood Hall einen Besuch abstatten und nachsehen, ob es noch irgendwas zu tun gibt."

„Könnten wir", gab sie unbestimmt zurück.

„Alles okay?", erkundigte er sich.

„Ja, klar. Was soll sein?" Wie immer, wenn das Thema aufkam, gab sie sich betont locker. Sie fand es selbst blöd, aber sie konnte einfach nicht über ihren Schatten springen und ihm von dem ganzen Drama erzählen, das ihr diese Hochzeit beschert hatte. Sie aß weiter, auch wenn ihr Appetit kaum noch vorhanden war. Sie sah nicht, wie er sie ansah.

„Babe?"

„Hm?"

„Sieh mich an", er griff nach ihrer Hand. „Ich weiß, dass du dir die Hochzeitsplanung anders vorgestellt hattest."

Sie stutzte, woher wusste er das? Liebevoll sah er sie an und fuhr fort. „Ich bin mir sicher, dass du eine großartige Feier organisiert hast und ich freue mich darauf. Das Wichtigste an diesem Tag bist aber du für mich und nichts anderes. Ich würde dich auch ganz allein heiraten." Er gab ihr einen Kuss. „Und auch wenn diese Vorstellung verlockend ist, denke ich dass wir uns und unsere Liebe nicht vor der Welt verstecken oder in irgendeiner bestimmten Art präsentieren müssen. Ich bin an deiner Seite von jetzt für alle Zeit. Egal, was kommt."

Melinda schluckte und in ihren Augen begann es verdächtig zu brennen. Wenn er sie weiter so ansah, würden alle Dämme brechen. Sie merkte, wie alle Zellen in ihrem Körper anfingen zu vibrieren. Sie stürzte auf ihn zu, schlang ihre Arme um ihn und vergrub ihr Gesicht an seinem Hals. „Ich liebe dich so sehr!", murmelte sie. „Ich habe dich gar nicht verdient."

„Was redest du denn da?" Andrew war entsetzt. „Du bist das Beste, was mir je passieren konnte. Ich bewundere dich so sehr für deinen starken Willen. Wenn du dir etwas in den Kopf gesetzt hast, bekommst du es auch. Aber wenn es einem deiner Lieben nicht gut geht oder ihm übel mitgespielt wird, dann wirst du zur Löwenmutter, die ihr Junges verteidigt." Seine Augen strahlten und in Melinda rührten sich die wildesten Gefühle. Sie konnte gar nicht glauben, dass er sie so sah. Sie wollte schon widersprechen, da fuhr er fort.

„Erinnerst du dich an unser erstes Kennenlernen? Auf der Hochzeit der Abernathys? Die älteren Mädchen hatten über deine kleine Cousine gelästert und waren wohl dabei etwas auszuhecken, als du dazu kamst und sie aufgehalten hast."

„Da warst du dabei? Ich habe dich gar nicht gesehen."

„Das war Zufall. Ich habe mich im Hintergrund gehalten, denn du hattest ja alles unter Kontrolle." Er lächelte.

„Aber ich habe keine wirklich netten Dinge zu den Mädchen gesagt", wandte sie ein.

„Ich weiß, aber nur weil die verwöhnten Gören, es nicht anders verstehen." Er gab ihr einen leichten Kuss auf die gerunzelte Stirn. „Ich könnte dir noch einige dieser Situationen aufzählen. Du hast ein gutes Herz Mel, auch wenn du es gern versteckst. Aber in diesem Moment wusste ich, dass du die Eine für mich bist. Nur mit dir würde es mir gelingen in unserer Welt zu bestehen und uns selbst dabei treu zu bleiben."

Bei Andrews Worten ging Melindas Herz auf. Dass es ihm gelungen war, in diesem einzigen Moment ihr wahres Selbst zu erkennen, erstaunte sie. Sie wusste nicht, was sie sagen sollte.

„Andrew, ich...", setzte sie an, aber er war noch nicht fertig.

„Weißt du, Babe, ich liebe es Teil unserer Welt zu sein, aber manchmal ist mir das Hauen und Stechen zu viel. Ich würde unseren Einfluss sehr viel lieber nutzen, um die Welt ein wenig besser zu machen."

„Andrew, das wusste ich nicht..."

Jetzt war es an ihm, den Blick zu senken. „Ich habe ja auch noch nie davon gesprochen und mein Dad hat andere Pläne für mich, aber ich würde mich viel lieber für sinnvollere Projekte einsetzen."

„Hast du denn konkrete Vorstellungen?", fragte sie gespannt.

„Es sind mehr Ideen, als Pläne", bemerkte er, als würde er ihre Erwartungen dämpfen wollen.

„Erzähl mir trotzdem davon!", bat sie gespannt.

# Donnerstag
## Kapitel 6

Melinda war spät dran, sie hatte in 20 Minuten einen Termin zur Anprobe, der Wagen stand unten schon bereit, jetzt musste sie nur noch ihren zweiten Ballerina finden. Ein Schuh konnte doch nicht einfach so verschwinden! Hektisch lief sie durch die Wohnung und beugte sich unter sämtliche Schränke und Kommoden. Mist! Mist! Mist! Sie hatte sich heute für ihr liebstes Sommerkleid entschieden. Es war hellblau, mit winzigen kleinen Pünktchen, die man nur sah, wenn man ganz genau hinschaute. Die Farbe brachte ihre zarte Bräune gut zur Geltung, aber am liebsten mochte sie den weitschwingenden Rock. Ein schmaler, weißer Gürtel betonte ihre Taille und zauberte ihr wie durch Wunderhand Kurven, wo eigentlich keine waren. Sie war schon immer groß und dünn gewesen. Deswegen war es ja auch so mühsam, gebückt durch die Wohnung zu laufen und nach verschwundenen weißen Ballerinas zu suchen. Endlich! Hinterm Sofa lag er. Kurz wunderte sie sich, wie er dorthin gekommen war, schließlich hatten sie außer dem Saugroboter kein Haustier, wie Andrew oft scherzte. Eilig kippte sie noch den Inhalt ihrer Handtasche in eine süße kleine Strohtasche und hastete hinaus.

***

Für Andrew hatte der Tag zwar entspannt begonnen, mittlerweile hatten sich die Büroräume allerdings in eine Art Katastrophengebiet verwandelt. So kam es ihm jedenfalls vor. Eigentlich sollte heute Abend die neue Website des Onlinemagazins live gehen, die sie in den letzten Monaten überarbeitet und auch schon aufwendig in der Presse angekündigt hatten, aber jetzt war das Thema ihres Leitartikels von irgendeinem Blogger bereits ausführlich behandelt worden und als wäre das nicht schon schlimm genug, sah es gerade so aus, als würde sie auch die Technik im Stich lassen. Der Hauptserver war bereits ausgefallen, nun liefen alle Daten über den kleineren Server und waren damit sehr viel langsamer. Wenn sie den Fehler nicht schnell fanden und behoben, würde es heute Abend keinen Launch geben. Und alle wussten, wie wichtig das war. Wenn sie es nicht schafften mit dem Onlinemagazin einen grandiosen Neustart hinzulegen, stand die Zukunft des gesamten Verlagshauses auf dem Spiel.

\*\*\*

Im Wagen war Melindas Anspannung einer freudigen Erwartung gewichen. Heute würde sie endlich ihr fertiges Kleid sehen. Bis jetzt hatte sie es mehr auf dem Bildschirm der Designerin betrachtet, als an sich, denn sie hatten ein anderes Modell als Vorlage genommen und es nach Melindas Vorstellungen und passend auf ihre Maße umgeändert.

Mit einer winzigen Verspätung von drei Minuten, hielt ihr Wagen vor dem Brautmodengeschäft. Eilig sprang der Fahrer heraus und öffnete ihr die Tür.

„Soll ich warten, Miss?", fragte er.

„Nein, danke!", erwiderte Melinda und lächelte. Heute war einfach ein guter Tag. Die Sonne schien, hinter ihr lagen wundervolle Stunden mit ihrem Verlobten und nun würde sie ein wenig Prinzessin spielen.

Augenscheinlich hatte man sie schon erwartet, denn eine Verkäuferin kam ihr bereits entgegen.

„Miss Miller, wie schön, dass Sie da sind!", begrüßte sie Melinda mit einem breiten Lächeln und einem ebenso breiten, russischen Akzent.

„Ich freue mich auch!"

„Ihr Kleid wartet bereits auf sie. Möchten Sie etwas trinken? Ein Glas Champagner, vielleicht?", schlug die Verkäuferin vor, während sie Melinda in den hinteren Teil des Geschäfts begleitete.

„Nachher vielleicht", gab Melinda unbestimmt zurück. Sie war schon aufgeregt genug, wenn sie jetzt noch Alkohol trank, würde ihr Kreislauf möglicherweise kapitulieren.

Die Verkäuferin schubste sie beinahe in eine der großzügigen Umkleidekabinen und ehe sie protestieren konnte, hatte sie auch schon den Reißverschluss von Melindas Kleid geöffnet.

„Ich kann das allein, Sie brauchen mir nicht zu helfen", wandte Melinda ein, wurde aber von einem zackigen „Ich mache das schon!" mundtot gemacht.

Melinda schloss die Augen und konzentrierte sich darauf ruhig und entspannt zu bleiben, genau wie sie es seit ihrem Aufenthalt in der Schweiz immer wieder übte. Geduldig ließ sie die Prozedur, die sie sich so ganz anders vorgestellt hatte, über sich ergehen. Wenn sie ihr Kleid erst einmal anhatte, konnte sie immer noch in dem Prinzessinnengefühl schwelgen. Vor ihrem geistigen Auge sah sie es bereits vor sich, die schwere elfenbeinfarbene Seide mit den dreiviertel Ärmeln und den klassischen U-Boot-Ausschnitt. Schlicht, aber elegant, ganz im Stil der Brautmode der europäischen Königshäuser.

„Heben Sie die Arme!", wies die Verkäuferin sie an und in voller Vorfreude gehorchte Melinda. Kaum rutschte das Kleid an ihr herunter, wusste Melinda das etwas nicht stimmte.

Irritiert sah sie an sich hinab. Die Ärmel waren viel zu lang und der Rock quasi nicht vorhanden. Wo sich meterweise Seide bauschen sollte, befand sich ein winziges Stück Stoff, dass von vorn eher einem Gürtel, als einem Rock glich. Hinten wallte er dann zu einer merkwürdigen

Schleppe aus, die mit schwarzen Schriftzeichen bestickt war.

„Entschuldigung, das ist nicht mein Kleid", stammelte sie.

„Doch, doch! Das ist genau ihr Kleid", entgegnete die Verkäuferin und schob mit einem Ruck den Vorhang zur Seite und bugsierte Melinda auf ein Minipodest, das vor einem großen, mehrteiligen Spiegel stand. „Passt wie angegossen!", verkündete sie stolz.

Melinda starrte schockiert ihr Spiegelbild an. Sie sah aus wie eines dieser durchgeknallten Haute Couture Models.

„Nein", antwortete Melinda bestimmt. „Das ist nicht das Kleid, das ich bestellt habe! Holen Sie mir sofort das richtige Kleid!"

„Das ist das richtige Kleid!", entrüstete sich die Verkäuferin.

Melinda schnappte nach Luft. Das konnte doch nicht wahr sein. Durchdringend sah sie diese unfähige und außerdem unverschämte Person an. „Das. Ist. Nicht. Mein. Kleid", wiederholte sie langsam und überdeutlich. „Dieses Kleid ist..."

„Unglaublich!", kam es von hinten.

„Ganz genau", fauchte Melinda und wirbelte herum. „Candice", rief sie überrascht. „Was machst du hier?"

„Ich habe einen früheren Flug genommen, ich konnte dich doch nicht allein lassen, in diesem Chaos", erwiderte Candice zuckersüß und Melinda entspannte sich wieder.

„Gott sei Dank bist du hier! Vielleicht kannst du dieser..." Melinda drehte sich zu der Verkäuferin um und bedachte sie mit einem scharfen Blick. „impertinenten Person klar machen, dass das nicht das Kleid ist, dass ich bestellt habe!"

Candice lächelte und betrachtete Melinda genau. „Natürlich ist das nicht das Kleid, das du bestellt hast." Ein verdächtiges Funkeln trat in ihre Augen. Sie wedelte mit der Hand, die Verkäuferin verschwand augenblicklich und in Melinda machte sich eine böse Ahnung breit.

„Was hast du getan?", fragte sie leise.

„Mindy-Darling, ich muss sagen, deine Detox-Kur ist dir gut bekommen. Du siehst fabelhaft aus und das Kleid steht dir ausgezeichnet!" Candice musterte sie erneut. „Das Kleid, das du unbedingt haben wolltest, war ein langweiliger Fetzen. Ich habe mich wirklich gewundert, als du mir die Bilder geschickt hast. Da berate ich dich schon so viele Jahre und dann willst du tatsächlich so ein nichtssagendes Baiser anziehen? Das konnte ich doch nicht zulassen! Schließlich wissen alle, dass ich deine Trauzeugin bin. Eure Fotos werden um die ganze Welt gehen." Candice lächelte siegesgewiss. „Mindy, du bist dabei mit Andrew die Crawfields zu neuer Größe aufzubauen. Wie stellst du dir vor, soll das gehen, wenn du so farblos bleibst, wie du bist. Ich wusste, dass du es ohne mich nie schaffen würdest, dem Namen gerecht zu werden." Candice Lächeln wurde noch eine Spur selbstgefälliger. Melinda wunderte sich, dass das überhaupt noch möglich war und beobachtete wie ihre ‚beste Freundin' vor ihr auf und ab ging. In ihr selbst tobte ein wahrer Gefühlssturm. Unfähig auch nur ein Wort herauszubringen, ließ sie Candice Rede über sich ergehen.

„Also habe ich dir hier und da unter die Arme gegriffen", beendete Candice selbstzufrieden ihren Monolog.

„Was soll das heißen, hier und da?", fragte Melinda entsetzt. „Was hast du getan?"

„Ach Mindy, du verstehst mich völlig falsch. Ich wollte dir nur helfen! Deine Hochzeit wird das gesellschaftliche Ereignis des Jahres werden. Alle werden darüber sprechen. Damit legst du den Grundstein für deine und Andrews Zukunft. Ich habe doch gesehen, wie überfordert du mit der Planung warst." Candice setzte wieder ihr falsches Schlangenlächeln auf und Melinda fragte sich, wie sie all die Jahre so blind gewesen sein konnte.

„Ich bin doch deine beste Freundin! Ich kann doch nicht mit ansehen, wie du dir deine Zukunft verbaust", fuhr Candice mit einem lauernden Blick fort.

Melinda zitterte am ganzen Körper. Sie wollte nur noch hier raus. Sie hatte jetzt nicht die Kraft, sich Candice gegenüber zu behaupten. Und der schnellste Weg aus diesem Albtraum war, mitzuspielen. Also setzte sie ein ebenso falsches Lächeln auf und strahlte Candice an, die nicht zu bemerken schien, dass Melinda nur eine Rolle spielte.

„Ich bin dir so dankbar dafür! Ich weiß wirklich nicht, was ich ohne dich gemacht hätte." Melinda drehte sich zum Spiegel und bewunderte sich in diesem grauenhaften Kleid. „Meinst du wirklich, dass ich das anziehen kann? Ist es nicht... ein wenig zu gewagt?"

„Aber nein! Du mit deiner Figur kannst das tragen!"

Melinda zwang sich zu einem Lächeln. „Dann ist ja...! Bist du so lieb und öffnest den Reißverschluss?" Sie trat vom Podest und wandte der falschen Schlange von einer Trauzeugin den Rücken zu.

„Sicher!", flötete diese und half ihr tatsächlich.

Melinda betete, dass Candice ihre Anspannung nicht bemerkte, aber ihre Befürchtung war völlig unbegründet. Jetzt aus der Nähe wirkte Candice irgendwie neben der Spur. Aber, ob das am Jetlag lag, oder nicht, das interessierte Melinda nicht mehr. So schnell sie konnte flüchtete sie in die Umkleidekabine und zog sich in Windeseile um, während Candice in dem Raum auf und ab lief.

„Lass uns etwas trinken gehen!", schlug sie in diesem Moment vor und Melinda erstarrte. Sie wollte hier weg, aber wie?

„Wie spät ist es denn?", fragte sie, um Zeit zu schinden.

„Wen interessiert denn die Uhrzeit?"

„Mich, denn ich bin mit meiner Mutter verabredet", schwindelte Melinda. Sie wusste, dass Candice ihre Mutter nicht ausstehen konnte und daher die Wahrscheinlichkeit groß war, dass sie sie nicht begleiten würde. „Komm doch mit!", schlug sie vor und setzte alles auf eine Karte. Atemlos lauschte sie auf Candice Antwort. Hinterm Vorhang war es kurz still geworden

„Mindy-Darling, ich habe ganz vergessen, dass ich noch einen Termin habe!"", flötete Candice. „Wir sehen uns später! Ich melde mich bei dir!"

Melinda holte Luft und rief mit mehr Elan, als sie empfand: „Okay!" Aber Candice antwortete nicht mehr, denn sie stolzierte bereits mit klackernden Absätzen davon.

Melinda atmete geräuschvoll aus und sank kraftlos auf den Schemel, ihr Pünktchenkleid nur halb angezogen. Die wildesten Gedanken schossen ihr durch den Kopf, aber sie bekam keinen zu fassen. Als ihr Blick diese Karikatur eines Brautkleides traf, wurde ihr übel. Sie wollte nur noch weg und allein sein. Mit fahrigen Händen zog sie den Reißverschluss zu und versuchte den Gürtel zu schließen. Sie brauchte viel länger als sonst, aber schließlich gelang es ihr. Immer noch zittrig stand sie auf, nahm ihre Tasche und ging leise hinaus. Sie durchquerte mechanisch den Ankleideraum, ließ die Verkäuferin einfach stehen und stand plötzlich auf der Straße, dort wandte sie sich nach links Richtung Kensington Gardens und lief los.

Sie lief und lief. In ihrem Kopf herrschte weiterhin das totale Chaos. Sie versuchte zu verstehen, was passiert war und vor allem, wann es angefangen hatte. Unablässig fragte sie sich, wie sie sich so in Candice hatte täuschen können und warum Candice sie so verletzte. All die Jahre ihrer Freundschaft liefen vor ihrem geistigen Auge ab und Melinda fragte sich bei jedem Moment, ob er echt gewesen war oder nicht. Sie hatte das Gefühl jahrzehntelang eine

Lüge gelebt zu haben. Sie war belogen und benutzt worden und hatte es auch noch zugelassen! Sie erkannte erst jetzt, mit dieser Aktion von Candice, das volle Ausmaß der Situation. Maries Worte fielen ihr wieder ein und auf einmal begriff Melinda, was sie wirklich bedeuteten. Tränen liefen ihr über die Wangen, aber sie bemerkte sie nicht, auch nicht die fragenden Blicke der Passanten, die ihr entgegen kamen. Ihr halbes Leben hatte sie damit zugebracht einer Person zu gefallen, der sie nichts bedeutete! Wie hatte sie nur so dumm sein können?! Ihr fielen all die Momente ein, in denen ihre Mutter versucht hatte, mit ihr über Candice zu reden. Ihre Mum hatte diese Schlange schon viel früher durchschaut, aber sie hatte ja nicht hören wollen! Sie war so blind gewesen. Und jetzt hatte sie die Quittung bekommen.

Ihre angeblich beste Freundin hatte die Bestellung ihres Traumkleides sabotiert. Jetzt konnte sie die Märchenhochzeit im königlichen Stil vergessen. Was sollte sie denn jetzt anziehen?

Wie konnte sie so etwas nur tun? Und, oh Gott, was sie wohl sonst noch alles getan hatte, um die Hochzeit zu sabotieren?! Bei diesem Gedanken wurde Melinda ganz flau im Magen und ihre Hände trotz der Sommersonne eiskalt. Sie wusste, sie würde Nigel anrufen müssen, um mit ihm alles durchzugehen. Aber sie konnte nicht. Sie fühlte sich unendlich allein und verlassen.

\*\*\*

„Und wir fließen ein letztes Mal durchs Vinyasa. Einatmen, Vorbeuge, ausatmen, zurücktreten ins Brett, einatmen, absenken, ausatmen, in die Kobra, einatmen,…"

Lauren Miller folgte entspannt den Anweisungen der Yogalehrerin und als sie gerade die Position des Kriegers einnahm, spürte sie es. Irgendetwas war mit ihrer Tochter passiert! Sie versuchte sich auf ihre Atmung zu konzentrieren, aber sie konnte nicht. Ihre Unruhe wuchs sekündlich. Sie musste los!

Sie ließ die Arme sinken, raffte in aller Eile ihre Sachen, murmelte ein „Sorry!" in Richtung der Lehrerin, die sie fragend ansah und hastete so leise wie möglich aus der Yogaklasse. Die Matte irgendwie zusammengeknüllt unterm Arm, kramte sie mit der freien Hand in ihrer Tasche nach ihrem Handy, während sie eilig nach draußen zu ihrem Wagen lief.

Die Stunde war sowieso beinahe rum gewesen, so dass ihr Fahrer bereits vor der Tür auf sie wartete.

„Ist alles in Ordnung?", fragte er besorgt und nahm ihr die Matte ab, um sie zügig zusammenzurollen.

„Ja, nein. Ich weiß es nicht!", antwortete sie fahrig. Endlich hatte sie ihr Handy gefunden und suchte Mindys Nummer raus. Währenddessen stieg sie in den Wagen. Sie ließ es eine gefühlte Ewigkeit klingeln, aber ihre Tochter meldete sich nicht. Was sollte sie tun? Wo war Melinda? Sofort rief sie im Appartement an, aber auch dort ging niemand an das Telefon. Also wählte sie die Nummer ihres zukünftigen Schwiegersohns.

„Soll ich schon losfahren?", fragte ihr Fahrer, aber Lauren schüttelte den Kopf. Wieder klingelte es lange, bis Andrew endlich abnahm.

„Lauren, hallo? Was kann ich für dich tun?" Er klang müde, obwohl er sich Mühe gab es nicht zu zeigen.

„Ist Melinda bei dir?", fragte sie und konnte nicht verhindern, dass er ihre Besorgnis hörte.

„Nein! Wieso? Ist was passiert?" Andrew war sofort in Alarmbereitschaft.

„Nein." Lauren versuchte ruhig zu bleiben. „Das heißt, ich weiß es nicht. Es ist nur so ein Gefühl. Wann hast du das letzte Mal mit ihr gesprochen?"

„Gestern Abend. Heute früh, als ich los gegangen bin, hat sie noch geschlafen." Andrew rang sämtliche Horroszenarien, die ihm augenblicklich durch den Kopf gingen, gewaltsam nieder. Es stellte Laurens Gefühl nicht in Frage, dafür war er bereits zu oft Zeuge von der intuitiven Verbindung zwischen Menschen geworden und insbesondere von Müttern und ihren Kindern.

„Weißt du, was sie heute machen wollte?"

„Sie meinte, sie hätte einen Termin zur Anprobe."

„Okay, das liegt auf meinem Weg...", bemerkte Lauren und gab ihrem Fahrer ein Zeichen loszufahren.

„Und ich rufe beim Fahrdienst an."

„Melde dich, wenn du sie gefunden hast."

„Du auch", bat Andrew und legte mit klopfenden Herzen auf. Wie schlimm konnte dieser Tag eigentlich noch werden?

„Wir fahren Richtung Hotel", wies Lauren an und suchte auch schon die Telefonnummer des Brautmodengeschäfts heraus. Wenn sie dort nicht war, würde sie Mabel alarmieren. Es war zwar unwahrscheinlich, dass Melinda zu ihr gegangen war, aber einen Versuch war es wert. Außerdem kannte Mabel sich in der Stadt gut aus und hatte vielleicht eine Idee, wo ihre Cousine stecken konnte.

***

Melinda hatte keine Ahnung, wie sie hierhergekommen war, aber nun saß sie auf dieser Bank und starrte beinahe regungslos in den strahlenden Himmel. Ihr Zeitgefühl war ihr ebenso abhanden gekommen, wie alles andere. Sie fühlte sich innerlich vollkommen leer, wie betäubt, und auch wenn ein Teil ihres Verstandes ihr sagte, sie solle aufstehen, etwas trinken und essen und sich dann dem Chaos stellen, so konnte sie sich doch nicht rühren. Selbst das Schreiben, dass ihr in der Schweiz so gut getan hatte, war augenblicklich keine Option, außerdem war ihr Notizbuch Zuhause auf ihrem Nachttisch und damit meilenweit entfernt. Wieder klingelte ihr Smartphone. Aber es war ihr egal. Ihr war alles egal. Sie wollte sich am liebsten auflösen. Unendlich müde schloss sie die Augen.

***

„Lauren! Hast du sie gefunden?", fragte Andrew ins Telefon und nahm seine Wanderung durch Büro wieder auf. Durch die Glastür sah er, wie sich seine Mitarbeiter nervöse Blicke zu warfen, denn vorhin hatte er zum allerersten Mal in seinem Leben die Beherrschung verloren und rumgebrüllt. Er schämte sich unendlich, aber das konnte er später noch in Ordnung bringen. Aktuell versuchte er zu entscheiden, was er als nächstes tun sollte.

„Also ist sie nicht mit ihrem Fahrer unterwegs?", stellte Lauren eine Gegenfrage.

„Nein, er hat sie nur zu dem Geschäft gebracht. Mehr weiß ich nicht."

„Ich weiß nur, dass sie dort war und dann wohl auch Candice aufgetaucht ist. Aber anscheinend sind sie nicht gemeinsam gegangen." Lauren trat in den Fahrstuhl ihres Hotels und drückte mehrmals auf den Knopf ihrer Etage. „Ich bin jetzt in meinem Hotel und rufe gleich Mabel an, vielleicht hat sie etwas gehört." Endlich schlossen sich die Türen und der Fahrstuhl setzte sich in Bewegung. Sie musste aus diesen Sportklamotten raus. Die Sorge um ihre Tochter und die Sommerhitze ließen Lauren schwitzen.

„Ich würde so gern nach Hause fahren, aber ich habe gleich ein wichtiges Meeting mit dem Vorstand und ... Ich kann es absagen."

„Andrew, atme tief durch. Es wird sich bestimmt alles klären!", Lauren bemühte sich zuversichtlich zu klingen. Sie wusste, dass wie wichtig es war, dass Andrews seine

Arbeit richtig machte, auch für die Zukunft ihrer Tochter. „Ich werde sie finden! Wahrscheinlich shoppt sie sich die Oxford Street rauf und runter!", scherzte Lauren und verzog das Gesicht. Endlich war sie in ihrem Stockwerk angekommen.

„Lauren...", setzte Andrew an, aber seine zukünftige Schwiegermutter ließ ihn nicht zu Wort kommen.

„Wirklich Andrew! Du musst dich auf dein Meeting konzentrieren! Atme und hab Vertrauen. Ihr geht es bestimmt gut! Ich werde sie finden, versprochen!"

Andrew holte tatsächlich tief Luft. „Du rufst mich sofort an. Auch im Meeting!"

„Ich schreibe dir eine Nachricht", versprach Lauren und beendete das Gespräch, nur um gleich darauf ein neues zu beginnen.

„Mabel, hast du etwas von Melinda gehört?"

\*\*\*

Sich konzentrieren! Pah! Lauren hatte gut reden. Er starrte jetzt schon bestimmt zehn Minuten auf die erste Seite der Präsentation und sah nichts. Obwohl er sie zum größten Teil selbst zusammengestellt hatte. Sicher, war das Meeting wichtig für die Zukunft des Unternehmens, aber was war eine Zukunft ohne Mel? Er glaubte zwar nicht, dass sie sich etwas antun würde, aber er machte sich dennoch große Sorgen.

„Wenn ich etwas vorschlagen dürfte?" Sein Assistent Charlie stand in der Tür. Erschrocken fuhr Andrew hoch, er hatte nicht einmal das Klopfen gehört, so abgelenkt war er.

„Wie bitte?"

„Sie haben Melinda noch nicht gefunden, oder?", hakte Charlie nach und Andrew schüttelte den Kopf.

„Warum lassen Sie Rebecca Hunter nicht die Präsentation halten? Sie hat die meisten Zahlen und Daten zusammengesucht und mit Ihnen das Konzept ausgearbeitet. Sie weiß Bescheid und wenn sie nicht weiter weiß, helfen Bob und ich ihr."

Andrew runzelte die Stirn. „Miss Hunter arbeitet erst seit ein paar Monaten hier", warf er ein.

„Sie ist genauso lange im Unternehmen wie Sie hier in London sind und sie kennt die Branche, genauso gut wie Sie."

Er war noch nicht überzeugt, sicher Rebecca hatte alle Qualifikationen, aber wie würde das denn aussehen, wenn er jetzt fehlen würde?! Was würde sein Vater dazu sagen, wenn er nicht persönlich mit dem Vorstand sprach?

„Ihr Großvater und Vater haben immer sehr viel Wert auf die Familienfreundlichkeit des Unternehmens gelegt. Finden Sie nicht, dass das auch für die Unternehmerfamilie gelten sollte?", entkräftete Charlie auf beinahe unheimliche Weise seine Bedenken, bevor er sie überhaupt ausgesprochen hatte.

„Ihr Vater ist momentan in New York und damit bereits wach. Setzen Sie ihn von Melindas Verschwinden in Kenntnis und dass Sie sie suchen müssen, dann erfährt er es von Ihnen und nicht von irgendjemand anderen."

„Charlie, Sie sind unheimlich!", entfuhr es Andrew, aber Charlie grinste nur und antwortete schlagfertig: „Unheimlich gut!" Er wandte sich halb um. „Ich sage Rebecca und Bob Bescheid."

„Ja, tun Sie das." Andrew nickte erleichtert. Er griff nach seinem Smartphone und schickte seinem Vater eine Sprachnachricht und auf einmal hatte er eine Idee, wo Mel stecken könnte.

*** 

Gott sei Dank, er hatte sie gefunden. Sie hatte sich auf einer Bank, direkt neben einem riesigen Busch Lavendel ausgestreckt und war, den Kopf auf ihrer Tasche, eingeschlafen. Schnell schrieb er Lauren ein Nachricht, während er langsam auf seine Verlobte zuging.

Hab sie. Treffen uns im Appartement.

Er hockte sich vor sie und strich ihr sanft übers Haar. „Babe, wach auf."

Augenblicklich flatterten Melindas Lider. „Andrew?", fragte sie verwirrt. „Was machst du hier?" Langsam setzte sie sich auf. Ihr tat alles weh und Durst hatte sie auch.

„Ich habe dich gesucht", antwortete er. „Geht es dir gut?"

Sie wollte schon antworten, da fiel ihr auf einmal alles wieder ein und sie sackte in sich zusammen. „Ich bin... ich war... Andrew wir können nicht heiraten!", brach es aus ihr heraus.

Er zuckte zusammen. „Warum? Liebst du mich nicht mehr?"

„Doch, doch natürlich liebe ich dich noch, aber wenn du weißt, was ich getan, naja eher zugelassen habe, dann willst du mich nicht mehr!" Verzweiflung machte sich in ihr breit.

„Mel, was ist passiert?" Alarmiert suchte er ihren Blick, aber Melinda konnte ihn nicht ansehen. Sie schämte sich zu sehr, dass sie zu dumm gewesen war, Candice falsches Spiel zu erkennen.

„Sprich mit mir!", bat er eindringlich.

„Candice...", setzte Melinda an und brach in Tränen aus. Laute Schluchzer drangen aus ihrer Kehle. „Sie hat... seit Monaten... und jetzt... hat sie mein Kleid... Sie hat einfach... Ich bin... so blöd! Dachte..., sie sei meine... Freundin..." Melinda brachte nur Satzfetzen heraus, aber er verstand genug. Die Liebe seines Lebens so verzweifelt zu sehen, zerriss ihm das Herz.

„Babe, nicht. Es ist alles gut! Ich bin da!" Wieder strich er ihr übers Haar, aber Melinda weinte nur noch heftiger.

„Egal, was passiert ist, ich will dich heiraten. Es ist alles gut."

„Gar nichts ist gut!", schluchzte sie. „Ich kann dich nicht heiraten, verstehst du nicht? Du verdienst eine Frau, die erwachsen ist und sich nicht täuschen lässt, die... die... und überhaupt. Ich habe kein Kleid. Wie soll ich denn ohne Brautkleid... vor all den Menschen?! "

„Komm, mein Schatz!" Er nahm sie in die Arme und stand mit ihr auf. „Ich bringe dich nach Hause. Alles wird gut."

Melinda schlang die Arme um ihn und barg ihr Gesicht an seinen Hals. Jetzt in seinen Armen konnte sie endlich den ganzen Schmerz fühlen, den Candice Verrat ihr zugefügt hatte. Kurz meldete sich eine fiese Stimme in ihr, die sie daran erinnerte, dass es wenig feministisch war, sich von einem Mann retten zu lassen, aber sie briet ihr mit einem imaginären Baseballschläger eins über. Auch starke Menschen, dürfen mal schwach sein. Unablässig strömten die Tränen aus ihr heraus, während Andrew sie durch den Park zu seinem Wagen trug.

Es war gut, dass sie sein Gesicht nicht sehen konnte, denn ihre heißen Tränen feuerten die Wut in seinem Innern nur noch an. Ursprünglich hatte er vorgehabt, Candice einfach zu ignorieren, aber das war nun vorbei. Auch wenn er stolz darauf war, den Intrigen und Spielchen seiner Schulzeit entwachsen zu sein, verlernt hatte er all die Kniffe und Tricks anderen eins auszuwischen noch nicht. Er war schließlich nicht der Dalai Lama, der alles still erdulden konnte.

\*\*\*

Sie brauchten im Feierabendverkehr eine gute Stunde bis nach Hause, genug Zeit für Melinda sich zu beruhigen, etwas zu trinken und Andrew alles zu erzählen. Es kostete sie eine enorme Überwindung überhaupt anzufangen, aber als er sie nur noch näher an sich heran zog und ihre Hand immer wieder drückte, konnte sie nicht mehr aufhören. Sie erzählte alles, von Anfang an, sogar Ereignisse aus ihrer Schulzeit, die sie schon längst vergessen geglaubt hatte. Sie fühlte sich immer leichter und leichter, ganz so als wäre sie auf einer Wanderung und würde nach und nach ihre ganzes Gepäck am Wegesrand stehen lassen.

„Und als sie dann heute in dem Laden aufgetaucht ist und ich erkannt habe, was sie getan hatte, da war ich... Ich stand wie unter Schock. Ich dachte nur, dass ich da raus musste. Ich weiß, ich hätte sie in ihre Schranken weisen müssen, aber ich konnte einfach nicht. Ich wollte nur weg", endete sie.

Einen Moment schwiegen beide. Andrew war so wütend, dass er seiner Stimme nicht traute. Am liebsten hätte er irgendetwas kaputt gemacht. Aber damit wäre ja niemanden geholfen und Mel würde er damit womöglich nur noch mehr erschrecken. Also drückte er sie nur fest an sich und küsste ihre Schläfe.

In Melindas Kopf war ein Gedanke aufgeploppt und kreiste seitdem unablässig herum. Sie musste ihn einfach fragen, auch wenn sie eine höllische Angst vor seiner Antwort hatte. Wie um sich Mut zu machen, holte sie tief Luft. „Und, willst du mich immer noch heiraten, auch wenn du jetzt weißt, wie dumm und manipulierbar ich bin?" Sie musste es wissen, so wie heute wollte sie sich nie wieder fühlen.

Andrew versteifte sich einen kurzen Moment. Wie konnte sie so etwas nur denken. Sanft drehte er Melinda zu sich um, damit sie einander ansehen konnten. „Ich habe dir gesagt, dass du die Liebe meines Lebens bist und ich immer an deiner Seite stehe. Ich mag ja unordentlich sein und ein mieser Koch, aber ein Lügner bin ich nicht. Also ja, ich möchte dich heiraten und mein Leben mit dir verbringen, aber…"

„Aber?" Melinda riss die Augen auf. Sie hatte es gewusst, er hatte Bedingungen, es gab immer Bedingungen im Leben.

„Aber", wiederholte er langsam und sah sie aufmerksam an, „wenn du noch einmal so schlecht von meiner zukünftigen Frau sprichst, dann bekommen wir gewaltigen Ärger! Denn niemand spricht so über die, die ich liebe. Nicht einmal sie selbst!"

Sie begann zu lächeln, erst zaghaft, dann immer breiter und nächsten Moment lag sie in seinen Armen, seine Lippen auf ihren.

„Ich liebe dich auch!", murmelte sie. „Ich weiß gar nicht, womit ich dich verdient habe."

„Ich auch nicht", gab er leichthin zurück. Es war höchste Zeit, dass sie wieder lachte, fand er.

Wie beabsichtigt, stutzte sie kurz und richtete sich auf. „Was?"

Andrew grinste sie frech an. „Immerhin bin ich Andrew Crawfield", stellte er klar und seine Augen blitzen.

„Du bist… unmöglich!" Melinda boxte ihm leicht in den Arm und musste doch lachen. Er stellte seinen Familiennamen selten heraus und erinnerte sie in diesem Moment an seinen geltungssüchtigen Cousin, den keiner richtig ernst nehmen konnte, weil Henry noch niemals irgendetwas zustande gebracht hatte.

Andrew zog sie zurück in seine Arme und küsste sie innig.

Plötzlich fiel Melinda etwas ein. „Woher wusste du überhaupt, dass etwas passiert ist?"

„Deine Mum hat mich angerufen und wollte wissen, wann ich das letzte Mal mit dir gesprochen habe."

„Meine Mutter?", wunderte sie sich. „Ich hatte ihr doch eine Nachricht geschrieben, dass ich wieder gut in London gelandet bin."

„Das war es nicht. Sie meinte, sie hätte auf einmal so ein komisches Gefühl gehabt."

Melinda schaute ihn skeptisch an. „Und wegen eines Gefühls hast du alles stehen und ... oh mein Gott, war heute nicht das Meeting mit dem Vorstand?"

„War es, aber mach dir darüber keine Gedanken! Rebecca hat die Präsentation gehalten, unterstützt von Charlie und Bob und es lief wohl sehr gut. Charlie hat mir eine Nachricht geschrieben!" Er schenkte ihr ein beruhigendes Lächeln. „Und ja, ich vertraue der Intuition deiner Mum. Außerdem warst du tatsächlich wie vom Erdboden verschluckt. Wir haben dich alle gesucht."

„Wer ist denn alle?", fragte sie verwirrt.

„Deine Mutter, Mabel und ich."

„Mabel auch?", rief sie aus und Andrew musste sich ein Grinsen verkneifen.

„Warum magst du sie eigentlich nicht?", fragte er interessiert.

„Wer hat denn gesagt, dass ich sie nicht mag?!" Melinda überlegte, was sie wann über Mabel gesagt haben mochte, aber Andrew zog nur die Augenbraue hoch.

„Eigentlich kenne ich sie gar nicht so gut. Ich finde es nur mega anstrengend, dass alle sie so lieben!", antwortete sie ehrlich und verdrehte dabei die Augen.

„Du bist eifersüchtig", stellte er fest.

„Nein! Wie kommst du denn..." Melinda hielt inne und senkte den Blick. Wem wollte sie etwas vormachen? Jetzt war sie die ganze Zeit ehrlich gewesen, da schadete noch ein Geständnis auch nicht mehr, im Gegenteil. „Ein bisschen vielleicht. Ich hatte immer das Gefühl, dass sich alle immer über ihre Gesellschaft freuen, während sie meine Anwesenheit nur erduldet haben. Als hätten sie keine andere Wahl."

„Das stimmt nicht!", widersprach er. „Deine Familie liebt dich sehr."

Melinda zog die Augenbrauen hoch und verschränkte die Arme. „Dann zeigen es aber auf eine sehr zurückhaltende Art."

„Vielleicht hast du ihnen einfach nie die Chance dazu gegeben."

„Ich???"

Andrew nahm ihre Hand in seine und drückte ihr einen Kuss auf. „Möglicherweise hast du ihnen die wahre Melinda nie gezeigt. So dass sie gar nicht die Gelegenheit hatten, anders zu dir zu sein."

„Die wahre Melinda?", sie zog die Nase kraus. Das klang ganz schön nach Kitschroman und Andrew musste lachen.

„Ja. Die, die ein Herz für kleine, dicke Cousinen hat und schöne Gärten liebt. Mit der man sich über viele Themen ausführlich unterhalten kann, weil sie sich für die Welt interessiert und nicht nur für die neueste Tasche von Hermes."

Melinda verzog das Gesicht und wollte gerade zu einer passenden Erwiderung ansetzen, als der Wagen endgültig zum Stehen kam.

„Wir sind da", stellte sie fest und holte tief Luft. „Was machen wir denn jetzt?"

„Jetzt, mein Schatz, gehen wir hoch und machen einen Hochzeitsplan." Er küsste sie auf die Nasenspitze. „Zusammen mit deiner Mutter und Mabel."

„WAS?" Melinda riss die Augen auf. „Sie sind HIER?"

In diesem Moment öffnete der Fahrer die Tür, aber Andrew lächelte sie beruhigend an. „Keine Sorge! Es ist alles gut!"

Melinda bedachte ihn mit einem ungläubigen Blick.

„Vertraust du mir?" Er sah sie an und hielt ihr seine Hand hin.

Sie erwiderte seinen Blick. „Ja", antwortete sie schlicht, legte ihre Hand in seine und stieg gemeinsam mit ihm aus.

\*\*\*

Kaum hatten sie ihr Appartement betreten, kam Lauren um die Ecke. Melinda stutzte kurz, sie hatte ihre Mutter selten in so einfacher Aufmachung gesehen. Sie trug lediglich ein sommerliches Wickelkleid, ohne Schmuck und war ungeschminkt. Sie schien sich wirklich Sorgen um sie gemacht zu haben, erkannte sie und ein warmes Gefühl breitete sich in ihrem Innern aus.

„Da bist du ja! Geht es dir gut, mein Schatz?"

„Ja, Mum. Es geht mir gut", antwortete Melinda brav und ließ sich von ihrer Mutter drücken. Mühsam schluckte sie die aufsteigenden Tränen hinunter, hatte sie für heute nicht genug geheult? Lauren streichelte ihren Rücken und sagte über ihre Schulter hinweg. „Danke, Andrew!"

„Ich danke dir! Wenn du mich nicht angerufen hättest..."

Kommt herein, ihr müsst hungrig sein!" Lauren scheuchte beide vorwärts, aber Melinda blieb schon nach wenigen Schritten wie angewurzelt stehen.

„Ihr habt GEKOCHT?", fragte sie entgeistert, als sie die Töpfe auf dem Herd stehen sah.

Mabel drehte sich um und lächelte entschuldigend. „Ich habe gekocht, es beruhigt mich immer. Ich hoffe, das war okay. Ich dachte nur, ihr hättet bestimmt Hunger, wenn ihr kommt."

Bevor Melinda etwas Unüberlegtes sagen konnte, griff Andrew nach ihrer Hand und drückte sie. „Das war sehr nett von dir, Mabel. Wir haben tatsächlich großen Hunger. Nicht wahr, Schatz?" Auffordernd sah er Mel an.

„Ja, großen Hunger", wiederholte sie und spürte gleich darauf, dass es der Wahrheit entsprach. „Es duftet köstlich", fügte sie noch hinzu.

Mabel strahlte und Melindas kleiner Eifersuchtsanfall verabschiedete sich bei ihrem Anblick.

„Ich hoffe, ihr mögt Coq au Vin!" Mabel schaltete den Herd aus und trug die große Kasserolle hinüber zum Tisch. „Ich muss gestehen, ich bin momentan total im Frankreichfieber. Zum Nachtisch gibt es eine Aprikosentarte mit Lavendel" Mabel lächelte schief.

„Ich liebe Lavendel", platzte es aus Melinda heraus. Erschrocken riss sie die Augen auf, es war sonst gar nicht ihre Art so offen ihre Vorlieben kundzutun.

„Oh, du erinnerst dich vielleicht nicht, aber als du fünf Jahre alt warst, waren wir im Sommer in der Provence und du hast den ganzen Urlaub in dem Garten unseres Ferienhauses verbracht!" Lauren schwelgte in Erinnerungen.

„Doch, Mum, ich erinnere mich", antwortete Melinda und lächelte.

„Hast du ihn schon einmal gegessen?", fragte Mabel, während sie zurück lief, um einen weiteren Topf zu holen.

„Nein, noch nie", gab Melinda zu. „Entschuldigt, ich muss mir noch die Hände waschen."

„Ich fülle schon einmal die Teller. Tante Lauren, bist du so lieb und gießt den Wein ein?"

*\*\**

„Mabel, das war einfach köstlich!", bekannte Andrew und wischte mit dem letzten Stück Baguette die Soßenreste vom Teller. „Einfach wunderbar!"

„Das freut mich sehr!"

Melinda staunte, sie hatte ihre Cousine noch nie so glücklich gesehen. „Ja, Mabel es war wundervoll!", stimmte sie zu. Sie hätte nicht gedacht, dass sie überhaupt etwas hinunter bekommen würde, aber dann hatte sie tatsächlich einen ganzen Teller gebutterter Nudeln mit Coq au Vin gegessen.

Mabel stand auf und sammelte die leeren Teller ein. „Dann hole ich jetzt die Tarte."

„Ach ja, die hatte ich ganz vergessen", bekannte Melinda und wurde von Andrew glatt übertönt.

„Gott sei Dank!", rief er und sprang auf. „Ich mache den Espresso! Wer möchte?" Er schnappte sich die Kasserolle und lief hinüber zur Espressomaschine.

„Ich bitte", meldete sich Lauren zu Wort und goss sich entspannt noch ein Glas Wein ein. Fragend zeigte sie ihrer Tochter die Flasche, aber Melinda schüttelte den Kopf.

„Wie kannst du noch etwas essen?", wunderte sie sich und beobachtete wie ihr Verlobter Mabel in der Küche half. Sie hatte das Gefühl sich keinen Millimeter mehr bewegen zu können.

„So viel war es doch gar nicht!", Andrew grinste. „Mein Mittagessen ist schließlich ausgefallen", gab er gut gelaunt zurück und erinnerte sie damit an die eigentliche Ursache für dieses spontane Festessen. Ihre Miene verdüsterte sich augenblicklich. Sofort war Andrew bei ihr und kniete sich neben sie.

„Babe, es ist alles gut!" Er nahm ihre Hand.

„Ja, aber was machen wir jetzt? Ich weiß gar nicht, ob wir überhaupt nächstes Wochenende heiraten können. Wer weiß, was sie sonst noch alles gemacht hat?" Mutlos ließ sie die Schultern hängen. Sie hatten sich unbewusst entschieden, während des Essens nicht über den Nachmittag zu sprechen, aber jetzt war der Zeitpunkt gekommen.

„Wir sehen uns einfach alles an und überprüfen jede noch so kleine Absprache", antwortete Andrew. „Hattest du nicht gesagt, Nigel hätte eine Mail geschickt?", fragte er und Melinda nickte. „Dann fangen wir damit an und arbeiten uns vor."

„Oh Gott, es ist so viel..." Melinda wurde ganz anders bei dem Gedanken an all die Änderungen, die sie im Laufe der Zeit an Nigel weitergegeben hatte.

„Schatz, du bist nicht allein", erinnerte Lauren und streichelte ihre Schulter. „Wir helfen dir!"

„Ganz genau. Morgen ist ja auch Freitag, das heißt wir können auch den Pfarrer erreichen, sollte sie tatsächlich so weit gegangen sein", bemerkte ihre Cousine und stellte Kuchenteller auf den Tisch. „Wir wollten dich morgen sowieso mit einer Brautparty überraschen." Sie lächelte. „Dann verbinden wir feiern eben mit etwas Produktivem."

„Eine Brautparty? Wirklich?"

„Selbstverständlich! Ich habe lauter schöne Sachen geplant!", bekannte Mabel.

„Ach schade, dann fällt das auch ins Wasser", seufzte Melinda.

„Muss es nicht! Wir machen einfach beides!"

„Wie soll denn das gehen?", wollte sie wissen, aber Mabel hatte schon einen Plan.

„Wir kommen einfach etwas früher zu dir und gehen die ersten Dinge durch...", begann sie und Lauren ergänzte: „ Und wenn wir dann eine Pause brauchen, gehen wir uns zu unserem Brunch."

„Genau und dort können wir weiter sprechen. Wenn die ganzen Entrepreneure in Cafés arbeiten können, können wir das auch!" Ihre Cousine zwinkerte ihr zu.

„Siehst du Babe, es ist alles gar nicht so schlimm!" Andrew beugte sich vor und gab ihr einen Kuss. „Das Wichtigste ist doch, dass wir uns lieben. Alles andere lässt sich regeln."

Ein strahlendes Lächeln erschien auf Melindas Gesicht. Oh ja, und wie sie diesen tollen großen Mann liebte!

„Möchtest du auch einen Espresso?", fragte er sie und stand auf.

„Ja bitte!" Dankbar lächelte sie ihn an.

Lauren ging das Herz auf, die beiden so zu sehen. In diesem Moment wusste sie, dass wirklich alles gut werden würde. Die Beiden waren wie füreinander geschaffen. An ihren Unterschieden konnten sie sich reiben und wachsen und an ihren Gemeinsamkeiten freuen. Plötzlich fiel ihr etwas ein.

„Mindy-Schatz, was machen wir denn jetzt mit dem Kleid? Das könnte tatsächlich etwas schwierig werden, die werden doch immer extra angefertigt", gab sie zu bedenken.

Melinda sah sie an und plötzlich hellte sich ihre Miene auf. Kurz warf sie einen Blick zu Andrew, ob er sie hören konnte. Glücklicherweise begann genau in diesem Augenblick die Kaffeemühle zu mahlen und Melinda wisperte: „Ich habe eine Kleid!"

Lauren und Mabel bekamen große Augen. „Wirklich?", hauchten sie.

„Ja! Ich habe es..." Sie stutzte. „...gestern gekauft." Melinda konnte es kaum glauben, dass es erst einen Tag her sein sollte. So viel war seitdem passiert.

„Gestern?!" Lauren konnte es kaum fassen. „Wo warst du denn gestern shoppen?"

„Ja, es ist perfekt!" Melinda sprang auf. „Kommt mit! Ich zeig es euch!"

Irritiert drehte sich Andrew zu den drei Frauen um, die gleichzeitig aufstanden. „Wo wollt ihr denn hin?"

„Wir sind gleich wieder da! Ich will Mum und Mabel nur etwas für die Hochzeit zeigen", antwortete Melinda und war auch schon verschwunden.

„Etwas Geheimes, so wie es aussieht", schmunzelte er und fing schon einmal an die Spülmaschine einzuräumen.

„Oh mein Gott! Es ist wunderschön!" Vorsichtig berührte Mabel die Spitze.

„Ja, das ist es!", bestätigte Lauren und hielt den Bügel nah an ihre Tochter heran. „Welche Schuhe ziehst du dazu an?"

„Hm." Melinda drehte sich suchend um und lief zu ihrem Schuhregal, in dem sie ihre Lieblingsschuhe ordentlich aufgereiht hatte. „Was haltet ihr von diesen?", fragte sie und hielt ein paar silberne Highheels hoch.

„Die würden gehen, aber schöner wären welche in creme", antwortete Lauren und trat näher um selbst zu schauen.

Mabel nahm ihr das Kleid ab und hängte es vor sich auf. Ein Bild formte sich in ihrem Kopf.

„Cremefarbene habe ich nicht", antwortete Melinda.

„Ja, das sehe ich. Dafür jede Menge Pink und Schwarz."

„Da sind auch Rote und...", verteidigte Melinda scherzhaft ihre Schuhsammlung.

„Welche Schuhgröße hast du Mindy?", fragte Mabel und unterbrach den Schlagabtausch zwischen Mutter und Tochter.

„Achteinhalb, das ist eine britische sechs. Wieso?"

„Ich habe ein Paar Zuhause, die perfekt zum Kleid passen. Ich habe sie nur einmal getragen, sie sind quasi neu. Ich bringe sie dir morgen mit, dann kannst du sie anprobieren." Mabel sah sie fragend an, aber Lauren antwortete.

„Das ist lieb von dir, Mabel!" Sie drehte sich wieder zu ihrer Tochter um. „Dann hast du gleich etwas Geliehenes."

„Wenn du sie nicht magst, ist es auch okay", wandte Mabel ein und lächelte. „Es ist schließlich dein großer Tag!"

Melinda sah ihre Cousine an und hatte auf einmal Tränen in den Augen. So etwas hatte Candice in all den

Monaten nicht zu ihr gesagt. „Vielen Dank Mabel, ich probiere sie sehr gern an." Lächelnd klimperte sie ein wenig mit den Wimpern und drängte die Tränen zurück und auch Mabel strahlte. Sie hatte sich immer gewünscht, sich besser mit ihrer Cousine zu verstehen. Vielleicht würde das endlich eintreten.

„Kommen die Damen?", rief Andrew aus dem Wohnzimmer. „Der Espresso wird sonst kalt."

„Ja, wir sind unterwegs!", antwortete Lauren, die den besonderen Moment zwischen den jungen Frauen durchaus bemerkt hatte. „Das Kleid ist wirklich wunderschön, Schatz! Ziehst du es morgen einmal für uns an, ja?"

Melinda nickte und gab ihrer Mum einen Kuss auf die Wange. „Selbstverständlich!"

Mabel hatte den restlichen Abend und die halbe Nacht auf ihrer Idee herum gedacht. Naja, sogar ein wenig mehr als das. Sie hatte das ganze Internet nach Bildern durchstöbert, eine digitale Collage erstellt und war anschließend durch ihre Wohnung gewirbelt und hatte verschiedene Dinge zusammengesucht. Bis sie fertig war, hatte es sich schon beinahe nicht mehr gelohnt schlafen zu gehen.

Aber jetzt stand sie vollbepackt und sehr aufgeregt im Fahrstuhl zu Melindas und Andrews Appartement. Hoffentlich würde ihre Cousine ihre Bemühungen nicht falsch verstehen, schließlich hatte sie mit Candice jemanden an ihrer Seite gehabt, der ihre Wünsche anscheinend permanent ignoriert hatte. Und das wollte Mabel ganz und gar nicht, aber nachdem sie die Zusammenfassung von Nigel gestern gelesen hatten, hatte Mabel festgestellt, dass die Hochzeitsfeier, so wie sie jetzt geplant war, wenig mit dem Brautpaar zu tun hatte. Irgendwie war bei dem ganzen Pomp das Herz verloren gegangen.

Der Fahrstuhl blinkte und die Türen glitten auf. Mabel atmete tief durch und trat hinaus. Lauren war anscheinend vor ihr angekommen, denn sie stand in der Tür zum Appartement und erwartete sie.

„Gute Güte, Kind, was schleppst du alles mit dir herum?", rief sie überrascht aus und lief ihr entgegen. „Gib her!"

„Bitte nicht!", erwiderte Mabel und begann zu kichern. Schlafmangel ließ sie immer ein wenig albern werden. „Wenn du jetzt irgendetwas wegnimmst, fällt mir alles runter."

„Dann schnell, rein mit dir!" Lauren trat eilig zur Seite und Mabel lief mit großen Schritten zum Esstisch, um alles abzulegen.

Melinda stand in der Küche und bereitete gerade Milchkaffee zu. „Hallo Mabel!", begrüßte sie ihre Cousine und wandte sich um. „Möchtest du auch einen... *holy shit*, was hast du denn alles dabei?"

„Melinda! Was sind denn das für Ausdrücke?", warf Lauren entrüstet ein, aber ihre Tochter grinste nur. „Ist anscheinend der englische Einfluss..."

„Der Arbeiterklasse oder wie?", konterte Lauren, aber Melinda grinste nur und wandte sich wieder an Mabel. „Ehrlich jetzt, was ist das alles?" Sie war näher getreten und öffnete wie selbstverständlich die diversen Taschen.

„Eine Idee und ein Vorschlag", antwortete Mabel und ließ sich auf einen Stuhl fallen, nur um sofort wieder aufzuspringen und sich ein Glas Wasser einzugießen.

„Marmelade?", rief Melinda aus und hielt ein kleines Glas mit Aprikosenmarmelade hoch. „Das verstehe ich nicht, was hat das denn mit der Hochzeit zu tun?"

„Naja, also, äh nichts eigentlich." Plötzlich verlegen, begann sie zu kichern. „Sorry!" Sie holte Luft und brachte dennoch keinen vernünftigen Satz raus. „Wenn du es... doof findest, dann... verstehe ich das total. Wir... äh... ihr müsst nichts..."

Melinda runzelte verwirrt die Stirn und Mabel verstummte endgültig. Lauren sah zwischen den beiden hin und her. „Mindy-Schatz, wie wäre es, wenn wir die Kaffee fertig machen und Mabel packt in der Zwischenzeit aus, was sie mitgebracht hat?" Auch wenn sie es als Frage formuliert hatte, war es keine.

„Okay." Melinda nickte und lächelte. „Wie möchtest du deinen Kaffee?"

„Wenn du pflanzliche Milch hast, nehme ich die. Ansonsten bitte nur einen Espresso. Danke." Mabel lächelte zurück.

„Sorry, da muss ich passen", entschuldigte sich Melinda.

„Kein Problem. Espresso ist auch gut. Einen Doppelten bitte!", gab Mabel zurück und wandte sich dann zu ihren Taschen um. Als allererstes die Leinentischdecke.

Minuten später sah der Esstisch aus wie einem Katalog entsprungen. Mabel hatte ihr Brautjungfernkleid, Lavendelzweige, die besagte Marmelade und verschiedene Windlichter, in denen creme- und lilafarbene Kerzen brannten, auf dem Tisch drapiert. Selbst weiße Rosenblütenblätter hatte sie verstreut. In der Mitte lag ihr Tablet mit der digitalen Collage und in der Hand baumelten die Schuhe, von denen sie gestern gesprochen hat. Sie warf gerade einen letzten prüfenden Blick, über ihre Arrangement als Melinda zu ihr trat.

„Wahnsinn, du hast mir ein Moodbord erstellt!", rief sie aus und hielt ihrer Cousine den Espresso hin.

„Gefällt es dir?"

„Sehr! Aber werfen wir damit nicht das ganze Konzept über den Haufen?" Melinda umrundete den Tisch und sah sich alles genau an.

„Naja, ja. Schon. Aber irgendwie auch wieder nicht."

Melinda sah ihre Cousine an. „Sprich weiter, was hast du dir gedacht?"

Mabel holte tief Luft. „Ich habe mir die Email gestern noch ein paar Mal durchgelesen und mir ist aufgefallen, dass die Feier, so wie sie jetzt geplant ist, nichts mit euch zu tun hat. Sie ist so... Nur darauf bedacht, teuer und prunkvoll zu sein." Sie sah Melinda entschuldigend an. „Sorry!"

Melinda zuckte mit den Achseln. Ja, so war es wohl.

„Und als wir gestern so zusammengesessen haben, euch die Tarte mit dem Lavendel so gut geschmeckt hat und ihr euch über euren Urlaub unterhalten habt..." Sie sah Lauren an. „Und dein Kleid, die Fehllieferung der Brautjungfernkleider, da habe ich nur zusammengestellt, was sowieso schon da war." Mabel griff nach dem Tablett und zeigte Melinda die Bilder. „Hier!"

„Wahnsinn, sind die Fotos toll!", staunte Melinda.

„Welche?"

„Dieses und dieses!" Sie zeigte auf zwei, die ihr besonders gefielen.

„Ja, die liebe ich auch sehr! Sie sind von Liz Sommer, sie ist Bloggerin und für ihre große Liebe nach London gezogen. Sie macht nicht nur wundervolle Fotos, auch ihre Texte sind.. hach!", schwärmte Mabel und drückte das Tablet kurz an ihr Herz.

Melinda tauschte einen Blick mit ihrer Mum, sie schmunzelten. „Okay, das werden wir uns ansehen, sobald wir die HOCHZEITSPLANUNG abgeschlossen haben", bemerkte Melinda grinsend und Mabel kam wieder zu sich.

„Äh, ja. Also, du könntest lediglich die Blumendekoration ändern und die Dekoration der Torte. Dann würde die Feier schon ganz anders aussehen, ohne großen Aufwand."

„Okay...", antwortete Melinda gedehnt, denn auf einmal hatte sie ein Idee, aber vorher musste sie noch eine letzte Frage stellen. „Und wofür steht jetzt bitte die Marmelade da?" Sie grinste. „Das verstehe ich immer noch nicht!"

„Ach so!" Mabel musste lachen. „Die ist aus Frankreich importiert, da ist auch Lavendel drin und ihr könntet sie als Gastgeschenke verschenken. Aber nur wenn euch das nicht zu einfach ist."

\*\*\*

131

„Und, ist mit Melinda wieder alles in Ordnung?",
erkundigte sich Charlie bei der ersten sich bietenden
Möglichkeit. Den halben Vormittag hatten sie mit Rebecca
und Bob zusammengesessen und Andrew über das Meeting
gestern informiert. Nun saßen sie nur noch zu zweit in
Andrews Büro.

„Ja, es geht ihr besser. Danke!" Andrew überlegte kurz,
ob er noch etwas sagen sollte, entschied sich aber dann
dagegen. So sehr er Charlie schätzte, er war doch noch sein
Angestellter.

„Hier sind übrigens die Ergebnisse meiner Recherche."
Er tippte ein paar Mal auf seinem Tablet, das er in der
Hand hielt und schickte Andrew eine Liste per Messenger
auf seinen Computer. „Alle Hotels haben noch Kapazitäten
im September und Oktober. Welche Tage sich besonders
eignen würden, habe ich dir notiert."

Andrew klickte sich bereits durch die Bilder, eines war
schöner als das andere. „Das sieht sehr gut aus! Ich nehme
das erste Hotel und auch gleich den ersten Termin. Danke!"
Er lächelte seinen Assistenten an. „Mach mir bitte einen
Gutschein fertig und hat sich der Immobilienmakler
gemeldet?"

„Wird erledigt und ja, aber im Moment gibt es wenig
Hoffnung auf solch einen Garten im Stadtgebiet. Er hat ein
paar Vorschläge etwas außerhalb gesendet. Möchtest du sie
dir ansehen?"

„Was heißt außerhalb?", hakte Andrew nach.

„Es gibt ein Objekt in Kent, wunderschönes Anwesen,
komplett neuwertig saniert, keine Denkmalschutzauflagen,
dementsprechend gute Energieeffizienz und in der Nähe
zur Steilküste. Er meinte, er hätte bereits am Wochenende
freie Termine, falls du es dir sofort ansehen willst. Es gab
noch ein paar andere Vorschläge, aber die haben mich
nicht überzeugt."

„Okay, gut. Schick es mir rüber, ich sehe es mir an. Danke, Charlie!" Sie waren fertig.

Charlie stand auf, nickte und verschwand.

*\*\*\**

„Also, der Pfarrer hat den Termin bestätigt!", sagte Mabel und legte ihr Smartphone auf den Tisch.

„Mrs. Davis, die Floristin ist informiert, sie setzt sich sofort ran und schickt dir ihre Entwürfe per Mail bis spätestens morgen", berichtete Lauren.

Melinda hakte die entsprechenden Positionen auf ihrer Liste ab. „Gut, dann bleiben nur noch die Hotels, der Shuttleservice und natürlich Gracewood Hall", fasste sie zusammen. „Bin ich eigentlich die Einzige, die Hunger bekommt?" Sie sah in die Runde.

Lauren zuckte mit den Achseln, aber Mabel bekannte: „Gott sei Dank, fragst du. Ich sterbe gleich!"

„DU sagtest doch gestern etwas von Brunch!", wunderte sich Melinda.

„Ja, aber wir waren so gut drin... Ich wollte uns nicht unterbrechen!" Mabel schaute auf den Stapel von Papieren und Listen, die sie durchgesehen und neu erstellt hatten. Sie waren stillschweigend übereingekommen, alles zu kontrollieren. Wer wusste schon, was Candice sonst noch eigenmächtig entschieden hatte.

„Dann bestelle ich den Wagen!" Lauren wollte aufstehen, aber Melinda hielt ihre Hand fest. „Warte, ich muss euch noch etwas sagen."

*\*\*\**

Candice hatte die halbe Nacht nicht schlafen können und nicht nur wegen des Jetlags. Wieder und wieder hatte sich vor ihrem inneren Auge die Hochzeit von Andrew und

Mindy abgespult. Es war so... ungerecht! Sie könnte es einfach nicht ertragen, wenn Mindy schon wieder alles bekam, was ihr selbst verwehrt blieb. Montgomery hatte sich nicht einmal bei ihr gemeldet, um zu erfahren, ob sie gut in London angekommen war. Nicht, dass es ihr wirklich etwas ausmachte. Sie hatte ihn nur geheiratet, um ihr Gesicht nicht zu verlieren. Immerhin hatten alle geglaubt, Andrew und sie würden eines Tages heiraten. Sie waren schon im Kindergarten das perfekte Paar gewesen und eine Fusion ihrer Familien war die von allen gewünschte logische Konsequenz. Aber auf der Hochzeit der Abernathys hatte er ihr unmissverständlich klar gemacht, dass daraus nichts werden würde. Und dann hatte er Mindy kennengelernt. Sie selbst hatte die beiden auch noch einander vorgestellt!

Zähneknirschend lief sie in ihrer Suite auf und ab. Ihr Morgenmantel wehte hinter ihr her, wie die Robe einer Königin. Fieberhaft suchte sie nach einem Ausweg. Mindys Brautkleid zu sabotieren, war ja schön und gut, aber mit dieser Schulmädchenaktion verhinderte sie noch nicht die Hochzeit. Wenn Andrew sich wenigstens in jemanden verliebt hätte, der seiner Stellung entsprach, das hätte sie ja noch irgendwie akzeptieren können. Dann hätte er sich nach spätestens vier Jahren wieder scheiden lassen, wie so viele in ihrer Welt, und bis dahin hätte sie ihn schon überzeugt, dass sie die Frau war, die an seine Seite gehörte. Aber so...

Bei der Hochzeitsankündigung der Beiden hatte die Presse daraus eine Aschenputtelstory gemacht, nur weil ihr Vater sich seine Millionen selbst verdient hatte. Der amerikanische Traum! Candice stieß ein spöttisches Lachen aus. Als würde das nicht ausreichen, widersetzte sich Mindy ausgerechnet jetzt ihr, in der heißen Phase der Planung. Es ließ sie vor Wut und Enttäuschung schäumen. Ja, sie war enttäuscht. Hatte sie nicht seit der Schulzeit alles getan, um Mindy auf ihre zukünftige Aufgabe als einflussreiche Ehefrau vorzubereiten?! Und wie dankte sie es ihr?!

Ihr musste etwas einfallen, damit sie die Crawfields vor der Blamage, die sie unweigerlich erwartete, bewahren konnte. Andrew hatte wirklich besseres verdient, als Mindy Miller! Da konnte ihr Vater noch so viele Millionen machen, die Millers würden immer Außenseiter bleiben.

Plötzlich blieb sie stehen. Das war es! Endlich wusste sie, was Mindy klarmachen würde, wo sie sie hingehörte. Entschlossen klappte Candice ihren Laptop auf.

\*\*\*

„Bist du ganz sicher, dass du das tun willst?", hakte Lauren nach, als sie ihre Sprache wiedergefunden hatte.

„Ja, so sicher, wie ich ihn heiraten will!", antwortete Melinda ernst.

„Weiß er denn davon?", schaltete sich Mabel ein.

Melinda holte tief Luft. „Nein, noch nicht. Aber... er hat mir mehr als einmal gesagt, dass er sich nichts daraus macht."

„Und deine Schwiegereltern?", gab Lauren zu bedenken. „Was werden sie dazu sagen?"

„Ich habe keine Ahnung. Eben deshalb spreche ich ja zuerst mit euch!" Melinda schaute beide hilfesuchend an.

„Ach Liebes, ich weiß nicht, was ich dir raten soll! Ich finde, du solltest erst einmal mit Andrew sprechen." Lauren tätschelte die Hand ihrer Tochter.

Melinda schaute zu ihrer Cousine, die nickte. „Grundsätzlich ist es möglich das durchzuziehen, aber ich denke auch, du solltest vorher mit ihm sprechen."

„Ihr habt Recht." Melinda sah von einem zum anderen. „Wollen wir aber erst einmal etwas essen gehen? Ich kann Andrew dann immer noch anrufen."

„Gut." Lauren stand auf. „Dann rufe ich jetzt den Wagen."

In diesem Moment piepsten alle drei Handys gleichzeitig. Verwirrt sahen sie sich an. Melinda hatte als erste ihr Smartphone in der Hand. Fassungslos starrte sie auf den Bildschirm.

***

„SHIT!", entfuhr es Charlie. Hektisch sprang er auf und war mit einem Satz in Andrews Büro, dessen Tür offen stand. Bevor er etwas sagen konnte, hob Andrew die Hand und gebot ihm ruhig zu sein. Bis er fertig getippt hatte.

Also schloss Charlie die Tür und wippte ungeduldig auf und ab. „An..."

„Nicht jetzt!", unterbrach ihn Andrew und tippte unbeirrt weiter. Die Sekunden verstrichen und Charlie fragte sich, seit wann Andrew an einem Roman schrieb. Als er es nicht mehr aushalten konnte, versuchte er es noch einmal.

„BOSS!", sagte er eindringlich und endlich sah Andrew auf.

„Was denn?" Er seufzte. Allmählich machte sich auch bei ihm das erhöhte Arbeitspensum der letzten Monate bemerkbar.

„Das muss du dir ansehen!" Charlie legte ihm das Tablet vor die Nase.

Andrew wurde kreidebleich. Er konnte die Blick nicht abwenden von den Fotos auf dem Bildschirm. Mechanisch scrollte er nach unten und überflog den Artikel.

„Scheiße!", flüsterte er, nur um gleich darauf laut zu werden. „Wo kommt das denn her? Seit wann ist das online? Scheiße!" Andrew sprang auf. „Wie spät ist es in New York? Ich muss meine Eltern sprechen!"

In diesem Moment klingelte sein Telefon.

***

„Melinda Jane Miller, was ist das?" Ungläubig starrte Lauren auf den Bildschirm.

„Mum! Ich schwöre, ich habe damit nichts zu tun! Die Bilder sind gefälscht, ich habe keine Ahnung..." Melinda hielt entsetzt inne. „Meinst du Andrew hat es schon gesehen und seine Eltern?"

„Die Frage ist eher, wer hat es noch nicht gesehen." Mabel tippte und scrollte auf ihrem Tablet umher. „Der Artikel hat bereits 100.000 Aufrufe, er wurde 500mal geteilt, die Kommentare überschlagen sich... Du solltest sofort Andrew anrufen und wenn die Bilder wirklich bearbeitet sind, auch euren Anwalt." Mabel sah sie mitfühlend an.

Nervös sprang Melinda auf und suchte Andrews Nummer raus, aber ihre Finger waren so schweißnass, dass das Display nicht reagierte. Hektisch wischte sie es an ihrer Hose ab, dabei fiel es ihr beinahe aus der Hand.

Auch Lauren hatte ihr Smartphone genommen und erst ihrem Mann eine Nachricht hinterlassen, dann ihren Anwalt kontaktiert, der sie zurückrufen würde und versuchte nun Andrews Eltern zu erreichen.

Mabel aktualisierte derweil sekündlich die Homepage des Magazins, um die Zugriffszahlen zu überprüfen.

„Er geht nicht ran oder spricht oder so." Melinda hielt kurz inne. Sie spürte, wie die Tränen der Hilflosigkeit in ihr aufstiegen und drängte sie entschieden zurück. Sie war hier nicht das Opfer! Oh nein! Unwillkürlich straffte sich ihre Haltung. „Damit ist sie zu weit gegangen! Jetzt ist Schluss." Sie sah ihre Mum und Mabel ernst an. „Hast du irgendwen erreicht?"

„Nein."

„Versuch es weiter. Die Fotos sind zum Teil uralt. Wenn man genau hinsieht, erkennt man es auch." Sie beugte sich

137

über das Tablet. „Dieses ist gefälscht. Es muss bei einer Schulaufführung entstanden sein. Siehst du, dort hinten steht Rektorin Graham."

Lauren beugte sich vor und kniff die Augen zusammen, während Mabel das Foto heranzoomte. „Oh, mein Gott, du hast recht. Ich erinnere mich an, ihr habt dieses Hippiemusical aufgeführt!"

„Das war ‚Hair'. Ich würde doch niemals etwas tun, dass dem Ansehen von Andrews Familie schadet!" Melinda schnappte sich ihre Tasche und wandte sich zum Gehen.

„Wo willst du hin?" Alarmiert sah Lauren ihre Tochter an. Noch nie hatte sie so entschlossen gewirkt.

„Etwas tun, was ich schon längst hätte tun sollen." Sie gab ihrer Mum noch einen Kuss auf die Wange. „Wenn ich mich in zwei Stunden noch nicht bei Euch gemeldet habe, dann sendet diese Nachricht an diese Nummer." Sie tippte auf ihrem Smartphone und anschließend piepste es.

„Was ist das?", wollte Mabel wissen.

„Etwas, was ihr benutzt, wenn weder die Anwälte noch ich etwas erreichen." Melinda nickte ihnen zu und stürmte aus dem Appartement.

*** 

„Andrew!", brüllte sein Vater am anderen Ende. „Kannst du mir bitte erklären, was deine Verlobte auf der Titelseite unseres Magazins macht? Dasselbe Magazin, das du zu neuem Leben erwecken sollst?? Und warum sie ein Protestschild in den Händen hält, auf denen ‚HENRY CRUELFIELD – stoppt den Diktator' zu lesen ist?"

Andrew hielt sein Handy soweit es ging von sich entfernt, aber sein Ohr schmerzte dennoch. Vor lauter Schreck hatte die Möglichkeit die Gesprächslautstärke einzustellen glatt vergessen.

„Ich habe keine Ahnung, Dad, ich..."

„Wie bitte? Dann verschaff dir gefälligst welche!"

„Ich bin ja dran. Dad, ich versichere dir, das ist ein Missverständnis. Mel würde niemals...", versuchte er seinen Vater zu beschwichtigen, wurde aber rüde unterbrochen.

„Oh, aber sie hat!", brüllte Henry Crawfield und Andrew sah direkt vor sich, wie seine Halsschlagader pochte und er rot anlief.

„Dad, beruhige dich, denk an deinen Blut..."

„Du sagst mir nicht, was ich zu tun habe!" Henry keuchte und Andrew war still. Ja, es war eine Katastrophe, dass die Aufschrift auf dem Plakat auf genau den Skandal vor einigen Jahren anspielte, in denen die Arbeitsbedingungen bei den Unternehmen der Crawfields am Pranger gestanden hatten. Damals hatte Andrews Vater gerade erst die vollständige Leitung der Zeitungshäuser von seinem Vater, der auch Henry geheißen hatte, übernommen. Sein Dad wollte schon seit Jahren die Situation der Mitarbeiter verbessern. All das hatte sein Vater bereits vorgehabt, als sich ein ehemaliger Mitarbeiter in der Presse wie auf einem Rachefeldzug benommen und die Firma an den Pranger gestellt hatte.

Nach und nach hatte Andrews Vater die Büros renoviert und mit ergonomischen Arbeitsplätzen ausgestattet, ein generelles Rauchverbot in den Gebäuden eingeführt und nicht nur die Arbeits- und Urlaubszeiten neu geregelt, er hatte auch eine neue Kommunikationskultur zwischen Vorgesetzen und Mitarbeitern eingeführt.

Dass ausgerechnet jetzt, wo die Firma aufgrund der voranschreitenden Digitalisierung an einem Scheideweg stand, der alte Skandal wieder aufgewärmt wurde, war mehr als ungünstig, aber Andrew wusste, dass sich alles aufklären würde. Wichtig war, dass sein Dad sich beruhigte und er Mel erreichte.

„Ich hatte es dir gesagt, dass sie nicht zu uns passt. Aber du wolltest ja nicht hören!", fuhr sein Vater fort.

„Dad, vertrau mir. Ich kenne Mel. Es ist nicht so, wie es aussieht!", versicherte Andrew wieder. Am anderen Ende der Leitung war es auf einmal still.

„Dad?", hakte er vorsichtig nach.

„Wenn ich in einer Stunde nichts von dir gehört habe, ist die Hochzeit geplatzt und du kannst sehen, wo du deine Brötchen verdienst", erklärte sein Vater nun viel ruhiger. Gefährlich ruhig und Andrew bekam eine Gänsehaut. Das konnte er doch nicht ernst meinen.

„Dad, ich...", versuchte Andrew einzulenken, aber sein Vater hatte bereits aufgelegt. Stumm starrte er auf das Telefon. Noch nie hatte er seinen Vater so wütend erlebt.

\*\*\*

„Henry, jetzt setz dich hin und beruhige dich!", forderte Laetizia Crawfield ihren Mann auf. „Erinnere dich, was dein Arzt dir gesagt hat. Einatmen, ausatmen."

„Nerv mich jetzt nicht mit diesem Esoterikzeug! Ich habe Wichtigeres zu tun! Ich muss die Anwälte kontaktieren", polterte er und tippte wie wild auf seinem Telefon herum.

„NEIN!" Laetizia erhob so gut wie nie die Stimme, daher hielt Henry überrascht inne.

„Setz dich", wiederholte sie leise, aber nicht weniger bestimmend und Henry sank auf den nächstbesten Stuhl. Auf dem Tisch stand noch das Frühstücksgedeck und Laetizia schob ihrem Mann ein Glas Wasser zu. „Trink!"

Als er das Feuer in ihren grünen Augen sah, wusste er, dass er sich geschlagen geben musste. Er nahm das Glas zur Hand und trank es in einem Zug leer. Kurz wurde ihm schwindelig, er hatte tatsächlich zu flach geatmet und versuchte nun es möglichst unauffällig nachzuholen. Aber egal, wie er es anstellen würde, seine Ehefrau würde es doch bemerken. Also legte er beide Handflächen auf den Tisch und atmete tief ein und aus. Als sich sein Sichtfeld wieder geklärt hatte, sah er sie an und fragte: „Nun? Was hast du mir zu sagen."

„Schön, dass es dir wieder besser geht. Wir wollen in ein paar Tagen nach England zur Hochzeit unseres Sohnes fliegen,..."

„Hochzeit?", wollte Henry aufbrausen, aber ein Blick von Laetizia ließ ihn verstummen.

„Wenn du jetzt einen Herzinfarkt bekommst, kannst du weder die Anwälte anrufen noch mit uns die Hochzeit feiern. Was meinst du, was das für eine Schlagzeile ergeben wird?"

Henry wollte schon antworten, aber sie war noch nicht fertig. „Ich bin mir hundertprozentig sicher, dass unser Sohn dieses Dilemma regelt. Schließlich sollten unsere Redakteure und Techniker doch diesen Artikel löschen können. Abgesehen davon, wolltest du doch höhere Klickzahlen. Hier hast du sie!" Sie drehte das Tablet zu ihm um.

„Aber wie sieht das denn aus? Er kann sie doch nicht wirklich heiraten wollen, wenn sie augenscheinlich so über unsere Familie denkt."

„Henry, ich bitte dich. Sieh doch einmal genau hin. Diese Bilder sind alt! Und bearbeitet sicher auch. Abgesehen davon, welchen Vorteil sollte Melinda von diesem Artikel haben?"

„Uns bloßzustellen, das hat sie davon!", brummelte Henry und schob angewidert das Gerät von sich. Er wollte es sich nicht noch länger ansehen.

„Henry, ich bitte dich! Unser Sohn hat mir versichert, dass hinter all ihrem arroganten Getue, eine liebenswürdige junge Frau steckt, die leider zu wenig Selbstbewusstsein hat." Sie musterte ihren Gatten genau. „Und ich vertraue ihm und unserer Erziehung", schob sie hinterher. Sie hatte

141

genau einkalkuliert, dass er jetzt nichts dagegen sagen konnte ohne einen Riesenstreit mit ihr zu riskieren. Etwas, was er lieber vermied.

***

Rebecca stürmte in Andrews Büro und erkannte mit einem Blick, dass ihr Boss Bescheid wusste. „Die Techniker sind dran", verkündete sie. „Leider lässt sich der Artikel nicht so schnell runternehmen. Es ist aktuell noch nicht klar, ob die Website gehackt wurde oder einer unserer Redakteure sich hat bestechen lassen. Martin führt die ersten Personalgespräche, allerdings sind drei Redaktionsmitarbeiter krank und damit Zuhause. Allerdings..." Sie machte eine kurze Pause. „Sind die Zugriffszahlen ein Traum, unsere Reichweite hat sich innerhalb der letzten Stunde beinahe verdoppelt!" Ihre Augen leuchteten. „Ich habe bereits eine Pressemitteilung verfasst, es gäbe allerdings noch eine andere Möglichkeit."

„Und die wäre?", fragte Andrew nach. Er war sich noch nicht sicher, was er fühlen sollte. Entsetzen wegen dieses fiesen Artikels oder Erleichterung darüber, dass er so großartige Mitarbeiter hatte, die sich sofort und auch ohne seine Anweisung begonnen haben, die Sache zu klären.

„Naja, da unsere Leser sich scheinbar sehr für diese Geschichte interessieren, und sich wahrscheinlich auch die Konkurrenz auf die Story stürzen wird, könnten wir eine Exklusivgeschichte dazu bringen."

***

Sie musste zu Candice und sie aufhalten. Sie bei der Hochzeitsplanung wahnsinnig zu machen, war eine Sache, ihre Brautkleidbestellung zu sabotieren eine Andere, aber Andrews Vater für ihren persönlichen Rachfeldzug zu missbrauchen ging eindeutig zu weit. Melinda hoffte nur, dass Candice ihre Gewohnheiten nicht geändert hatte und noch im Hotel und mit ihrer „Morgenroutine", die tatsächlich den ganzen Vormittag einnahm, beschäftigt war.

Aber bevor sie dort ankam, musste sie endlich Andrew erreichen. Sie versuchte es schon die ganze Zeit. Entweder telefonierte er ununterbrochen oder das Mobilfunknetz war zusammengebrochen. Gerade als sie es erneut versuchen wollte, klingelte es.

„Andrew, Gott sei Dank! Ich habe schon tausendmal angerufen! Hör zu, der Artikel, ich wusste davon nichts, es ist alles gelogen, die Fotos sind uralt...", rief sie erleichtert ins Telefon.

„Mel, ich weiß. Ich glaube dir! Wo bist du?"

„Auf dem Weg zu Candice, sie endgültig stoppen. Ich werde dafür sorgen, dass alles wieder gut wird und ich will, dass sie aus meinem Leben verschwindet."

„Bist du etwa allein?" Andrew konnte nichts dafür, er bekam auf einmal Angst.

„Keine Sorge, sie mag die Meisterin der Intrigen sein, aber ich habe bei der Besten gelernt und außerdem habe ich noch ein Ass im Ärmel, sollte sie sich sträuben." Melinda grinste grimmig.

„Babe, warte auf mich, ich komme zu dir!", bat er sie.

„Traust du mir das etwas nicht zu?"

„Mel, ich traue dir alles zu, aber ich kenne Candice, sie..."

„Was soll das heißen, du kennst Candice?", fragte Melinda dazwischen.

„Von früher, ich kenne sie von früher." Er seufzte. „Unsere Familien waren locker befreundet. Und ich weiß nicht mehr genau, wann es anfing, aber in irgendeinem Sommer, hat jemand, ich weiß auch nicht mehr..." Er räusperte sich. „Ihre Mutter hatte immer davon geredet, dass wir einmal heiraten würden. Ich habe das immer für einen Witz gehalten, nur Candice scheinbar nicht. Auf der Hochzeit der Abernathys habe ich ihr in aller Deutlichkeit gesagt, dass das nie der Fall sein wird und ich dachte, sie hätte es verstanden." Er machte eine Pause und Melinda schwieg. Sie wusste nicht, was sie jetzt denken oder fühlen sollte.

„Entschuldige, ich hätte es dir längst erzählen sollen."

„Ja, das hättest du!", bestätigte sie. Dann holte sie tief Luft, sie musste es wissen. „Sei ehrlich, war da was zwischen euch?"

„Nein, Mel, nie. Sie war für mich immer nur die nervige Tochter der Freunde meiner Eltern."

Melinda nickte langsam. Sie glaubte ihm und endlich ergab auch Candice Verhalten einen Sinn, zumindest annähernd.

„Babe, bist du noch dran?", fragte er vorsichtig nach. Sein Herz klopfte bis zum Hals.

„Ja." Sie schluckte. „Ja, ich bin noch dran und auch wenn es mir nicht gefällt, dass du das vor mir verheimlicht hast, verstehe ich, warum du es getan hast."

Ihm fiel ein Stein vom Herzen. „Du bist mir nicht böse?"

„Das habe ich nicht gesagt, nur dass ich es verstehe." Ganz so einfach, wollte und konnte sie es ihm nicht machen. Es verletzte sie, dass er eine gemeinsame Geschichte mit Candice hatte. Auch wenn sie ihm glaubte, dass sie kein Paar gewesen waren.

„Mel, ich liebe dich, bitte glaube mir, ich wollte dich nicht verletzen." Er wischte seine schweißnassen Hände an seiner Hose ab. Es war ihm wirklich wichtig, dass sie ihm glaubte. Ihre Ehe sollte nicht mit einem Geheimnis beginnen.

„Ich weiß, aber ich muss jetzt zu ihr", erinnerte sie ihn.

„Babe, bitte, lass mich dich begleiten. Ich weiß, dass du das allein hinbekommst, aber wenn sie mich an deiner

Seite sieht, begreift sie, dass wir es ernst meinen und sie keine Chance hat!"

Melinda überlegte einen Moment. Er hatte Recht, aber sie wollte nicht, dass er sie wegen dieser ganzen Candice Geschichte ewig für schwach hielt.

„Mel, du musst mir nichts beweisen", sagte er sanft. „Ich weiß, dass du alles erreichen kannst, was du willst, aber du musst nicht alles allein machen. Ich bin an deiner Seite. Abgesehen davon, hat sie mich und meine Familie auch ganz direkt angegriffen", fügte er grimmig dazu.

Bei seinen Worten erschien ein kleines Lächeln auf ihrem Gesicht. „Okay, einverstanden. Ich habe auch schon eine Idee."

\*\*\*

„Tante Lauren", rief Mabel langsam. „Sieh dir das mal an."

Lauren lief seitdem Melinda das Appartement verlassen hatte, in unruhigen Kreisen um den Esstisch. Mabel konnte die sorgenvollen Gedanken ihrer Tante beinahe sehen, so intensiv dachte sie nach.

„Was ist denn?" Lauren hielt auf ihrer Wanderung inne und starrte auf den Bildschirm, den Mabel ihr hinhielt. Verwirrt runzelte sie die Stirn. „Wieso bekommst du diese Emails?"

„Das ist Melindas Laptop", erklärte Mabel. „Sie hatte mich gebeten, den Sitzplan zu überprüfen. Sie bekommt diese Mails."

Bestürzt zog sich Lauren einen Stuhl heran und setzte sich. „Sind das alles Absagen?"

„Sieht so aus", antwortete Mabel. Es war ihr unangenehm, zu sehen, welche Auswirkung der gefälschte Artikel hatte. Zumal diese Emails ja nicht für ihre Augen bestimmt waren.

„Sagen die alle wegen der Fotos ab?", wollte Lauren wissen und begann sich durch die Liste zu scrollen.

„Keine Ahnung, ich habe sie nicht gelesen. Sie sind ja nicht für mich!"

Lauren antwortete nicht, sondern begann sich entschlossen durch die Emails zu lesen. Nur eine ehemalige Kommilitonin von Mindy erkundigte sich nach ihrem Befinden, alle anderen entschuldigten sich mehr oder minder wortreich für ihre kurzfristige Absage. Sie waren untröstlich, aber leider, leider war Termin X,Y oder Z dazwischen gekommen und ließ sich nicht verschieben und natürlich wünschten sie alles Gute für die Hochzeit und das weitere Leben.

Sie hatte bereits zwanzig Emails gelesen und es kamen immer noch welche an. Es war unglaublich! All diese Menschen. Fassungslos schüttelte sie den Kopf, dabei zuckten ihre Mundwinkel und in ihrem Bauch begann es zu glucksen und zwar nicht vor Hunger. Sie wandte sich zu Mabel um, die nervös neben ihr saß und brach in haltloses Gelächter aus.

# Kapitel 8

„Ah, da ist ja die strahlende Braut!", rief Candice, als sie Melinda die Tür öffnete. Der Empfang hatte sie telefonisch angekündigt, so dass sie Gelegenheit hatte sich zu rüsten. „Beladen mit einem riesigen Präsentkorb. Sind dem Hotel die Pagen ausgegangen?!" Candice zog ihre perfekt geschwungene Augenbraue in die Höhe.

Melinda überging lächelnd diese Spitze. „Der ist für meine weltbeste Trauzeugin! Eigentlich wollte ich ihn dir erst am Tag der Trauung geben, aber da ich ja weiß wie ungern du im Rampenlicht stehst..." Es war eine faustdicke Lüge, aber Melinda wollte schnell zur Sache kommen.

Candice Mundwinkel zuckten nur minimal. Dann hatte sie sich wieder im Griff. „Du kennst mich eben!", gab sie lächelnd zurück.

„Ganz genau", antwortete Melinda betont langsam und drückte ihr dabei den großen Korb in die Arme. „Es ist einfach an der Zeit, dass ich mich bei dir bedanke. Du hast in den letzten Monaten so viel für mich getan. Eigentlich seitdem wir uns kennen." Sie lächelte. Kurz.

„Wie lieb von dir, Mindy!" Candice ließ den Korb auf einen Sessel im Wohnbereich ihrer Suite plumpsen. Er war prall gefüllt mit allerlei Feinkostwaren. Melinda hatte einfach den größten Korb gekauft, der schon fertig gepackt war.

„Du weißt doch, dass ich dir immer gern helfe! Dafür sind Freundinnen doch da!", fuhr Candice fort.

„Das hast du, in der Tat", bestätigte Melinda und sah die Person an, die einmal ihre beste Freundin gewesen war. Endlich war der Moment gekommen. Candice hatte ihr die perfekte Vorlage geschaffen. Mit klopfenden Herzen fuhr sie fort. „Aber nicht wie immer. Du hast es tatsächlich geschafft, dich zu übertreffen. Ich gratuliere!" Melinda applaudierte. „Nach all den Jahren der Demütigung,

Manipulation und den Intrigen hast du mit dieser Hochzeitsplanung und der Falschmeldung tatsächlich dein Meisterwerk geschaffen." Sie stand kerzengerade und war sehr dankbar für ihre langen Beine und ihre hohen Schuhe, so dass Candice, die barfuß war, zu ihr aufsehen musste. Deren Miene war bei den letzten Worten minimal verrutscht.

„Ich hoffe, du bist zufrieden", fuhr Melinda fort.

„Ich bin erst zufrieden, wenn du am Boden liegst. Wenn du endlich auch mal spürst wie es ist, wenn einem nicht immer alles in den Schoß fällt."

„Wie meinst du das?" Melinda war verwirrt. „Wann ist mir denn jemals etwas in den Schoß gefallen?"

„Das ist ja mal wieder typisch! Du merkst es nicht einmal!" Candice schnaubte und trat ganz nahe an sie heran. „Egal, was du tust, welche Fehler du auch machst, nie musst du den Preis dafür bezahlen. Deine ach so tolle Familie steht immer zu dir. Und jetzt auch noch Andrew!" Candice schäumte vor Wut. „Ich weiß wirklich nicht, wie du das geschafft hast. Ich habe mir jahrelang beide Beine ausgerissen um ihn zu bekommen. Aber er war ja immer so integer, beinahe ekelhaft ehrlich."

„Das ist es! Darum ging es dir, die ganze Zeit! Liebste Candice, grün steht dir ganz und gar nicht!", erklärte Melinda und setzte das überheblichstes Lächeln, dass sie zustande brachte, auf.

„Du wagst es, über mich zu urteilen? Du hast keine Ahnung, wie es ist mein Leben zu leben!"

„Du bist ganz allein verantwortlich für dein Leben", erwiderte Mel und Candice lachte bitter auf, aber Mel hatte keine Lust, dieses Gespräch unnötig in die Länge zu ziehen. Also fuhr sie zielstrebig fort: „So sehr ich unseren kleinen Schlagabtausch genieße, eines würde ich noch gern wissen. Wie hast du es geschafft, dass der Artikel ausgerechnet bei Andrews Magazin online ging?"

„Ach das!" Candice machte eine wegwerfende Handbewegung. „Das war eine Kleinigkeit. Ich habe nur einen Gefallen eingefordert. Es ist eben immer gut, wenn man etwas gegen das Fußvolk in der Hand hat." Sie lächelte selbstgefällig und Melinda fuhr fort.

„Dann wird es ja umso lohnender sein, wenn man ein schockierendes Geheimnis gegen die selbsternannte Königin in der Hand hat", antwortete Melinda leise.

„Was soll das heißen?" Nun blitzte doch so etwas wie Unsicherheit in Candice Augen auf, fast hätte sie Melinda leid getan. Aber nur fast.

„Das bedeutet, dass wir ab sofort getrennte Wege gehen. Du hast selbst gesagt, dass Andrew und ich die Dynastie der Crawfields in eine neue Zeit führen werden."

„Das schaffst du niemals!", zischte Candice.

„Das werden wir sehen", gab Melinda scheinbar ungerührt zurück. Sie verschränkte die Arme, damit Candice ihr Zittern nicht merkte. „Du verschwindest auf der Stelle aus Andrews und meinem Leben. Du wirst diese Insel nie wieder betreten. Sollte ich erfahren, dass du dich nicht an unsere Abmachung hältst, sehe ich mich leider gezwungen Montogomery das hier zu schicken." Melinda hielt ihr Smartphone in die Höhe und Candice erbleichte, als sie das Foto auf dem Gerät sah.

„Das wagst du nicht!", zischte sie.

„Du forderst mich besser nicht heraus", gab Melinda gefährlich leise zurück.

„Damit ruinierst du mich und meinen Ruf!", flüsterte Candice.

„Daran hättest du denken sollen, bevor du dich an den minderjährigen Sohn euer Haushälterin ran gemacht hast!"

„Du redest doch nur Unsinn. Ich würde nie... Das war drei Tage vor seinem 18. Geburtstag." Candice lachte auf, aber Mel unterbrach sie.

„Nun, ob das Montgomery auch so sieht? Oder der Richter?", überlegte Mel.

„Das kannst du nicht machen!", rief Candice beinahe verzweifelt aus. „Das wäre mein Ende! Wir sind doch Freundinnen!"

„Freundinnen?" Melinda zog das Wort in die Länge. „Wirklich? Denn dann gehen unsere Vorstellungen von Freundschaft ein wenig auseinander." Mel fixierte Candice. „Ich habe so lange an mir selbst gezweifelt, dass ich gar nicht bemerkt habe, wie unsicher du eigentlich bist. Jetzt macht alles einen Sinn. Du hast Angst mit dir allein zu sein."

Candice machte eine wegwerfende Geste. „Du redest wirres Zeug! Der arme Andrew, er heiratet eine Irre!" Wieder lachte sie und kam näher an Melinda heran. „Sobald er erkannt hat, dass du ihm niemals das Wasser reichen kannst, wird er..."

„Was werde ich dann?", hakte Andrew interessiert nach.

Candice wirbelte herum. „Andrew, was machst du denn hier? So eine Überraschung", flötete Candice und setzte ein Lächeln auf.

Scheinbar entspannt kam er näher. „Findest du?" Er warf einen Blick auf seine Verlobte und nickte unmerklich. „Ich bin gekommen, weil ich es nicht glauben konnte."

„Was glauben?", fragte Candice irritiert nach und beobachte wie Andrew durch den Raum schlenderte und sich scheinbar müßig umsah.

„Nun, unsere Recherchen haben ergeben, dass dieser verleumderische Artikel über meine Verlobte – ich nehme an, du hast ihn gesehen?" Er sah sie prüfend an. Candice nickte langsam, wie gebannt beobachtete sie Andrew. Es war ihr anzusehen, dass sie versuchte herauszufinden, wie viel er wusste und was er nun tun würde.

Dadurch konnte sich Melinda endlich umsehen und fand schließlich, wonach sie gesucht hatte. Langsam setzte sie sich in Bewegung.

„Jedenfalls haben wir herausgefunden, dass die Nachricht von einem Rechner hier in diesem Hotel ins Netz gestellt wurde", fuhr Andrew fort und ließ Candice keinen Augenblick aus den Augen. „Die Jungs von Scotland Yard werden den Schuldigen sicher bald gefunden haben, schließlich haben sie schon die IP-Adresse des Rechners."

„Tatsächlich?", krächzte Candice.

Andrew lächelte. „Ist es nicht erstaunlich, wie schnell Informationen sich heutzutage verbreiten lassen?"

„Erstaunlich", echote Candice und räusperte sich. „Aber es war doch sicherlich als Scherz gemeint."

„Nun ja, ich bin kein Jurist, aber soweit ich weiß, ist die Verleumdung und Verbreitung von Falschmeldungen auch in Großbritannien kein Kavaliersdelikt."Andrew zuckte lässig mit den Achseln. „Wenn derjenige sich allerdings freiwillig stellt und sich fortan an bestimmte Forderungen hält, lässt es sich vermutlich auch außergerichtlich klären."

„Ich bin mir sicher, dass... derjenige sich an alle Absprachen halten wird. Auch ganz ohne Anwälte", beeilte sich Candice zu sagen. Ihre rosige Gesichtsfarbe hatte sich schon längst verabschiedet. Verstohlen wischte sie die nassen Hände an ihrem Morgenmantel ab.

„Das ist gut zu wissen", schaltete sich Melinda wieder ein. Mit Candice Laptop unterm Arm stellte sie sich neben Andrew. „Dann stört es dich sicher nicht, wenn wir das hier mitnehmen. Quasi als Versicherung."

„Ich...", begann Candice panisch, aber Andrew trat dicht vor sie.

„Vergiss nie wieder, mit wem du es zu tun hast." Er fixierte sie. „Du lässt uns ab sofort in Ruhe und verschwindest aus unserem Leben. Solltest du die Bedingungen unseres kleinen Gespräches vergessen, wirst du nicht so glimpflich davon kommen." Andrews Stimme hatte einen bedrohlichen Unterton angenommen und selbst Melindas Herz klopfte wie wild.

„Haben wir uns verstanden?", fragte er und Candice nickte.

„Wie bitte?", hakte Andrew nach.

„Ja, ja. Ich habe verstanden. Bitte, sagt Montgomery nichts! Bitte!", begann sie zu flehen.

Andrew musterte sie ein letztes Mal, aber es war Melinda, die antwortete.

„Wir sind nicht wie ihr. Eure Ehe ruiniert ihr ganz allein. Dazu braucht ihr uns nicht." Nach einem letzten Blick, wandten sie sich um und gingen.

*** 

Es war kurz aber heftig gewesen. Im Fahrstuhl begann Melinda zu zittern. Andrew nahm ihr den Laptop ab und legte fürsorglich den Arm um ihre Schultern. „Es ist vorbei, Babe, es ist vorbei", murmelte er und gab ihr einen Kuss auf die Schläfe. Als hätte diese Geste einen Schalter umgelegt, begann sie zu weinen. Die ganze Anspannung, die Enttäuschung und die Wut alles floss auf einmal aus ihr heraus. Er zog sie in seine Arme und hielt sie fest.

„Alles ist gut. Ich bin da, ich bin immer für dich da", wiederholte er immer wieder und langsam wurden ihre Schluchzer leiser. Der Fahrstuhl machte pling und sie waren in der Tiefgarage angekommen, wo Andrews Wagen wartete. Andrew trat mit dem Fuß in die Lichtschranke der Türen. Er spürte, dass Melinda noch einen kleinen unbeobachteten Moment brauchte.

Melinda sah zu ihm auf. „Entschuldige, jetzt ist dein Hemd nass. Ich bin sonst nicht so eine Heulsuse." Sie konnte selbst nicht glauben, wie viel sie in den letzten Tagen geweint hatte.

„Was raus muss, muss raus", gab Andrew mit einem liebevollen Lächeln zurück und reichte ihr sein Taschentuch. Melinda griff dankbar zu, noch während sie sich schnäuzte, runzelte sie die Stirn.

„Was ist das denn für ein Spruch?", fragte sie.

„Den hat meine Granny immer zu mir gesagt." Andrew grinste. „Allerdings meistens in einem anderen Zusammenhang."

Melinda prustete los. „Oh nein, da tun sich ja Bilder auf!"

„Was denn für Bilder? Ich war ein sehr hübscher, kleiner Junge!", gab Andrew gut gelaunt zurück und trat endgültig aus dem Fahrstuhl.

„Ja, mit einem Inkontinenzproblem oder was?" Melinda folgte ihm lachend.

„Entschuldige mal, was soll das denn heißen?" Andrew wandte sich entrüstet um. „Ich habe von Wutanfällen gesprochen."

Melinda nickte übertrieben. „Ja klar, Wutanfälle!" Sie konnte sich gar nicht mehr beruhigen. Es gefiel ihm außerordentlich, sie so fröhlich zu sehen, auch wenn der Witz irgendwie auf seine Kosten ging.

„Was du immer denkst!", wieder zog er sie an sich und gab ihr einen Kuss. „Ich liebe dich so sehr, weißt du das?"

„Und ich liebe dich!" Melinda strahlte ihn an. „Danke, dass du doch gekommen bist!"

„Ich gehöre zu dir", antwortete er. „Und du gehörst zu mir. Ich bin immer für dich da."

Einen Moment sahen sie sich nur an, dann setzten sie sich Arm in Arm in Bewegung. So schön, war es in der Tiefgarage nicht, dass sie dort Ewigkeiten verbringen wollten. Außerdem hatten sie noch eine Menge zu klären.

***

„Mabel, das ist so schön hier!", erklärte Melinda zum wiederholten Mal. „Danke, dass du uns hierher gebracht hast. Ich könnte ewig hier sitzen!"

„Ich freue mich sehr, dass es dir gefällt!" Mabel lächelte. „Mittlerweile hat es sich zwar auch unter den Touristen herumgesprochen, dass es hier in Little Venice schön ist, aber man kann immer wieder Glück haben und einen ruhigen Moment abpassen."

„Ja, es ist wundervoll, dass es mitten in der Stadt einen solchen Ort gibt!", staunte Lauren und ließ den Blick über den Regent's Canal schweifen. Sie saßen direkt am oder vielmehr auf dem Wasser in einem der vielen Hausboote, die zu einem Café ausgebaut waren. Das Ambiente war ganz in weiß und blau gehalten und erinnerte Lauren an ihre Sommer in den Hamptons.

„London hat einige dieser Entspannungsinseln. Was glaubst du, warum ich hier lebe?"

„Wisst ihr was?", bekannte Melinda, „Ich könnte mir sogar vorstellen, noch ruhiger zu wohnen."

„In einem Haus auf dem Land, meinst du?", hakte Mabel nach und Melinda nickte.

„Als wir nach Gracewood Hall gefahren sind, sind wir an einigen wunderschönen Anwesen und auch so niedlichen Cottages vorbei gefahren. Sie wirkten beinahe wie aus einem Disneyfilm entsprungen." Ihre Augen begannen zu leuchten. „Vielleicht noch nicht sofort, aber irgendwann bestimmt!"

Lauren betrachtete ihre Tochter und eine wohlbekannte Mischung aus Staunen, Stolz und Liebe breitete sich in ihr aus. Als junge Mama hatte sie gedacht, sie würde übertreiben in ihrer Begeisterung für ihr wunderschönes Baby, aber mittlerweile wusste sie, dass es nie aufhörte. Seit 22 Jahren sah sie dieses Menschenkind an und staunte, voller Ehrfurcht, dass dieses großartige Geschöpf ihre Tochter war und was für ein Glück sie hatte, an ihrem

Leben teilzuhaben. Auch wenn sie sich manchmal, und vor allem in den letzten Jahren, wie eine kleine Mistkröte benommen hatte.

„Apropos, du wolltest dich noch bei Mr. Bedford melden", fiel Lauren ein.

„Stimmt!" Melinda sprang auf und schnappte sich ihr Smartphone. „Ich erledige es sofort."

„Sollen wir dir noch etwas bestellen?", fragte Mabel, aber Melinda schüttelte den Kopf und entfernte sich, das Handy bereits am Ohr.

\*\*\*

„Nigel Bedford", meldete sich Nigel matt. Er hatte nicht mehr die Kraft so zu tun, als wäre er dynamisch und motiviert. Morgen und übermorgen würde auf Gracewood Hall das traditionelle Sommerfest stattfinden und am nächsten Wochenende dann endlich, hoffentlich die Hochzeit von Mindy Miller. Er hatte ja keine Vorstellung gehabt, wie aufwendig und nervig eine Hochzeitsplanung sein konnte.

„Hallo Mr. Bedford, hier ist Melinda Miller. Erst einmal muss ich mich bei Ihnen entschuldigen. Ich..." Mehr hörte Nigel nicht mehr, denn er ließ vor Überraschung sein Smartphone fallen. Es landete auf dem weichen Gras, ohne einen Kratzer abzubekommen. Erleichtert griff er danach und hielt es sich wieder ans Ohr.

„Mr. Bedford, sind Sie noch da?"

„Miss Miller!" Er konnte nicht verhindern, dass man den Unglauben in seiner Stimme hörte und sprach deshalb schnell weiter. „Entschuldigung, die Leitung war kurz unterbrochen. Was haben Sie gesagt?", flunkerte er und lehnte sich matt an die Hauswand. Bevor Mindy angerufen hatte, hatten sie alle auf der Terrasse gesessen und die letzten Dinge für das morgige Fest besprochen.

„Ich sagte, dass ich mich bei Ihnen entschuldigen muss. Ich war nicht ganz ich selbst während der letzten Monate und es tut mir sehr leid, dass ich es Ihnen so aufwändig gemacht habe."

Er hatte sich nicht verhört. Sie hatte es tatsächlich nochmal gesagt. Nun herrschte Stille, er wusste, dass er reagieren sollte, aber er war zu überrascht. Sie hatte es ihm nicht *ein wenig aufwändig* gemacht. Es war die Hölle gewesen. Sie hatte sich benommen, wie ein verzogenes Gör, dass es gewohnt war, dass alle nach ihrer Pfeife tanzten und sie immer ihren Willen bekam.

„Äh", begann er wenig eloquent und verstummte wieder.

„Ich weiß, es war mehr als nur ein wenig Aufwand und es tut mir wirklich leid."

Er hörte, wie sie tief Luft holte. Er hatte es gewusst, da kam noch etwas.

„Hier ist eine Menge passiert und ich brauche Ihre Hilfe."

„Die Hochzeit findet nicht statt", platzte es aus ihm heraus. Augenblicklich biss er sich auf die Lippen. Wo war sein professionelles Auftreten hin? „Entschuldigung, ich..."

Melinda lachte. Er hatte sie noch nie lachen gehört. Es klang erfrischend, unwillkürlich zogen sich seine Mundwinkel ebenfalls nach oben.

„Gott bewahre!", rief sie aus. „Die Hochzeit findet statt, allerdings gibt es da ein paar Änderungen."

Kaum hatte sie es ausgesprochen, sackte er in sich zusammen und sein Blick wanderte zu seinen Schuhspitzen. Nur, dass er die kaum noch sah. Ein Frustbäuchlein war ihm seit Ostern gewachsen. Jedes Mal wenn Mindy Miller wieder etwas schier Unmögliches, Absurdes oder sich selbst Widersprechendes von ihm gewollt hatte, hatte er sich mit irgendeiner Köstlichkeit aus Mrs. Cuthberts Küche getröstet.

„Keine Sorge, es sind nur Kleinigkeiten! Ich habe auch schon mit Mrs. Davis gesprochen. Hören Sie, Folgendes habe ich mir überlegt…"

*** 

„Dann lass uns mal schauen, ob noch weitere Absagen reingekommen sind. Ich würde die Gästeliste gern heute endgültig fertig haben, damit wir auch Mr. Bedford Bescheid geben können. Gibst du mir bitte das Tablet?" Lauren wedelte mit ihrer Hand in Richtung von Melindas großer Handtasche, die neben Mabel auf dem Stuhl stand.

„Hier bitteschön!" Sie reichte Lauren das Gerät und holte noch den neuen Hochzeitsplaner ihrer Cousine hervor. In der Zeit, in der Melinda bei Candice war, hatte sie sich Melindas überquellenden Planer vorgenommen, eingehend studiert und alle noch relevanten Informationen, Listen und Wünsche in ein neues großes Notizbuch eingetragen. Sie brauchten schließlich endlich einen Überblick. Sicher gab es auch irgendwelche Apps dafür, aber Mabel mochte Papier lieber. Außerdem war er ja in erster Linie für Melinda gedacht. Also hatte sie es zusätzlich noch hübsch gestaltet.

„Tatsächlich!", bemerkte Lauren. „Wie ich es mir gedacht habe. Sehr gut!"

„Was hast du dir gedacht?", fragte Mabel und versuchte einen Blick auf den Bildschirm zu werfen.

„Alle Möchtegerns und flüchtigen Bekannten haben abgesagt. Vermutlich wollten sie schon die ganze Zeit nicht kommen und nun hat der Artikel ihnen die perfekte Ausrede geliefert."

„ Du klingst sehr zufrieden!"

„Das bin ich auch!", antwortete Lauren. „Ich bin mir wohl bewusst, dass Andrews Familie sehr reich ist und viel Einfluss hat. Aber ich habe mir die ganze Zeit für die beiden eine kleinere Hochzeit gewünscht. Sie werden ihr ganzes gemeinsames Leben im Rampenlicht der Gesellschaft stehen, da sollten sie wenigstens an ihrem besonderen Tag die Möglichkeit haben, nur sie selbst sein zu können."

Mabel lächelte. „Ich verstehe dich vollkommen. Andrew scheint kein großes Geltungsbedürfnis zu haben. Wenn ich ihn richtig einschätze, dann ist sein Status und sein Vermögen für ihn eher eine Verantwortung."

„Ja, so nehme ich ihn auch wahr." Lauren nickte. „Sie können im Nachhinein immer noch Bilder von der Feier veröffentlichen, wenn sie das möchten."

„Ach ja, was passiert jetzt eigentlich mit dem Artikel?"

„Darum habe ich mich vorhin schon gekümmert. Ich muss um 19 Uhr wieder im Hotel sein, ich werde eine Erklärung abgeben und das Missverständnis...", sie deutete Anführungszeichen an, „aufklären."

Mabel sah auf die Uhr. „Das ist kein Problem, das schaffen wir! Auch wenn wir uns vorher die Ausstellung im Kensington Palace ansehen."

„Ich freue mich schon sehr darauf, die königlichen Roben zu sehen!"

„Die Ausstellungen im Kensington Palace sind immer sehr schön und deswegen meist auch sehr voll",

„Die anderen Leute stören mich nicht", gab Lauren zurück und konzentrierte sich dann auf die eingegangenen Emails. In diesem Moment kam Melinda von ihrem Telefonat zurück und setzte sich neben Lauren.

„Genau das wollte ich auch gerade machen!", bemerkte sie. „Wie viele sind es denn jetzt?"

„Es ist leichter dir zu sagen, wie viele wir noch sind", antwortete Lauren mit einem schiefen Lächeln. Sie legte ihrer Tochter die Hand auf ihren Arm. „Mindy-Schatz, sei nicht traurig, ich weiß du hast dir immer
eine große Hochzeit gewünscht, aber dafür werden jetzt wirklich nur die kommen, die euch nahe stehen."

„Mum, ich brauche kein Mitleid, sondern die endgültige Gästeliste für Nigel, den Fahrservice und die Hotels."

***

Candice saß reglos auf dem Sessel in ihrer Suite und starrte vor sich hin. Sie hatte sich seit Stunden nicht bewegt. Kaum waren Mindy und Andrew gegangen, war sie in sich zusammengesunken. So wenig sich ihr Körper bewegte, so sehr ratterte es in ihrem Kopf. Die Gedanken schossen wie bunte Lichtblitze hin und her. Es war alles umsonst gewesen. Alles! Die beiden schienen zu glauben, sie könne einfach wieder in ihr Leben zurückkehren. Aber wie um alles in der Welt sollte sie erklären, dass sie nicht bei der Hochzeit der Crawfields anwesend sein würde. Für die Gesellschaft war sie schließlich Mindys beste Freundin und als solche selbstverständlich ihre Trauzeugin.

Mindy vor allen schlecht zumachen, wäre eine Möglichkeit, hätte Andrew sie nicht vor den Konsequenzen gewarnt, würde sie so weitermachen wie bisher. Und dann war ja noch das Foto, das Mindy auf ihrem Smartphone hatte.

Candice wurde übel. Wann genau, war sie in ihrem Leben eigentlich falsch abgebogen, um jetzt in diesem Schlamassel zustecken?

Vielleicht sollte sie einfach ihren eigenen Tod vortäuschen, in Film und Fernsehen funktionierte das doch auch immer!

# Samstag
## Kapitel 9

„Verrätst du mir endlich, wo es hingeht?", fragte Melinda ihn bestimmt zum zehnten Mal.

„Magst du Überraschungen etwa nicht?", neckte Andrew sie und drehte sich zu ihr um. Sie konnte das Funkeln in seinen Augen mehr fühlen, als sehen, denn er trug seine verspiegelte Pilotenbrille und fuhr tatsächlich selbst. Er hatte ein sportliches Cabrio gemietet, ein Modell, das Melinda noch nie gesehen hatte, was aber nichts zu sagen hatte. Sie interessierte sich schließlich nicht für Autos.

„Nein!", antwortete sie ihm entschieden. „Niemand liebt Überraschungen."

„Selbstverständlich! Jeder liebt sie!"

„So ein Quatsch!" Sie schüttelte den Kopf. „Hast du nicht gesehen, wie oft ich mich umgezogen habe? Vom Packen rede ich erst gar nicht." Sie verdrehte die Augen. „Überraschungen sind einfach nur anstrengend." Vor allem, wenn man die halbe Nacht Absagen angesehen, die Gästeliste zusammengestrichen und über dem neuen Sitzplan gegrübelt hatte. Aber jetzt war alles fertig. Gott sei Dank!

„Du siehst wundervoll aus! Und ich liebe deine neue Haarfarbe." Er nahm ihre Hand und küsste sie. Es war ein heißer Sommertag und sie trug ziemlich kurze Shorts und ein flattriges Top. Aus den Augenwinkeln konnte er ihre nackten Beine sehen. Er war in ständiger Versuchung rüber zu schielen.

„Wirklich?" Melinda klappte die Sonnenblende hinunter und betrachtete sich im Spiegel. Sie mochte die dunklen Haare, auch wenn es noch etwas ungewohnt war. Aber der Friseur hatte den Farbwechsel unglaublich gut hinbekommen, es sah richtig natürlich aus.

„Babe, entspann dich. Es sind nur wir zwei unterwegs. Du musst niemandem etwas beweisen oder etwas darstellen, was du nicht bist."

„Du hast Recht." Melinda seufzte, er war so toll! Wie gern wäre sie jetzt zu ihm gerutscht, aber die europäischen Wagen hatten keine durchgehende Sitzbank vorn. Also legte sie nur ihre Linke auf seinem Oberschenkel ab. „Ich war so lange auf die Meinung anderer fixiert, dass es eben einfach noch in mir ist. Vermutlich wird mir das noch eine Weile passieren."

„Das kann gut sein." Er nickte und sah jetzt konzentriert auf die Fahrbahn. Sie waren schon vor einer Weile von der Autobahn abgefahren und langsam wurden die Straßen immer schmaler und gewundener. „Erzähl mir einfach davon. Ich bin an deiner Seite." Er drückte ihre Hand, die auf seinem Bein lag. „Gemeinsam können wir alles schaffen!"

„Ich liebe dich!" Sie lächelte ihn an. „Und ich freue mich so sehr über die freie Zeit mit dir! Weißt du eigentlich, wie lange es her ist, dass wir ein ganzes Wochenende ohne zu arbeiten, verbracht haben?"

Andrew sah auf das Navigationsgerät und runzelte die Stirn. Es war in den letzten Minuten verdächtig ruhig gewesen, aber laut Kartenanzeige waren sie richtig, nur tauchte vor ihnen eine Wegkreuzung, die auf dem Bildschirm nicht erkennbar war. Andrew wurde immer langsamer.

„Alles okay? Sind wir richtig?" Melinda sah ebenfalls auf das Gerät und sich dann suchend um. Viel konnte sie allerdings nicht erkennen, dafür war es hier zu hügelig. Außerdem standen immer wieder Bäume am Straßenrand. „Ich würde dir ja gern helfen, aber ich weiß leider nicht wo wir hinfahren."

„Rechts abbiegen in Valley Road. Jetzt rechts abbiegen", tönte es auf einmal aus dem Navi.

Andrew setzte den Blinker, obwohl weit und breit keine Menschenseele, geschweige denn ein anderer Verkehrsteilnehmer zu sehen war und bog ab, froh darum rechtzeitig die Geschwindigkeit gedrosselt zu haben.

Nach ungefähr 100 Metern lichtete sich die Sicht und sie fanden sich plötzlich auf einer Anhöhe wieder. Vor ihnen breitete sich ein Dorf wie zu Jane Austens Zeiten aus.

*„Gorgeous!"*, quiekte Melinda und wusste nicht wohin sie zuerst sehen sollte. Es war so süß! „Ob es von nahem auch so hübsch ist?", fragte sie ihn ein wenig atemlos. Endlich sahen sie das Ortseingangsschild. Greenhills.

„Okay, wir sind richtig", murmelte Andrew.

„Richtig?", fragte sie aufgeregt. „Richtig, wofür?"

Andrew begann zu grinsen, sah aber immer noch konzentriert auf die Straße. „Du wirst schon sehen!"

„Aha", gab sie zurück. Früher hätte sie sich schnippisch weggedreht. Aber heute wollte sie auf keinen Fall die wundervollen Details des Ortes verpassen. Genauso wenig wie sie wollte, dass die Stimmung kippte. Also sah sie sich um und ihre Begeisterung wuchs von Moment zu Moment. Sie fuhren über die Hauptstraße des Ortes, die so schmal war, dass gerade so zwei Autos nebeneinander passten. Kleine Sandsteinhäuser schmiegten sich aneinander. An jedem Haus hingen mindestens zwei bunt blühende Blumenkästen vor den Fenstern. Rosenstöcke blühten neben den Eingangstüren und auf dem Dorfanger stand die größte Weide, die Melinda je gesehen hatte, direkt an einem Teich, der an einer Seite von Schilfrohr eingefasst war. In einem großen Gebäude gegenüber musste eine Schule oder ein Kindergarten sein, denn hinter einem hohen Zaun konnte sie Spielgeräte sehen und direkt daneben stand eine uralte Feldsteinkirche. Es war ein Ort voller Leben und Liebe, das fühlte sie regelrecht. Ein paar Minuten später fuhren sie an einem Marktplatz vorbei, deren Stände gerade abgebaut wurden. Dadurch erhaschte sie einen Blick auf verschiedene Geschäfte, die Ortschaft schien doch größer zu sein, als sie erst gedacht hatte.

Erst als Andrew fragte: „Gefällt es dir?", wurde ihr bewusst, dass sie nichts mehr gesagt hatte.

Sie drehte sich zu ihm um und strahlte. „Sehr! Alles wirkt so sauber und hübsch, dass man sich gar nicht vorstellen kann, dass die Menschen hier irgendwelche Sorgen haben könnten."

Andrew lachte. „Ich weiß, was du meinst. Mir geht es genauso."

„Willst du mir nicht endlich verraten, wo wir hinfahren?", versuchte sie es ein letztes Mal.

„Ich will dir etwas zeigen beziehungsweise mit dir ansehen."

Melinda runzelte dir Stirn. „Das klingt so, als wüsstest du es selbst nicht."

„Das stimmt auch. Zum Teil, jedenfalls", gab er kryptisch zurück und folgte den Anweisungen des Navis, links abzubiegen.

„Jetzt verstehe ich gar nichts mehr", entgegnete sie verwirrt.

In diesem Moment bog er ein letztes Mal ab. Sie fuhren einen kleinen etwas holprigen Feldweg entlang. Wenn ihnen jetzt jemand entgegen kommen würde, müssten sie zwischen alten knorrigen Apfel- und Pflaumenbäumen anhalten. Melinda hatte das Gefühl am Ende der Welt angekommen zu sein. Ob das großartig oder beängstigend war, wusste sie nicht. Noch nicht. Wieder fuhren sie einen kleinen Hügel hinauf. Oben angekommen, breiteten sich wundervolle Wiesen und Felder vor ihnen aus. Niedrige Feldsteinmauern durchzogen die Landschaft. In der Ferne konnte sie tatsächlich eine Schafherde ausmachen. In der Senke stand das winzigste Haus, dass Melinda je gesehen hatte. Es war umgeben von weiteren Obstbäumen und sah geradezu märchenhaft aus. Einzig der riesige

Geländewagen, der davor parkte, störte das Bild. Auch Andrew ließ den Blick schweifen, während er langsam weiterfuhr und dann unvermittelt anhielt. Gleich hinter dem Geländewagen.

„Wir sind da", verkündete Andrew und der Motor erstarb. Breit lächelnd drehte er sich zu ihr und gab ihr einen stürmischen Kuss.

„Wo sind wir hier?", fragte sie und sah sich um. „Was machen wir hier? Ist das eines dieser Landcafés, von denen Mabel letztens erzählt hat?"

„16 Covet Lane in Greenhills", erwiderte Andrew lachend, sprang aus dem Wagen und lief um ihn herum, um ihr die Tür aufzuhalten. „Wir wollen uns hier etwas umschauen und nein es ist kein Café, obwohl ich einen Kaffee jetzt gut vertragen könnte."

„Ist das hübsch hier!" Melinda stieg aus und sah sich um. Auf ihrer rechten Seite erstreckte sich nichts als Feld, auf dem tatsächlich Mohnblumen wuchsen. So etwas hatte sie bis jetzt nur auf Fotos gesehen. Neugierig lief sie um den anderen Wagen herum, sie wollte sich das Haus näher anschauen. Es war klein und ein wenig gedrungen, als bückte es sich vor dem Wind, der an manchen Tagen unweigerlich über das Feld pfiff. Heute aber leuchtete seine Sandsteinfassade golden im Sonnenlicht und auch die dunkelblauen Fensterläden würde heute Nacht sicher niemand zuschlagen. Im vorderen Garten wuchsen allerlei bunte Blumen, deren Namen Melinda nicht kannte. Es war ein wildes, aber wunderschönes Durcheinander, das sich dem altmodischen Holzzaun entgegen drängte und auch versuchte den kleinen Weg zur blauen Haustür zu erobern.

Andrew nahm sie an die Hand. „Komm!"

„Wohin?", fragte sie verwirrt. Sie hätte noch ewig so dastehen und es betrachten können.

„Rein, natürlich." Andrew lachte und gerade als er klopfen wollte, wurde die Tür geöffnet.

„Guten Tag Mr. Crawfield! Wie schön, dass Sie so gut hergefunden habe. Und das ist die zukünftige Mrs. Crawfield?! Willkommen in Primrose Cottage!" Ein älterer Mann mit dichtem, weißem Haar und Bart streckte ihnen seine Hände hin. Er erinnerte Melinda irgendwie an den Weihnachtsmann. Vielleicht lag es an seinem runden Bauch oder aber an seinem jovialen Auftreten. „Ich bin Carl Higgins. Ich freue mich, Sie beide kennenzulernen. Kommen Sie doch herein!"Mr. Higgins wollte zur Seite treten, musste aber einsehen, dass der Flur zu schmal war und lief rückwärts ins Innere des Häuschens.

„Die Freude ist ganz auf unserer Seite", antwortete Andrew mit einem Lächeln, dann drehte er sich sie zu ihr um und zwinkerte amüsiert.

Melinda sagte lediglich „Guten Tag!" Mehr traute sie ihrer Stimme nicht zu. Sie hatte die Briten immer für ein ruhiges und eher schweigsames Volk gehalten, aber irgendetwas an Mr. Higgins Art brachte sie zum Lachen. Mr. Higgins fiel ihre knappe Reaktion anscheinend nicht auf, denn er redete schon weiter.

„Primrose Cottage wurde 1802 erbaut und wie Sie sehen sind die ursprünglichen Deckenbalken erhalten geblieben. Auch hier in der Küche befinden sich noch die Steinfliesen von 1802. Auch die Kamine im Wohnbereich und Arbeitszimmer sind noch originalgetreu. Sie haben jedoch Glück, dass Cottage wurde behutsam restauriert und ist dennoch nicht denkmalgeschützt, daher befinden sich moderne dreifach verglaste Fenster im ganzen Haus, ebenso eine moderne Heizungsanlage und..."

„Was machen wir hier?", raunte sie Andrew zu, als Mr. Higgins ihnen endlich den Rücken zudrehte.

„Ist das nicht offensichtlich?", erwiderte er leise. Er gab ihr einen schnellen Kuss und drückte ihre Hand. „Sieh dir alles in Ruhe an. Ich bin gespannt auf deine Meinung."

Dann schenkte er ihr ein freches Grinsen und schloss zu dem Makler auf.

Während Andrew scheinbar interessiert den Ausführungen von Mr. Higgins lauschte, so wie Melinda Andrew kannte, hatte er sich längst mit allen Daten und Fakten vertraut gemacht, sah sie sich um. Sie wollte lieber allein erkunden. Es war wirklich das winzigste Haus, in dem sie jemals gestanden hatte. Vom Flur gingen je zwei Türen nach rechts und links ab, geradezu führte eine schmale Treppe nach oben. Melinda entschied sich für die vordere, rechte Tür. Die Küche war einladend und freundlich. Was auch daran liegen mochte, dass es zwei Fenster gab, die über Eck lagen. Melinda hatte nie kochen gelernt, es hatte einfach keine Notwendigkeit bestanden, und nun stand sie an der hölzernen Arbeitsplatte und sah hinaus aufs Feld. Gedankenverloren strichen ihre Finger über das Holz und plötzlich blitze ein Bild vor ihrem inneren Auge auf, wie sie hier stand und Gemüse putzte. Verwirrt schüttelte sie den Kopf, wo kam das denn auf einmal her?! Fast musste sie über sich selbst lachen. Sie wandte sich um und lief zurück in den Flur, um sich auch die anderen Räume anzusehen. Es gab im Erdgeschoss noch besagtes Arbeitszimmer, ein kleiner, heller Raum mit eingebauten Bücherregalen und ein winziges WC. Andrew und der Makler waren im Wohnzimmer, das sich über die gesamte Breite des Hauses erstreckte und blockierten den Zugang zum Garten, daher lief sie neugierig wieder in den Flur und die Treppe hinauf. Dort war alles noch kleiner, aber genauso hell wie unten, denn jemand hatte Fenster in die Dachschrägen einbauen lassen. Es gab zwei Schlafzimmer, ein kleineres und ein größeres. Auch wenn die Räume leer waren, sah Melinda die Blümchentapeten und Messingbetten direkt vor sich. Das Bad war neu gemacht, aber mit altmodischen Details versehen. Die Badewanne besaß sogar Klauenfüße.

All das regte Melindas Fantasie an, sie fühlte sich wie in eine andere Zeit versetzt. Wie damals, als sie diese Bücher gelesen hatte. Seit Jahren hatte sie nicht mehr solche Eingebungen gehabt.

Wie magisch angezogen ging sie zum Fenster und schaute in den hinteren Garten hinaus. Was sie dort sah, ließ sie überrascht die Luft einziehen. Der Garten war genau so angelegt, wie der in der Schweiz. Nahezu quadratisch, die Beete eingefasst mit Buchsbaum und nur dass hier in der Mitte eine Vogeltränke stand. Sie konnte es kaum glauben und doch machte ihr Ausflug hierher auf einmal Sinn. Oh Gott, sie liebte diesen Mann so sehr!

Andrew und Mr. Higgings waren unterdessen oben angekommen und Mr. Higgings pries gerade das Badezimmer an, so dass Melinda es wagte, sich nach unten zu schleichen. Sie wollte sich den Garten genauer ansehen.

\*\*\*

„Und Mrs. Cuthbert, wie läuft das Sommerfest?", fragte Nigel matt, der seit Stunden in seinem Arbeitszimmer über den Unterlagen von Melindas Hochzeit brütete, und steckte den Kopf in den Kühlschrank. Tat das gut! Vielleicht sollte er sich in den Keller verziehen und dort weitermachen.

„Willst du nicht einmal eine Pause machen? Sie wird doch gar nicht bemerken, wenn du einmal kurz über das Gelände schlenderst und dir alles ansiehst." Mrs. Cuthbert hatte ähnlich gerötete Wangen, wie er. Ihr berühmter Tomatensalat neigte sich tatsächlich jetzt schon seinem Ende zu und entgegen aller Vorsätze machte sie doch noch eine neue Portion.

„Miss Miller bemerkt es vielleicht nicht, aber ich. Wenn ich mich jetzt da draußen blicken lassen, dauert es mindestens eine Stunde bis ich wieder oben bin", gab Nigel zurück. „Ist das Ihr berühmter Eistee, Mrs. Cuthbert?" Mit hoffnungsvollem Blick sah er sie an.

„Nimm den Krug mit nach oben, aber schließ endlich die Kühlschranktür!", grummelte sie, aber Nigel wusste, sie meinte es nicht so. „Willst du auch etwas zu essen haben? Ich könnte dir Brot und..."

„Ich nehme etwas von dem Kuchen. Ist das eigentlich Liz' Rezept?", nuschelte er undeutlich, den Mund voller Johannisbeerstreuselkuchen.

Mrs. Cuthbert stemmte die Hände in die Hüften. „Ja, ist es und sie wird sich bestimmt freuen zu hören, dass unsere Gäste davon nichts abbekommen haben, weil die gesamte Familie Bedford so versessen auf Süßes ist!"

„Mildred, welche Laus ist dir denn über die Leber gelaufen?", fragte Vivien Bedford, die soeben die Küche betrat, verwundert. „Ach ich sehe schon, der Tomatensalat."

„Hey Mum", sagte Nigel und wollte an ihr vorbei laufen, den Krug mit Eistee und einen vollen Kuchenteller balancierend.

„Nigel, wie läuft es bei dir, brauchst du Hilfe?" Vivien betrachtete kurz den Kuchenberg, den sich ihr Sohn aufgetan hatte.

„Es ist zwar viel, aber ich muss es allein machen. Danke!" Er drückte ihr einen Kuss auf die Wange und ging hinaus.

Vivien sah ihm nach und seufzte. „Der arme Junge. Diese Hochzeitsplanung setzt ihm ganz schön zu."

„Im wahrsten Sinne!" Mrs. Cuthbert nickte und warf grimmig die nächste Ladung kleingeschnittene Tomaten in eine große Schüssel.

„Meine Güte Mildred!" Vivien schüttelte den Kopf und griff sich eine Schürze. „Ich kann das gar nicht mit ansehen. Ich helfe dir!"

„Musst du nicht die Kinder schminken?", fragte die Haushälterin.

Vivien schüttelte den Kopf. „Der erste Ansturm ist vorbei. Momentan kommt Nora gut allein zurecht und außerdem kann sie mich ja auf dem Handy erreichen", antwortete sie und klopfte sich auf ihre Hosentasche.

„Dann würde ich mich sehr über ein wenig Hilfe freuen. Ich merke schon, dass Annie fehlt." Mrs. Cuthbert wischte sich mit dem Arm eine Haarsträhne aus dem Gesicht.

„Ich bin an ihrem Stand vorbeigelaufen. Es standen eine Menge Leute davor!" Vivien lächelte. „Es sieht wohl so aus, als bräuchten wir früher oder später eine neue Aushilfe, die dich unterstützt."

„Ich bin stolz auf das Mädchen und freue mich sehr für sie!", gab Mrs. Cuthbert zur Antwort und Vivien nickte. Ja, Annie[3] hatte das Glück wahrlich verdient.

***

Der Garten war ein Traum. Ein bisschen verwildert vielleicht, aber Melinda gefiel gerade das gut und auch die Bienen schien das bisschen Unkraut nicht zu stören. Überall summte und brummte es. Wenn sie sich kaum bewegte, traute sich sogar ein mutiges Rotkehlchen näher, um zu trinken.

„Babe", sprach Andrew sie leise an und setzte sich neben sie. „Und, was sagst du?"

„Danke." Sie wandte sich lächelnd zu ihm um. Die Sonne stand hoch am Himmel und blendete sie, sodass sie trotz Sonnenbrille die Augen ein wenig zusammenkneifen musste. „Danke, dass du mir zuhörst! Ich liebe dich sehr!"

---

[3] Warum Annie Glück verdient hat, erfährst du in „Frühlingserwachen auf Gracewood Hall"

Er lächelte und küsste sie. Es war wie ein Versprechen und trotz der Sommerhitze schlang sie ihre Arme und ihn, um ihm ganz nah zu sein. Sie fühlte sich ganz leicht, warum nur hatte sie nicht schon viel früher mit ihm über Candice und die Hochzeitsplanung gesprochen?

Sie hatte sich einfach geschämt und gedacht, wenn er herausfinden würde, wie unzulänglich sie wirklich war, würde er sie verlassen. Wie bescheuert von ihr! Wie oft hatte er ihr in all der Zeit versichert, dass er sie wollte und ihr auch gezeigt, dass er sie sah wie sie wirklich war. Sie hatte es nur nicht erkennen können. Mit einem leichten Seufzer beendete sie den Kuss und legte ihren Kopf an seine Schulter.

„Also gefällt es dir?", fragte er nach.

„Ja!"

„Es ist ganz schön weit weg von London", gab er zu Bedenken.

„Stimmt."

„Zu pendeln wäre ein enormer Zeitaufwand", spann er den Faden weiter.

„Richtig."

„Es ist auch sehr klein."

„Ja."

„Wir können weitersuchen"

„Können wir."

Andrew hielt inne. „Willst du mir jetzt nur noch zustimmen?"

Melinda dachte einen Augenblick nach. „Nur, wenn du recht hast", gab sie lächelnd zurück.

„Haha!"

„Ich finde es wunderbar hier! Wie eine Oase der Ruhe und des Friedens." Glücklich ließ sie den Blick schweifen. „Es ist natürlich überhaupt nicht repräsentativ", stellte sie fest und Andrew musste trotz ihres hochnäsigem Upper East Side Tonfalls schmunzeln. Er wusste, dass sie nur

Spaß machte, er hatte das Leuchten in ihren Augen gesehen.

„Nicht wirklich."

„Eher ein echter Rückzugsort, nur für uns zwei. Toll, um am Wochenende aufzutanken, um Hausarbeiten zu schreiben und für Prüfungen zu lernen." Sie lächelte zufrieden. Der Gedanke an ein Masterstudium war mit der Verlobung, dem Umzug von New York nach London und der Hochzeitsplanung sehr in den Hintergrund getreten. Aber als sie jetzt hier gesessen hatte und sich vorgestellt hatte, auf dem Land zu leben, mit Kind, Hund und Ehemann, fand sie die Vorstellung wunderbar und sehr idyllisch. Aber ihr war auch klar geworden, dass sie mehr wollte. Sie wollte nicht in die Verlegenheit kommen, als Beruf irgendwann ‚Dame der Gesellschaft' angeben zu müssen. So sehr sie ihre Mutter und Großmutter liebte, sie wollte sich etwas Eigenes aufbauen.

„Dein Plan gefällt mir sehr!" Andrew drückte sie an sich. „Nur leider ist die Bewerbungsfrist für das Wintersemester schon rum."

„Vielleicht lässt sich da doch noch etwas machen." Melinda zuckte mit den Schultern. „Und wenn nicht, bringe ich im Herbst diesen Garten hier auf Vordermann und lerne wie man Marmelade kocht."

„Das willst du selbst machen?"

„Ja!" Sie nickte. „Das möchte ich selbst machen."

„Wunder geschehen!" Er schüttelte ungläubig den Kopf. „Wer hätte gedacht, dass Mindy Miller sich einmal darauf freut, sich die Hände dreckig zu machen."

„Niemand von der Upper East Side!" Sie lachte und drehte sich zu ihm um. Sie schob ihre Sonnenbrille nach oben und fügte Wimpern klimpernd und mit rauchiger Stimme hinzu. „Ich bin eine Frau, ich darf unergründlich sein!"

171

„Auf jeden Fall!" bestätigte er und küsste sie. Lange und intensiv. Leidenschaftlich zog er sie näher, bis sie rittlings auf seinem Schoß saß. Endlich hatte er Gelegenheit ihre nackten Beine zu berühren. Ohne den Kuss zu unterbrechen, fuhr er langsam mit seinen Händen von ihren Knöcheln hinauf bis er ihre Shorts erreichte. Aber von ein bisschen Stoff wollte er sich nicht aufhalten lassen und seine Finger suchten sich einen Weg, wie er doch noch ihren Po berühren konnte.

Trotz der Hitze bekam sie eine Gänsehaut, bis ihr etwas einfiel. „Wo ist eigentlich Mr. Higgings?"

„Den habe ich nach Hause geschickt", erklärte Andrew und begann an ihrem Hals zu knabbern. Seine rechte Hand wanderte unter ihrem Top den Rücken hoch. Sie trug keinen BH und es erregte ihn ungemein. „Ich denke, wir brauchen ihn hierbei nicht", ergänzte er.

Seine rauer werdende Stimme ließ Melinda erneut erschauern. Ja, sie wollte es auch. Hier draußen in dieser Idylle. Entschlossen kreuzte sie die Arme vor sich und zog sich ihr Top aus. Sie fühlte sich wild und frei, als die Sonnenstrahlen die Haut zwischen ihren Schulterblättern kitzelte.

„Du bist so sexy!" Bewundernd sah er sie an und nahm ihre weichen Brüste in seine Hände. Zärtlich strich er mit den Daumen über ihre Spitzen.

Melinda ließ ihn nicht aus den Augen. Sie sonnte sich regelrecht in seinen Blicken und genoss jede Sekunde ihres Abenteuers. Sie konnte kaum sagen, was sie mehr erregte seine Berührungen oder die Tatsache, dass sie im Begriff waren sich praktisch in aller Öffentlichkeit zu lieben.

Endlich senkte er seine Lippen auf ihre hochaufgerichteten Nippel und begann zu saugen. Laut ließ sie ihn wissen, wie sehr es ihr gefiel.

Sie stöhnen zu hören und das außerhalb ihres Schlafzimmers machte ihn ganz kirre. Verdammt, er hatte weder einen Schlüssel zum Haus, noch war da drin ein Bett oder Sofa zu finden. So nett die Bank aussah, sie war höllisch unbequem.

Entschlossen stand er mit ihr im Arm auf und sah sich um. Hinterm dem Garten schloss sich eine Wiese an, die dringend wieder gemäht werden musste.

„Ich will dich!", hauchte sie und begann an seinem Ohrläppchen zu saugen. Das hatte sie noch nie gemacht. Es fühlte sich überraschend gut an. Er spürte wie seine Erregung noch zunahm. Mit drei Schritten war er am rückwärtigen Zaun angelangt.

„Und ich will dich", antwortete er heiser und setzte sie auf der anderen Seite ab.

„Wie gut, dass du so sportlich bist!", bemerkte sie, als er behände mit einem Satz über den Zaun sprang.

Andrew grinste. „Ja, nicht wahr?" Dann zog er sich mit einem Ruck sein Shirt aus.

Egal, wie oft sie ihn schon mit nacktem Oberkörper gesehen hatte, sie sah ihn immer wieder gern an. Das war ihr Mann, der dort vor ihr stand und sie genauso musterte, wie sie ihn.

„Gott, du bist so schön!" Er trat näher und zog sie in seine Arme. „Ich bin der glücklichste Mann der Welt!", verkündete er, bevor er sie sanft ins weiche Gras bettete.

\*\*\*

Angenehm matt und zufrieden lag sie auf ihm und genoss den Moment. Die Sonne wärmte ihre Rückseite, eine leichte Brise wiegte die hohen Gräser und sein gleichmäßiger Herzschlag vermischte sich mit dem Summen um sie herum zu einer Symphonie der Geborgenheit. Melinda hätte nie gedacht, dass sie sich in der Natur so zuhause fühlen würde.

„Magst du Katzen?", fragte sie plötzlich.

„Hmmm", brummte er, als würde er gerade aufwachen. „Ja, klar. Wieso?"

„Weil ich gerade überlegt habe, ob die ihr eigenes Schnurren genauso schön und gemütlich finden, wie Menschen es tun."

„Warum sollten sie nicht Freude an ihren Fähigkeiten haben?!" Andrew begann langsam über ihren wunderschönen Rücken zu streichen. „Hast du schon mal Enten beobachtet, wie sie einen Kreis über dem See drehen, also im Flug, und dann mit nach vorne ausgestreckten Beinen landen?"

„Sicher." Wenn er so weitermachte, würde sie tatsächlich anfangen zu schnurren, egal, ob sie es konnte oder nicht.

„Ich finde, das sieht so ähnlich aus, wie Wasserski. Manche Enten machen das so oft hintereinander, aus keinen wirklich ersichtlichen Grund, also muss es ihnen Spaß machen."

Melinda schmunzelte. Dafür, dass sie solche teils schrägen Gespräche miteinander führen konnte, liebte sie ihn noch mehr. „Wann hast du dir denn darüber Gedanken gemacht?"

„Keine Ahnung. Ist mir irgendwann aufgefallen." Er zuckte mit den Schultern. „Babe, so gern ich noch weiter hier mit dir liegen würde, aber wir müssen aus der Sonne raus."

„Ja, du hast recht", seufzte sie und setzte sich auf. „Ich will nicht Candice losgeworden sein, nur um mir dann mit einem Sonnenbrand unsere Hochzeit zu vermiesen." Sie grinste schief.

Andrew konnte nicht anders, er musste sie küssen. Schwungvoll setzte er sich auf und fiel über ihre Lippen her. Sie war so toll! Er bewunderte sie für ihre Stärke. Jahrelang hatte sie sich an ihre Freundin gehalten, vor gerade einmal einem Tag einen Schlussstrich gezogen und nun konnte sie schon so etwas wie Galgenhumor aufbringen. Abgesehen davon schmeckten ihre Küsse einfach immer nach mehr. Ihre nackte Haut auf seiner zu spüren, tat sein Übriges.

Melinda wollte noch nicht gehen, es war hier gerade so schön. Verliebt schlang sie ihre Arme um ihn und genoss das Gefühl ihm ganz nah zu sein. Ohne irgendwelche Störungen oder Kleider. Anscheinend ging es ihm ähnlich.

„Oh! Wer will denn da mitspielen?", fragte sie mit einem bedeutungsvollen Blick nach unten.

„Er wird sich gedulden müssen", entschied Andrew und half ihr auf. „Die restlichen Kondome sind im Wagen."

„Schade!" Sie warf einen so bedauernden Blick auf seinen wundervollen Körper, dass er grinsen musste.

„Keine Sorge Babe, das Wochenende hat gerade erst angefangen!" Er stand ebenfalls auf und begann ihre Kleidungsstücke einzusammeln. „Dein Shirt ist noch drüben im Garten", meinte er, reichte ihr Slip und Hose und stieg in seine Shorts. „Ich hole es dir."

Sie zog sich an und drehte sich anschließend einmal im Kreis. Es war wirklich schön hier. Im hinteren Teil der Wiese standen mehrere Obstbäume. Sie erkannte Äpfel, Birnen und Kirschen. Plötzlich knurrte ihr Magen.

„Hier!" Andrew stand wieder hinter ihr, ihr Top und auch ihre Sonnenbrille in der Hand. Sie musste ihr bei ihrer wilden Knutscherei vorhin vom Kopf gefallen sein.

„Danke!" Sie zog das Top über und setzte die Brille wieder auf den Kopf. „Gehört die Wiese eigentlich auch zum Grundstück?"

„Ja, inklusive der Obstbäume." Er hatte sich ebenfalls wieder komplett angezogen und verstaute gerade ihren Müll in einem Taschentuch, um ihn später richtig zu entsorgen. „Willst du ein paar Kirschen essen?"

„Ich komme nicht ran." Sie umrundete den nächsten Baum, auf der Suche nach einem niedrig hängenden Ast.

„Warte, ich helfe dir!" Schon stand er neben ihr und griff nach oben und zog einen Ast nach unten. „Bitte sehr, die Dame. Es ist angerichtet." Er grinste.

„Vielen Dank, sehr freundlich!" Hungrig machte sie sich über die Kirschen her. „Willscht du nischts esschen?", fragte sie mit vollem Mund.

„Würde ich, aber erstens habe ich schmutzige Hände und zweitens bin ich mir noch nicht sicher, ob meine gefräßige Verlobte mir etwas übrig lässt." Er grinste sie frech an.

„Wenn du deine wunderschöne, kluge und großartige Verlobte beleidigst, hilft sie dir sicher nicht aus diesem Dilemma!", gab Melinda kühl zurück und schob sich eine weitere Kirsche in den Mund.

„Oh, du anbetungswürdiges Wesen! Du wunderbare, intelligente, hinreißende Frau, würdest du mir die Ehre erweisen und mir ein paar dieser köstlichen Kirschen spendieren?", deklamierte er.

„Ist gewährt", erklärte sie würdevoll und gab ihm eine Kirsche nach der anderen in den Mund. „Allerdings hoffe ich doch sehr, dass wir noch in einem Gasthaus einkehren werden."

Andrew nickte, kaute, ließ den Ast los und legte den Arm um sie. „Dann lass uns fahren."

„Wohin?"

„Das ist eine Überraschung!", erklärte er gut gelaunt und Melinda lachte.

***

„Also, wie viel kostet das Cottage?", erkundigte sich Melinda und piekte ein Stück Kartoffel auf. Sie saßen auf der Terrasse eines der vielen Fischrestaurants an der Küste.

„750.00 Pfund"

„Ist das nicht etwas viel für die Größe?"

„Der Preis liegt ein wenig über dem Marktwert, ja, aber der Besitzer hat auch investiert. Dreifachverglaste Fenster, moderne Heizungsanlage, Rohre und Elektrik sind neu und hinter den Obstbäumen steht noch ein Windrad."

„Ein Windrad?" Sie hob zweifelnd eine Augenbraue.

„Hast du das nicht gesehen?"

Melinda schüttelte den Kopf. „Nein, bist du sicher?"

„Ja, bin ich. Es ist viel kleiner als die großen, es soll ja auch nur Strom für das Cottage produzieren."

„Und das funktioniert?" Sie war skeptisch, bisher kannte sie nur die großen Windkraftanlagen. Von kleineren Windrädern hatte sie noch nichts gehört.

„Ja, Mr. Higgings hat mir die Anlage gezeigt", antwortete Andrew.

„Deswegen habt ihr so lange gebraucht!", erkannte sie und er nickte.

„Wollen wir es nehmen oder weiter suchen?", fragte er.

„Die Wahrscheinlichkeit näher an oder sogar in der Stadt so etwas zu finden, ist eher gering oder?"

„Du meinst wegen der Fahrerei?", hakte er nach und auf ihr Nicken fuhr er fort: „Naja, Charlie meinte, mit Geduld, findet sich bestimmt etwas. Die Frage ist, ob wir Geduld haben oder haben wollen." Er legte das Besteck beiseite und griff nach ihrer Hand. „Babe, mir gefällt es, aber du wirst bestimmt deutlich öfter die Möglichkeit haben, dort zu sein. Also darfst du entscheiden."

„Ja, weil ich das ja auch so gut kann", gab sie zurück und lächelte schief.

„Mel, es gibt keine falschen Entscheidungen. Wenn es doch nicht passt, verkaufen wir es wieder. Kein Problem!"

„Ich weiß."

„Kommst du nachher noch mit ins Wasser?", fragte er und wechselte das Thema.

„Nein. Wenn das Meer nur annähernd die Temperatur hat, die ich vermute, niemals!"

„Mein süße Frostbeule!" Er schenkte ihr ein verliebtes Lächeln und sie griente zurück. Er hatte ja keine Ahnung, wie nervig es war immer zu frieren.

# Sonntag
## Kapitel 11

Irgendetwas tanzte vor ihren geschlossenen Augen. Irritiert runzelte sie die Stirn und drehte den Kopf auf die andere Seite. Es half nichts. Sie war wach. Langsam schlug sie die Augen auf. Das Sonnenlicht ließ das Zimmer leuchten, wie das Versprechen auf einen weiteren schönen Sommertag. Und jetzt sah sie auch, was sie geweckt hatte. Auf dem Fensterbrett stand eine kleine, geschliffene Kristallvase in der sich das Licht brach und lauter kleine funkelnde Regenbogen durch den Raum hüpfen ließ. Genüsslich streckte sie sich und die überraschend luxuriöse Bettwäsche strich über ihre Haut. Sie schlief sonst nie nackt, aber die frische Landluft und der großartige Sex, der ganze Tag war erfüllt gewesen von Sex, hatten ihren Tribut gefordert. Sie fühlte sich, als hätten ihre Flitterwochen bereits begonnen. Apropos, wo war Andrew? Sie setzte sich erschrocken auf und ließ sich gleich darauf beruhigt wieder in die Kissen sinken. Er duschte. Die Kissen waren so hoch und dick, dass sie das Wasserrauschen tatsächlich nicht gehört hatte.

Wieder genoss sie es liegen zu bleiben und ihre Gedanken laufen zu lassen. Was war in den letzten Tagen nicht alles passiert! Obwohl sie froh war, die Sache mit Candice geklärt zu haben, tat ihr der endgültige Bruch auch weh. Zum einen hatte es sie ungemein verletzt Candice Machenschaften zu erkennen, und zu verstehen, dass sie ihren eigenen Anteil daran hatte. Es tat aber auch weh, ihre beste Freundin verloren zu haben. Schließlich war sie ja nicht immer so ein Miststück gewesen. Wenn sie an manche gemeinsame Situationen dachte, musste sie heute noch lachen.

Und dann war da noch Mabel, die sich als ganz anders herausgestellt hatte, als sie immer angenommen hatte. Sie war jahrelang so in ihrem Neid und ihrer Eifersucht gefangen gewesen, dass sie nicht hatte sehen können, was für ein wundervoller Mensch ihre Cousine tatsächlich war. Mabel hatte sich schon immer mehr für Bücher, Gesundheit und Spiritualität interessiert. Alles Themen, die Melinda selbst jahrelang als extrem langweilig empfunden hatte. Gut, sie würde jetzt nicht anfangen irgendwelche Tarotkarten zu legen, aber die paar Yogastunden, die sie gehabt hatte, hatten ihr richtig gut gefallen.

Und auch ihrer Mutter hatte sie Unrecht getan. Schließlich war sie immer für sie da gewesen, nur hatte Melinda das nie wahrhaben wollen. Ihre Mum war in den letzten Tagen großartig gewesen. Sie war in den Brautmodenladen gefahren und hatte das mit dem Brautkleid geklärt. Sie war der Wahnsinn gewesen! Die Besitzerin hatte sich so oft entschuldigt, dass sich Melinda einen passenden Schleier und ein Jäckchen für die Kirche aussuchen konnte, als Entschuldigung. Aber ihre Mutter hatte noch mehr gemacht. Sie hatte sich Melindas Fotos aus der Schulzeit schicken lassen und hatte dann ein Exklusivinterview in Andrews Magazin gegeben, um dem vermeintlichen Skandal den Wind aus den Segeln zu nehmen, in dem sie die originalen Bilder zeigte und außerdem ein wenig aus dem Nähkästchen plauderte. Und als wäre das alles noch nicht genug, hatte sie sich auch noch um die deutlich geschrumpfte Gästeliste gekümmert. Nun kamen nur noch enge Freunde, gute Bekannte und die Familie. Alle anderen, die nicht von selbst abgesagt hatten, hatte ihre Mum tatsächlich ausgeladen. Per Email! Melinda konnte es immer noch nicht fassen, dass sie sich das getraut hatte. Andrew und seine Eltern waren natürlich damit einverstanden gewesen.

Endlich war alles geklärt, nur deswegen hatten Andrew und sie überhaupt aus Land fahren können. Melinda konnte es kaum glauben.

„Guten Morgen, Schlafmütze!", sprach Andrew sie an und riss sie damit aus ihren Gedanken. Nur mit einem schmalen Handtuch bekleidet stand er vor ihr. „Bereit für den Tag?"

Melinda musterte ihn und kam auf einen verführerischen Gedanken. Mit einem trägen Lächeln auf den Lippen streckte sie sich ausgiebig, so dass die Decke von ihr runter rutschte und den Blick auf ihre nackten Brüste freigab. „Eigentlich wollte ich noch ein wenig liegen bleiben", murmelte sie und ließ ihn dabei nicht aus den Augen.

„Du brauchst also noch ein wenig Motivation?", hakte er amüsiert nach und trat näher ans Bett heran.

„So könnte man es nennen." Melinda schnurrte beinahe und begann mit ihrer Hand Kreise um ihre Brust zu ziehen.

„Ich denke..." Er trat noch näher heran und griff nach der Bettdecke. „Da könnte ich behilflich sein." Kaum hatte er ausgesprochen, zog er mit einem Ruck die Decke weg, warf sich aufs Bett und zog sie an sich.

„Ah!", quiekte sie auf. „Du bist eiskalt und noch nass!"

„Dafür bist du umso heißer!", gab er breit grinsend zurück.

„Geh weg!", rief sie lachend aus und versuchte ihn wegzudrücken.

„Niemals!" Er drehte sich mit ihr um, so dass sie auf ihm lag und fuhr mit seinen kalten Händen an ihrem Rücken entlang, wobei sie sich drehte und wandte und schließlich vor ihm aus dem Bett flüchtete.

„Wie kann man nur kalt duschen?", rief sie aus und schüttelte sich. Dann sah sie sich um, jetzt wo sie stand, konnte sie auch duschen gehen. Wo hatte er denn ihre Tasche hingestellt?

Grinsend lehnte er sich zurück und verschränkte die Arme hinter dem Kopf. „Ich mag es und es wirkt!"

„Hä? Was wirkt denn da?" Verständnislos hielt sie kurz inne und sah ihn an.

„Du wolltest doch eine Motivationshilfe zum Aufstehen. Und jetzt stehst du!"

„Blödmann!", gab sie zurück und warf ihm eines der Zierkissen an den Kopf.

„Hey! Na warte!" Er sprang auf, aber sie war schneller. Sie rannte ins Bad und schmiss die Tür hinter sich zu.

„Beeil dich, ich habe Hunger!", rief er lachend hinter ihr her.

„Jaja!", antwortete sie und drehte entschlossen den Warmwasserhahn auf.

***

„Ist es das? In echt ist es noch viel eindrucksvoller!", staunte Andrew als sie aus der Lindenallee hinaustraten und plötzlich vor Gracewood Hall standen. Der klassizistische Sandsteinbau leuchtete golden in der Sommersonne, nur die vielen Autos, die wegen des Sommerfests die Einfahrt zuparkten störten ein wenig den erhabenen Anblick. Sie selbst hatten ihren Wagen an der Straße abstellen müssen, dabei war es noch gar nicht so spät. Melinda beschloss spontan die Autos in Gedanken durch Kutschen zu ersetzen, um ihren romantischen Vorstellungen besser gerecht zu werden. Sie musste über sich selbst schmunzeln.

„Ich kann nicht glauben, dass du in den ganzen Monaten nicht einmal hier warst!" Sie schüttelte den Kopf.

„Das Säulenportal ist der Wahnsinn, wie viele Meter mögen das sein?", überlegte Andrew und legte den Kopf in den Nacken, gleichzeitig antwortete er auf ihre implizierte Frage. „Ich vertraue dir eben. Wenn du sagst, es ist toll, dann ist es das."

„Komm, lass uns läuten, dann kannst du Nigel gleich alles fragen, was du wissen möchtest." Melinda wandte sich um und ging auf die große Flügeltür zu. Sie zog an dem altmodisch wirkenden Klingelzug und nur Sekunden später öffnete sich die Tür. Ein ziemlich pummeliger, rothaariger Mann in weißem Leinenanzug, komplett mit Weste und Sakko stand freudestrahlend vor ihnen.

„Willkommen auf Gracewood Hall!", verkündete Nigel enthusiastisch. Er hatte einen romantischen Abend mit Arthur an ihrem eigenen Badeteich verbracht, der tatsächlich Wunder gewirkt hatte. Heute früh war er deutlich fitter als die letzten Tage. Er breitete die Arme aus und hauchte Melinda zwei Luftküsschen auf die Wangen.

„Hallo Mr. Bedford", antwortete sie.

„Und Sie müssen Andrew sein, der Bräutigam!"

„Mr. Bedford!" Andrew streckte ihm die Hand entgegen.

Nigel ergriff sie mit seinen beiden Händen und musterte ihn ungeniert von oben bis unten. Es war deutlich, dass ihm gefiel, was er sah. „Es freut mich sehr!", fügte er lächelnd hinzu. „Kommen Sie doch bitte herein." Zügig ging er durch das Vestibül und die große Halle mit der imposanten Treppe und der Glaskuppel in der Decke. „Ich führe Sie nach unserer Besprechung gern noch etwas herum, wenn Sie möchten."

„Das wäre nett!", antwortete Andrew, der sich bewundernd umgesehen hatte und sich nun Melinda zuwandte, die glücklich neben ihm stehengeblieben war. Er bot ihr seinen Arm und sie hakte sich bei ihm ein. Gemeinsam gingen sie Nigel hinterher.

„Dich hier zu sehen, macht alles viel realer! Ich kann es gar nicht fassen", flüsterte sie ihm zu, als Nigel sich umgedreht hatte.

„Ich freue mich auch!" Andrew drückte ihre Hand. Dann traten sie in den Salon.

„Ich dachte, wir setzen uns hierher", erklärte Nigel und wies auf die kleine Sofasitzgruppe am Kamin, in dem heute natürlich kein Feuer brannte. „Hier sind wir ungestört."

Der große Raum war ganz in Pastelltönen gehalten, überall standen verschiedene Sitzmöglichkeiten und am hinteren Ende, neben wunderschönen, raumhohen Schiebetüren, stand ein Flügel und glänzte im Sonnenlicht.

Auf dem Tischchen standen eine große Karaffe mit Eistee, sowie lauter kleine Köstlichkeiten. „Möchten Sie einen Schluck Eistee? Oder lieber einen Espresso oder Cappucino?"

„Eistee klingt perfekt!", antwortete Andrew und auch Melinda nickte.

„Mrs. Cuthbert hat wieder einmal gezaubert. Bitte bedienen Sie sich!" Nigel wies auf die Scones, Tartes und Obstteller.

„Haben Sie den neuen Sitzplan bekommen und unsere Buffetvorschläge?", stieg Melinda augenblicklich ins Thema ein und Nigel griff nickend nach seinem Ordner. Andrew dagegen widmete sich augenblicklich den Scones.

„Ja, ich habe alles vorbereitet. Mrs. Davis hat mir auch Ihre Entwürfe für die Blumendekoration gesandt. Ich weiß, sie wollten nun eher in Richtung Landhochzeit und das können wir auch gern so machen. Allerdings möchte ich Ihnen sehr gern etwas zeigen...", begann er und breitete verschiedene Bilder vor ihnen aus.


„Gut! Dann haben wir jetzt alles!", fasste Andrew zwei Stunden später erleichtert zusammen und stand auf. Er hatte nicht gewusst, wie detailreich so eine Partyplanung sein konnte und außerdem konnte er mittlerweile auf diesen antiken Möbeln nicht mehr sitzen. Sie waren einfach nicht für seine Körpergröße gemacht.

Melinda musste sich ein Grinsen verkneifen. Sie hatte bemerkt, dass ihr Verlobter immer unruhiger wurde, obwohl er sich nichts hatte anmerken lassen.

„Vielen Dank, Mr. Bedford für Ihre Mühe! Sie glauben nicht, wie froh ich bin, Sie an meiner Seite zu haben!" Melinda reichte Nigel die Hand und lächelte aufrichtig. Sie hatte sich zwar schon am Telefon für ihr Verhalten in der Vergangenheit entschuldigt, aber sie wollte es jetzt auch noch einmal von Angesicht zu Angesicht tun. Um auch diesen Part loslassen zu können und Platz für die Vorfreude zu schaffen.

„Sehr gern! Es ist alles gut, Miss Miller. Es wird eine wundervolle Hochzeitsfeier werden!", antwortete Nigel aufrichtig und ergriff ihre Hand. Ja, es war wirklich schrecklich gewesen, aber Nigel hatte ein butterweiches Herz. Er konnte nie lange auf jemanden böse sein.

„Möchten Sie, dass ich sie noch ein wenig herumführe?", bot er nun noch einmal an und stand ebenfalls auf. Die unzähligen Papiere ließ er liegen. Er würde sie später holen.

„Ja, bitte!" Andrew nickte. So sehr er all die Monate darauf vertraut hatte, dass seine Verlobte und seine zukünftige Schwiegermutter den richtigen Veranstaltungsort ausgesucht hatten, so neugierig war er jetzt.

„Dann fangen wir am besten oben an. Ich kann Ihnen die Zimmer, die Ihnen am nächsten Wochenende zur Verfügung stehen, zeigen." Nigel lief voran in die Halle und die Treppe hoch.

„Sie haben eine sehr ungewöhnliche Ahnengalerie, Mr. Bedford", bemerkte Andrew, während er die Bilder an den Wänden betrachtete.

„Da haben Sie Recht. Die meisten Bilder, die sie hier sehen sind von meiner Mutter Vivien Bell und sie ist auch diejenige, die dafür verantwortlich ist, dass einige alte Familienporträts nun auf dem Dachboden ihr Dasein

185

fristen." Nigel grinste. „Allerdings ist Gracewood Hall noch recht neu, es wurde erst im 18. Jahrhundert errichtet. Das alte Gemäuer fiel einem Brand zum Opfer und zeitgleich hatte mein Vorfahr viel Glück am Spieltisch, also hat er sich kurzerhand ein neues Zuhause bauen lassen."

„Wie praktisch!", gab Andrew mit einem Augenzwinkern zurück.

„Ja nicht wahr?", antwortete Nigel gut gelaunt. „Zwar fehlen dadurch sämtliche mittelalterlichen Zeugnisse unserer ehrwürdigen Familie, aber ehrlicherweise vermisst sie auch niemand."

„Das kann ich gut verstehen", verkündete Melinda. „Die Bilder ihrer Mutter sind deutlich ansprechender als diese alten Schinken!"

„Vielen Dank!", freute sich Nigel und wunderte sich einmal mehr über die Wandlung, die Mindy Miller vollzogen hat. Im Frühjahr hatte sie noch den Eindruck erweckt, dass sie alles furchtbar fand. Erst jetzt konnte er verstehen, warum ihre Mutter so ruhig und verständnisvoll geblieben war. Anscheinend waren es wirklich der Stress und irgendwelche zu hohen Erwartungen gewesen, die die schlimmste Seite in ihr zum Vorschein gebracht hatten.

„Da wären wir", verkündete er und öffnete eine Tür, ganz in der Nähe der Treppe. „Dieses Schlafzimmer verfügt über einen Zugang zum Balkon. Dadurch haben Sie einen fantastischen Blick auf den Park. Heute ist es natürlich nicht so ruhig, wegen unseres traditionellen Sommerfestes. Aber nächstes Wochenende werden Sie und ihre Gäste den Rasen ganz für sich haben."

Andrew ging an dem antiken Himmelbett vorbei und sah aus den Sprossenfenstern. Draußen waren unzählige Stände und Buden aufgebaut. Am Ende der großen Rasenfläche befand sich ein Bühne auf der eine Liveband für Stimmung sorgte. Melinda kannte das Zimmer bereits von ihrem ersten Besuch, aber jetzt nahm sie sich die Zeit alles genauer anzusehen. Im Frühjahr hatte sie so unter Druck gestanden, dass sie die liebevollen Details in der Einrichtung gar nicht wahrnehmen konnte. Jetzt erkannte sie, dass die nicht nur die zarten Pastelltöne der Tapete dem schweren Bett die Strenge nahmen, sondern auch die gekonnt eingesetzten modernen Akzente der Lampen und Textilien dies unterstützen.

„Sehr schön!" Andrew drehte sich zu Nigel um.

„Unsere Schlafzimmer sind jeweils durch ein Bad miteinander verbunden", fuhr Nigel fort und öffnete eine Tür. „Da Gracewood Hall kein Hotel ist, sind Sie am nächsten Wochenende ganz unter sich."

„Also keine Überraschungsgäste in der Badewanne?", scherzte Andrew und lief durch das stilvolle Bad in das nächste Zimmer.

„Nicht, wenn es nach mir geht!", antwortete Nigel und schenkte ihm ein strahlendes Lächeln.

Melinda musste sich ein Schmunzeln verkneifen. Nigel hatte schon die ganze Zeit immer wieder zu ihrem Verlobten geschielt. Offenbar hatte er eine Schwäche für große, sportliche Männer.

„Ich muss sagen, Mr. Bedford, Sie haben wirklich ein besonderes Haus", bemerkte Andrew, nachdem er sich auch in dem zweiten Schlafzimmer umgesehen hatte.

„Vielen Dank! Ich freue mich, dass Sie sich bei uns wohlfühlen!" Es war nicht zu übersehen, dass Nigel sich über das Kompliment freute. Er wirkte, als würde er gleich beginnen zu schweben.

„Können wir noch einmal den großen Saal sehen?", fragte Melinda und lenkte damit die Aufmerksamkeit auf sich.

„Sehr gern!", antwortete Nigel und wandte sich zur Zimmertür.

Auf dem Flur kam ihnen Liz entgegen.

„Hier bist du!", rief sie aus und stoppte dann, als sie sah, dass Nigel in Begleitung war. „Oh, du bist noch beschäftigt."

„Liz, darf ich dir Melinda Miller und ihren Verlobten Andrew Crawfield vorstellen? Sie werden nächstes Wochenende hier ihre Hochzeit feiern. Wir haben heute die letzten offenen Fragen geklärt."

Liz lächelte und ihre blauen Augen blitzten auf. „Freut mich sehr! Ich bin Liz Sommer, eine Freundin des Hauses." Sie reichte ihnen die Hand.

„Und außerdem die offizielle Fotografin von Gracewood Hall und eine begnadete Bloggerin", ergänzte Nigel stolz.

„Hallo, schön dich... Moment, ich... Bist du Liz von Liz' Journey?!", fragte Melinda begeistert.

„Ja, bin ich!" Liz verbeugte sich lachend.

„*Awesome*! Ich bin letztens zufällig über dein Instagram Profil gestolpert. Ich liebe deine Fotos!"

Liz strahlte. „Was für ein schönes Kompliment! Vielen Dank!"

„Und du arbeitest auch als Fotografin? Kann man dich buchen?", fragte Melinda schnell, nach einem begeisterten Blick zu Andrew.

„Ihr heiratet nächste Woche und habt noch keinen Fotografen?", fragte Liz zurück und Melinda biss sich verlegen auf die Unterlippe.

„Sie haben kurzfristig das Konzept geändert", beeilte sich Nigel zu erklären.

„Es ist eine lange Geschichte", fügte Andrew schnell hinzu.

Melinda warf beiden einen Blick zu, straffte die Schultern und wandte sich an Liz. „Eigentlich ist sie schnell erzählt. Ich habe gemerkt, dass ich in den letzten Monaten eine Hochzeit geplant habe, die überhaupt nicht unseren Vorstellungen entspricht. Und nun ist uns klargeworden, dass wir einen neuen Lebensabschnitt beginnen und diesen nicht nach den Werten anderer gestalten wollen."

„Das finde ich unglaublich inspirierend und mutig!", erklärte Liz anerkennend.

„Danke!" Melinda lächelte erfreut. „Also hast du nächstes Wochenende Zeit?"

Liz musste lachen. Melinda erinnerte sie ein wenig an ihre Stieftochter Lilly. Auch sie hatte diese zielstrebige Art. „Ja, ich habe Zeit", antwortete sie. „Was habt ihr euch vorgestellt?"

„*Great!*" Wieder sah Melinda Andrew begeistert an und er nickte.

„Na, das ganze Programm. Porträtfotos, Stimmungsbilder, Details...", zählte Melinda auf.

„Das ganze Programm?", hakte Liz überrascht nach.

„Ja, wenn du es einrichten kannst, buchen wir dich den ganzen Tag. Natürlich bezahlen wir auch für die Bildbearbeitung und Anfahrt." Andrew zog sein Smartphone aus der Tasche. „Gib mir deine Bankdaten, dann überweise ich dir die Hälfte sofort als Anzahlung."

Liz warf Nigel einen kurzen Blick zu. Der hatte die Augen erschrocken aufgerissen und sie musste lachen. „Okay, wow! Und ich dachte immer, ich bin schnell!" Sie griff nach ihrem Smartphone, das in ihrer hinteren Hosentasche steckte. „Ich habe eigentlich immer..." Sie klickte die Hülle ab, holte eine Visitenkarte heraus und reichte sie Melinda. „Hier ist meine Emailadresse und meine Handynummer drauf. Dann kannst du mir nochmal schreiben, was deine Vorstellungen sind."

Nigel erbleichte. War Liz von allen guten Geistern verlassen? Hatte sie denn nichts aus seiner Qual der letzten Monate gelernt?! Er räusperte sich diskret, aber Liz verkündetet stattdessen: „Das wird so toll! Ich freu mich darauf!" Sie sah Nigel an und grinste. „Gibst du mir dann noch eine Kopie vom Ablaufplan?"

„Sicher", erwiderte er mit einem leichten Quieken in der Stimme.

Liz zwinkerte ihm zu und wandte sich dann an Andrew, um ihm ihre Zahlen zu nennen.

Nachdem Andrew alles in die Memoapp seines Handys getippt hatte, legte er seinen Arm um Melindas Schultern, die freudestrahlend neben ihm stand. „Wollten wir uns nicht noch den Saal ansehen?", fragte er und in Nigel kam Leben.

„Jaja, der Saal. Der ist unten. Ähm. Gehen wir!", verkündete er und ließ dem zukünftigen Brautpaar den Vortritt. Als Liz neben ihm trat, wisperte er: „Bist du verrückt?"

Aber Liz drückte ihm nur einen Kuss auf die Wange. „Vielleicht", gab sie gut gelaunt zurück und lief hinter Melinda und Andrew her. „Ich zeige euch den Weg, ich muss auch dort lang."

Als sie am Fuß der Treppe anlangten, kam ihnen Arthur entgegen. Unterm Arm hatte er mehrere Blätter Papier. „Guten Tag, Sie müssen die Crawfields sein. Ich bin Arthur Hayes, ich bin für die Leitung des Gutes zuständig."

„Guten Tag, Mr. Hayes. Es freut uns sehr", antwortete Andrew und Melinda konnte ihm ansehen, dass er gern mehr über das Gut erfahren hätte.

„Und ab und zu helfe ich meinem Lebensgefährten auch bei der Planung der Veranstaltungen", fuhr Arthur fort und klopfte lächelnd auf die Zettel.

„Jeder kreative Kopf braucht eben jemanden mit Struktur an seiner Seite", antwortete Nigel gut gelaunt.

„Sie haben wirklich ein wunderschönes Zuhause", bemerkte Melinda und lächelte. Sie hoffte, dass man ihr die Überraschung nicht ansah. Sie hatte Nigel mit seinen roten Haaren und dem merkwürdigen Modegeschmack schon sehr englisch gefunden. Ihn jetzt so selbstverständlich neben seinem großgewachsenen Freund zu sehen, der eindeutig multikulturelle Wurzeln hatte, und wie es schien, auch noch der Geschäftsführer des Hauses war, ließ sie innerlich schmunzeln. Die beiden waren wirklich grundverschieden! *Wo die Liebe eben hinfiel.*

„Vielen Dank, wir lieben es auch sehr!", antwortete Arthur mit einem Lächeln. „Und wir freuen uns, es an Ihrem großen Tag mit Ihnen zu teilen."

Melinda strahlte, aber es war Andrew, der antwortete. „Ich bin mir sicher, dass Sie ihn unvergesslich machen."

„Dafür sind wir da!", gab Arthur zurück und lächelte wieder. „Sehen Sie sich noch unser Sommerfest an?"

„Das hatten wir vor." Andrew legte Melinda den Arm um.

„Wir sind schon sehr neugierig", fügte sie hinzu.

„Dann viel Spaß dabei! Wir sehen uns nächstes Wochenende!", verabschiedete sich Arthur. Dann sah er Nigel an. „Soll ich dir die Unterlagen in dein Arbeitszimmer bringen?"

„Ja, bitte. Wir sind auch fast fertig."

„Wir wollten gerade in den großen Saal gehen", bemerkte Liz und wandte sich dann Melinda und Andrew zu. „Es geht hier entlang." Sie drehte sich um und lief voraus auf die große Flügeltür unter der Treppe zu.

Der große Saal nahm fast die gesamte Breite des Hauses ein. Mit seiner zartgrünen Seidentapete und der großen Fensterfront wirkte er wie ein lichter Frühlingsmorgen. In seiner Mitte stand der längste Tisch, den Andrew je gesehen hatte. Drumherum waren unzählige Stühle platziert. Wenn Andrew sich je eine Schlosstafel vorgestellt hatte, so hatte sie ausgesehen wie diese hier.

„Wir hatten ja besprochen, dass wir am Samstag keine lange Tafel ziehen, sondern ein Buffet aufbauen und die Gäste jeweils zu acht an einen Tisch setzen", sagte Nigel.

„Und was passiert mit diesem Tisch?", fragte Andrew, auch auf die Gefahr hin, wie jemand da zu stehen, der vorhin nicht richtig zugehört hatte.

„Oh, dieser Tisch lässt sich in mehrere kleine Tische unterteilen."

„Tatsächlich? Er sieht so antik aus!", wunderte sich Andrew und ging prompt in die Knie, um unter die Tischplatte zu sehen.

„Das war Absicht." Nigel grinste. „Er ist eine moderne Maßanfertigung."

Melinda verdrehte liebevoll die Augen, der Wissensdrang ihres Verlobten kannte einfach keine Grenzen.

Liz schmunzelte und raunte ihr zu: „Ich konnte es damals auch kaum glauben."

„Ich auch nicht, aber deswegen rutsche ich nicht gleich auf dem Fußboden herum", gab Melinda zu und beide lächelten sich verschwörerisch an.

„Ich muss leider wieder weiter machen." Liz hob ihre Kamera hoch. „Wir sprechen uns aber vor Samstag noch einmal."

„Ja, das tun wir!" Melinda strahlte sie an. „Ich freue mich sehr, dass es klappt!"

„Ich mich auch!" Liz trat einen Schritt auf sie zu und umarmte sie. „Bis dann!"

Melinda erstarrte einen Moment. „Bye", murmelte sie verwirrt. Körperkontakt zu Fremden war sie einfach nicht gewohnt.

Liz ließ sich nichts anmerken. Sie hatte sie bewusst umarmt. Nigel hatte ihr in den letzten Monaten immer wieder von der schrecklichen Mindy Miller berichtet und als sie sie heute kennengelernt hatte, hatte sie ihre Annahme bestätigt gesehen, dass Melinda Miller ganz dringend eine dicke Umarmung brauchte. Auch wenn sie eine hundertachtziggrad Drehung vollzogen hatte, war

Melinda einfach eine junge und manchmal unsichere Frau, wie so viele andere auch. Und Liz war der Meinung, dass eine Umarmung nie schadete. „Bye Andrew! Bis spätestens Samstag!", rief sie ihm zu und verschwand dann durch die offenen Terrassentüren nach draußen.

„Auf Wiedersehen!", rief er ihr nach und stand auf. „Vielen Dank, Mr. Bedford. Ich habe einen guten Eindruck bekommen." Auf einmal wurde ihm bewusst, dass der Tag schon vorangeschritten war und er wollte unbedingt noch Zeit mit Mel verbringen.

Nigel grinste. Andrews Formulierung wirkte wie das Ende eines Bewerbungsgesprächs. „Sehr schön! Wir sind ja auch fertig. Haben Sie alles oder liegt noch etwas im Salon?"

Melinda schüttelte lächelnd den Kopf. „Nein, wir haben alles. Danke. Bis Samstag, Mr. Bedford."

„Bis dann und gehen Sie gern über die Terrasse hinaus, dann stehen Sie direkt mitten im Geschehen." Nigel wies mit einer einladenden Geste auf die offenen Türen.

„Auf Wiedersehen!", sagte Andrew wieder und ließ Melinda wie immer den Vortritt.

\*\*\*

„Und, wie gefällt es dir?", fragte Melinda nachdem sie sich von Nigel und Liz verabschiedet hatten. Sie standen auf der Terrasse von Gracewood Hall und sahen auf die verschiedenen Buden hinab, die vor ihnen die Rasenfläche bedeckten. „Kannst du dir vorstellen, hier zu heiraten?"

Andrew ging eine Stufe der Treppe hinunter und stellte sich vor sie. Nun waren beide in etwa gleich groß. „Es ist toll hier!" Er grinste. „Außerdem befürchte ich, dass der arme Mr. Bedford einen Herzinfarkt bekäme, wenn wir ihm jetzt absagen würden. Vermutlich würde er nie wieder irgendeine Hochzeit ausrichten und dann würde

Gracewood Hall zugrunde gehen und nichts wäre mehr wie es war."

„Haha", gab Melinda trocken zurück und verschränkte die Arme vor sich. „Sehr witzig."

„Ach Babe." Er zog sie in seine Arme. „Ich würde dich überall heiraten, aber Gracewood Hall ist perfekt!"

Melinda atmete erleichtert aus. „Sehr gut, ich glaube nämlich auch nicht, dass ich eine zweite Hochzeitsplanung durchstehen würde." Sie grinste schief.

Er gab ihr einen Kuss. „Bestimmt lachen wir irgendwann wirklich über diese Zeit."

„Glaubst du?", fragte sie mit gerunzelter Stirn und hoffnungsvollem Blick.

Andrew zögerte kurz. „Keine Ahnung!", gab er zu und sie lachten.

„Ich liebe dich, weißt du das?", sagte Melinda.

„Ich bin immer an deiner Seite", gab er zur Antwort und küsste sie. Diesmal richtig. Er war erleichtert, dass es ihm hier auf Gracewood Hall wirklich gefiel. Nach dem ganzen Drama hätte er sie überall geheiratet, aber nun wurde ihm klar, dass er sich auf den Tag und die Feier freute. Er freute sich auf ihre beiden Familien und ihre wahren Freunde. Darauf, hier an diesem besonderen Ort, wo die Liebe überall zu spüren war, ihre eigene Liebe zu feiern und mit ihr einen neuen Lebensabschnitt zu beginnen.

Ein lautes Magenknurren störte seine romantischen Gedanken und er hielt mitten im Kuss inne.

„Ich habe Hunger", bekannte Melinda und rückte ein wenig von ihm ab.

„Ja, ich könnte auch etwas vertragen."

„Du? Haben dir die ganzen Scones nicht gereicht?", wunderte sie sich. Aber Andrew zuckte nur mit den Achseln. „Das ist doch schon Stunden her!"

Melinda lachte. „Dann lass uns etwas Essbares suchen!" Sie griff seine Hand und stellte sich neben ihn.

„Worauf hast du denn Appetit?", wollte er wissen, aber Melinda zuckte nur mit den Achseln. „Ich weiß es nicht. Ich möchte mir erst alles ansehen."

„Das trifft sich sehr gut! Ich hatte genau das Gleiche vor!" Andrew grinste sie an und stürzte sich mit ihr ins Getümmel.

***

„Da bist du ja!", rief Arthur aus, als Nigel in sein Arbeitszimmer trat. Er hatte die Unterlagen für die Hochzeit der Crawfields nicht nur hochgebracht, sondern sich auch gleich alles angesehen. „Viele Änderungen gab es jetzt ja nicht mehr."

„Nein." Nigel ließ sich auf sein kleines weiß-goldenes Sofa plumpsen. „Gott sei Dank!"

„Ich hatte den Eindruck, dass ihr euch ganz gut verstanden habt." Arthur blieb am Schreibtisch sitzen und blätterte weiter in den Papieren.

Nigel schnaubte. „So ganz traue ich ihr aber noch nicht. Auch wenn sie sich entschuldigt hat."

„Das hat sie getan?" Arthur traute seinen Ohren nicht. „Du weißt schon, dass sie das nicht hätte tun müssen."

„Jaja, ich weiß." Nigel winkte genervt ab. „Ich habe ihr ja auch verziehen. Sie war heute den ganzen Tag reizend. Wirklich! Aber hätte sie nicht die ganze Zeit so sein können? Dann würde ich jetzt nicht diese Wampe vor mir hertragen!", jammerte er und kniff sich in seinen Bauch.

„Gestern Abend am Teich hat dich dein Bauch nicht gestört...", bemerkte Arthur scheinbar gleichmütig. „Oder lag das daran, dass nur ich es war, mit dem du den Abend verbracht hast und nicht so ein sexy Hüne wie Andrew Crawfield?"

„Bist du etwa eifersüchtig?" Nigel richtete sich auf und sah Arthur entgeistert an.

„Bist du scharf auf Abwechslung?", fragte Arthur augenblicklich zurück.

„Nein!", antwortete Nigel bestimmt. „Aber ich werde mir ja einen schönen Mann ansehen dürfen, wenn er vor mir steht."

„Nicht wenn er dein Kunde ist!", entgegnete Arthur.

„Wie bitte?" Nigel stemmte entrüstet die Arme in die Seiten.

„Du machst dich lächerlich!", fügte Arthur hinzu.

„Ich habe gar nichts getan!"

„Ich habe doch gesehen, wie du ihn angeschmachtet hast!"

Nigel klappte den Mund auf und zu. Was war nur mit Arthur los. „Streiten wir gerade?", fragte er verwundert.

„Sieht ganz so aus!", pampte Arthur.

Nigel stand auf und ging zu ihm hinüber. „Du bist ja doch eifersüchtig", sagte er leise und strich ihm liebevoll über die Wange.

„Ach was." Unwirsch schüttelte Arthur den Kopf.

„Du musst nicht eifersüchtig sein. Habe ich dir nicht gestern Abend gezeigt, wie sehr ich dich begehre?"

„Mmh", grummelte Arthur. Er mochte es selbst nicht, aber ja, er war eifersüchtig. Immerhin war er ein paar Jahre älter als Nigel und ganz gewiss nicht mehr so jung wie Andrew Crawfield.

„Und zeige ich dir nicht jeden Tag, wie sehr ich dich liebe und wie dankbar ich für unser gemeinsames Leben bin?", hakte Nigel nach.

„Naja, erst ab zehn Uhr morgens", gab Arthur zurück und spielte damit auf Nigels Morgenmuffeligkeit an.

Nigel grinste. „Siehst du! Niemand kennt mich so wie du." Er nahm Arthurs Gesicht in seine Hände. „Ich liebe dich. Ohne dich an meiner Seite bin ich total aufgeschmissen. Du sorgst ja nicht nur für Struktur in meinem Leben und hilfst mir, wenn die Bräute auf einmal vollkommen durchdrehen. Du stehst plötzlich mit einem Picknickkorb und romantischen Ideen vor mir, schenkst mir einen Welpen, weil du weißt wie sehr ich Abby vermisst habe. Du liebst meine Familie wie deine Eigene und du siehst immer das Gute in den Anderen." Nigel holte tief Luft. „Du holst das Beste aus mir heraus! Ohne dich, bin ich nichts und dagegen kommt kein Sixpack der Welt an. Ich liebe dich und nur dich."

„Entschuldige, das war blöd von mir", antwortete Arthur leise. „Ich liebe dich auch."

„Alles gut!" Nigel beugte sich hinunter und küsste ihn.

Arthur zog Nigel auf seinen Schoß. „Wenn alles gut ist, können wir ja da weitermachen, wo wir gestern aufgehört haben...", murmelte er an seinen Lippen.

„Oh, welch ein verlockendes Angebot", antwortete Nigel grinsend.

\*\*\*

„Babe, ich unterbreche deine Shoppingtour ja nur ungern, aber eigentlich wollten wir etwas essen", merkte Andrew an, als Melinda zielstrebig auf den nächsten Stand zuging.

„Aber diese Übertöpfe sind wirklich hübsch! Die Küchenkräuter sehen darin bestimmt großartig aus!", hielt sie dagegen.

„Welche Küchenkräuter?", fragte Andrew verwirrt nach. Das Meditationskissen, das unter seinem Arm klemmte begann zu rutschen und forderte einen Großteil seiner Aufmerksamkeit, da er außerdem bereits zwei große Beutel mit einer Yogamatte und anderen esoterischem Zubehör trug.

„Die, die ich in unsere Küche stellen werde." Melinda schenkte der Standbesitzerin ein Lächeln und sah sich aufmerksam um.

„Du kochst doch nie!", wandte Andrew ein.

„Ich werde es lernen und Mabel freut sich bestimmt." Melinda hatte drei Töpfe gefunden, die perfekt auf ihre Arbeitsplatte passten und zückte ihren Geldbeutel.

„Mabel?" Andrew konnte es nicht fassen. Er schüttelte den Kopf und atmete tief durch. Er war selbst schuld. „Sommerfest" hatte so einladend geklungen. Dabei war es nichts anderes als ein Einkaufsparadies unter freiem Himmel. Gott, er hatte wirklich Hunger, wenn er nicht bald etwas Richtiges zu essen bekam, würde seine Laune unterirdisch werden.

„Mel, können wir bitte jetzt etwas essen?"

Melinda, den nächsten Beutel in der Hand, sah zu ihm auf. Und fing tatsächlich an zu lachen.

„Ich habe keine Ahnung, was daran witzig ist", knurrte er.

„Entschuldige bitte, Schatz!" Melinda stellte sich auf die Zehenspitzen und gab ihm einen Kuss. „Wir werden jetzt essen." Sie hatte sichtlich Mühe ernst zu bleiben. „Soll ich dir was abnehmen?"

„Nein." Er stand kerzengerade und mit zusammengebissenen Zähnen da, das pinkfarbene Meditationskissen, das in keine Tüte gepasst hatte, im Arm.

Es sah so lustig aus! Melinda biss sich auf die Unterlippe, um nicht wieder zu lachen. „Gehen wir! Ich habe vorhin einen Grillstand gesehen, an dem es auch Ofenkartoffeln und Salat gab."

\*\*\*

„Annie, das ist köstlich!" Obwohl Rebecca Hunter am allerliebsten vor ihrem Ex Matt und seiner neuen Freundin davongelaufen wäre, hatte sie nicht unhöflich wirken wollen. Also hatte sie sich den Stand von Annie Taylor genauer angesehen und von den Dips, die sie anbot, probiert. Abgesehen davon stand immer noch der gutaussehende Edward neben ihr, der augenscheinlich der Exfreund von Annie und auch noch der Vater von dem süßen Mädchen auf Matts Arm war. Wo war sie da nur hineingeraten fragte sie sich, während sie den Humus kostete. Diese Konstellation lief anscheinend unter der Kategorie, warum einfach, wenn es auch kompliziert ging.

„Dankeschön!" Annie freute sich sichtlich. „Magst du von den Muffins probieren? Sie sind ebenfalls vegan."

„Das muss ich nicht. Ich glaube dir. Ich nehme zwei Muffins und..." Becks griff nach verschiedenen Dips, dem Humus und zwei von Annies eingeweckten Suppen. „Diese hier."

Sie kramte in ihrer Tasche nach ihrem Portemonnaie und seufzte innerlich. Das Essen war unglaublich lecker, die Situation bizarr und dieser Edward genau ihr Typ. Wie merkwürdig konnte dieser Tag noch werden.

„Rebecca, was machst du denn hier?", rief in diesem Moment eine wohlbekannte Stimme hinter ihr.

Langsam drehte sie sich zu ihrem Chef um. „Andrew, hallo! Was für eine Überraschung! Und Sie sind bestimmt Melinda, hallo. Endlich lernen wir uns persönlich kennen!" Rebecca streckte Melinda die Hand hin.

„Hallo!", antwortete Melinda und sah Andrew fragend an. Der hatte mittlerweile gegessen und zu seiner guten Laune zurückgefunden.

„Mel, darf ich vorstellen? Rebecca Hunter, unsere neue Pressesprecherin."

„Das sind Sie. Vielleicht sollte man einführen, Fotos in die Emailsignaturen einzubinden." Melinda lächelte. „Schön, Sie kennenzulernen."

„Ich... äh, decke mich gerade mit Köstlichkeiten für die nächste Arbeitswoche ein", antwortete Becks auf Andrews Frage.

„Was gibt es denn Leckeres?", Interessiert trat Andrew näher und stellte Mels Shoppingbeute zu seinen Füßen ins Gras. Das recht schwere Meditationskissen legte er vorsichtig auf die Beutel. Becks trat einen Schritt beiseite, damit er besser sehen konnte und stand auf einmal näher an Edward, als gut für ihre flatternden Nerven war.

„Suppen, Chutneys, Dips, Humus", zählte Annie auf. „Und Muffins!"

„Alles bio, frisch und ohne Zusätze zubereitet", ergänzte Matt stolz, der mit Poppy auf dem Arm neben ihr stand.

„Sie können gern probieren!", bot Annie an. Sie strahlte, das Sommerfest hatte ihr wirklich gute Umsätze und auch einige Komplimente beschert.

Andrew ließ den Blick schweifen. „Und was kannst du empfehlen?", fragte er Rebecca und sah sie an, dabei bemerkte er Edward und lächelte. Er streckte ihm die Hand hin. „Wir kennen uns noch nicht. Ich bin Andrew Crawfield."

„Edward Dunbar, es freut mich sehr, Mr. Crawfield!" Edward nahm seine Hand und schüttelte sie. „Allerdings...", begann er, aber Becks war schneller.

„Wir sind nicht zusammen!", rief sie aus und hörte selbst den leicht panischen Unterton in ihrer Stimme. Wie peinlich! Zu allem Überfluss wurde sie nun auch noch rot. Am liebsten wäre sie im Boden versunken. Die Situation war schon merkwürdig genug, da musste sie sich nicht auch noch wie ein Teenager verhalten. Vor ihrem Ex, ihrem Chef und den anderen.

Annie hingegen war entzückt zu sehen, dass die so perfekt wirkende Becks scheinbar genauso unsicher war, wie sie selbst. Noch vor wenigen Augenblicken, hätte sie sich am liebsten in einem Erdloch verkrochen, als Matt ihr eröffnete, dass das seine Ex Freundin war. Und nun sah sie erleichtert, dass die unglaublich mondäne Rebecca Hunter auch nur ein Mensch war.

„Wir haben uns eben erst kennengelernt", ergriff Edward das Wort und lächelte Becks an. Bis eben hatte er sie nur unglaublich scharf gefunden, aber als sie errötend neben ihm stand, rührte ihr Anblick völlig unerwartet sein Herz.

Andrew sah von einem zum anderen. „Entschuldigung, ich wollte nicht..." Er wusste nicht, was er sagen sollte. Glücklicherweise rettete Melinda ihn aus dieser unangenehmen Situation.

„Es ist aber auch wundervoll hier!" Sie machte eine ausladende Geste. „Ich bin so froh, dass wir nächste Woche hier heiraten!"

Den Moment der allgemeinen Verblüffung nutzte Edward aus. „Und ich bin froh, dich kennengelernt zu haben", flüsterte er Becks zu und ein Lächeln erschien auf ihrem Gesicht.

„Sie sind die Br... Mindy Miller!", entfuhr es Annie unwillkürlich. Erschrocken riss sie die Augen auf, aber Melinda lachte nur. Jetzt, wo endlich alles geklärt war, war sie viel lockerer. Außerdem hatte auch sie die Unsicherheit von Andrews Pressesprecherin wahrgenommen und das auch andere nicht perfekt waren, entspannte sie ungemein.

„Schuldig!", bekannte sie daher gut gelaunt.

„Ich bin Annie Taylor, ich arbeite auf Gracewood Hall und helfe in der Küche aus", stellte Annie sich vor.

„Aber eigentlich ist sie dabei ihr eigenes Deli zu eröffnen", erklärte Matt stolz und stellte sich ebenfalls vor. „Hi, ich bin Matthew Gardner, ich arbeite auch hier."

„Ein eigenes Deli, das klingt großartig!", antwortete Melinda und sah von einem zum anderen. „Und das ist eure süße Tochter?"

„Ja!", antworteten drei Stimmen auf einmal. Melinda und Andrew sahen verwirrt von einem zum anderen.

„Steht schon fest, wo genau das Deli sein wird?", schaltete sich Rebecca ein, um die peinliche Pause zu füllen.

„Nein, noch nicht. Aber du kannst meine Produkte im Bioladen hier in Beddingsham kaufen", antwortete Annie und lächelte Becks dankbar an.

„Gut, dann komme ich da sicher einmal vorbei", versprach Rebecca. „Was bin ich dir schuldig?", fragte sie und hielt ihren Geldbeutel in die Höhe.

„Wolltest du jetzt noch etwas probieren, Schatz?", wandte Melinda sich an Andrew, während Rebecca zahlte und Matt die Sachen in einen hübschen Stoffbeutel packte. Er hatte Poppy abgesetzt, die sich, von ihren Eltern unbemerkt, an einem Muffin gütlich tat.

„Auf jeden Fall!" Andrew sah sie fragend an. „Du nicht?"

„Doch klar!" Sie warf ihm einen bedeutungsvollen Blick zu und grinste. „Es sieht nämlich wirklich köstlich aus."

Andrew betrachtete, wie die Kleine genüsslich einen Happen nach dem anderen nahm und dabei überall Krümel verteilte. Sie war wirklich süß!

„Annie, vielen Dank, du hast meine Ernährung für eine ganze Woche gerettet!", verabschiedete sich Rebecca mit einem Lächeln.

„Ich danke dir!", antwortete Annie und strahlte. Sie mochte Rebecca tatsächlich.

„Bye Becks!", sagte Matt mit einem leisen Lächeln, dass ihre Knie, wider besseren Wissens, weich werden ließ und Edward zum Stirnrunzeln brachte. Hatte er was verpasst? Doch dann bemerkte er, wie Poppys Hand nach einem weiteren Muffin angeln wollte.

„Pops!", rief er aus und es kam Bewegung in die Gruppe hinter Annies Tisch.

Schnell wandte Rebecca sich zu Andrew und Mel um. „Melinda, es hat mich sehr gefreut. Andrew, wir sehen uns Montag! Bye!" Und mit eiligen Schritten lief sie davon.

„Haben Sie sich entschieden, was sie probieren möchten?", fragte Annie, nachdem sie fix Poppys Krümel vom Tisch gefegt hatte. Matt schnappte sich Poppy und lief mit ihr auf dem Arm zu den Waschräumen.

„Am liebsten von allem!", entschied Andrew und Melinda nickte. Es sah alles köstlich aus.

„Na dann!" Annie lachte und bestrich zwei Cracker mit dem ersten Dip.

„Annie, ich mache mich auf den Weg! Wir telefonieren, ja?!" Edward hob die Hand zum Gruß und wandte sich an Andrew und Melinda. „Es hat mich gefreut Sie kennenzulernen. Alle Gute für nächstes Wochenende!"

„Vielen Dank!", antwortete Melinda lächelnd. Mittlerweile konnte sie es kaum noch erwarten, im Brautkleid hier auf Gracewood Hall mit Andrew zu tanzen.

„Auf Wiedersehen!" Andrew gab Edward die Hand und nickte.

„Bye Edward!", verabschiedete sich auch Annie von ihm. „Danke, dass du heute auf Poppy aufgepasst hast." Wer hätte im Frühjahr gedacht, dass Edward von sich aus seine Babysitterdienste anbieten würde.

„Jederzeit wieder!", gab Edward gut gelaunt zurück und meinte es auch so. Die Kleine war ganz schön niedlich und deutlich einfacher zu handhaben, als er zuerst gedacht hatte.

Annie wandte sich zu den Crawfields um und reichte ihnen die Cracker. Bereits nach dem ersten Happen sahen Melinda und Andrew sich an, sagten aber nichts. Sie probierten sich tatsächlich durch Annies gesamtes Sortiment und waren begeistert. Schließlich ergriff Andrew das Wort.

„Sie sagten, Sie arbeiten auch hier?", fragte er.

„Ja, ich helfe Mrs. Cuthbert in der Küche und im Haushalt."

„Andrew", wandte Melinda leise ein. „Ich weiß nicht, Nigel wird..."

„entzückt sein", beendete er ihren Satz.

Melinda zog skeptisch die Augenbraue hoch und Annies Herz begann schneller zu schlagen. Was wollte Mindy Miller denn jetzt schon wieder? Hatte sie irgendetwas falsch gemacht? War einer ihrer Aufstriche in der Sommerhitze umgekippt? Sie senkte den Blick und versuchte unauffällig herausfinden, ob irgendetwas verdorben war.

„Miss Taylor, ich muss gestehen", begann Andrew und Annies Herz rutschte in ihre Hose.

„Ja?", hauchte sie.

„Wir sind begeistert von ihrem Angebot und hätten gern, dass sie unser Catering machen. Sicherlich brauchen wir auch Speisen für Nichtveganer, aber das wird sicher kein Problem sein."

„Wie bitte?" Annie schüttelte verwirrt den Kopf.

„Wenn Sie bereits einen anderen Auftrag haben, sagen Sie ihn ab. Wir zahlen Ihnen das Doppelte."

„Andrew, bitte, Nigel fällt ihn Ohnmacht, wenn wir noch mal etwas ändern", wandte Melinda ein. Sie wollte nicht als die unentschlossenste Braut aller Zeiten in die Geschichte eingehen.

„Ach, was", winkte Andrew ab. „Wir haben doch mit ihm vereinbart, dass er sich um das Catering kümmern soll. Nun haben wir ihm diese Arbeit abgenommen!" Er lächelte sie strahlend an. „Außerdem hat Miss Taylor doch bestätigt, dass sie für ihn arbeitet. Eine Win-win-Situation, nicht wahr?", wandte er sich zu Annie um, die endlich begriff und von einem Ohr zum anderen grinste.

„Machen Sie sich keine Sorgen, Miss Miller. Ich spreche mit Nigel", versicherte Annie und lächelte. „Gibt es denn irgendetwas, das unbedingt dabei sein soll?"

\*\*\*

Edward war in die Richtung davon gegangen, die Rebecca eingeschlagen hatte. Er wusste nicht genau wieso, aber er wollte sie zu gern noch einmal sehen. Auch wenn er keine Ahnung hatte, was er zu ihr sagen sollte. Ihr umwerfendes Aussehen war nur zum Teil ein Grund, er kannte genug hübsche Frauen und hatte auch noch nie Probleme gehabt, neue Bekanntschaften zu machen.

Bevor er weiter darüber nachdenken konnte, kamen ihm Matt und Poppy entgegen. Da war etwas, dass er gern noch wissen wollte. Es hatte so ausgesehen, als ob Matt Rebecca kannte und zwar auf eine mehr als freundschaftliche Art. Um das herauszufinden, würde er sein anwaltliches Geschick einsetzen müssen. Aber nicht heute, beschloss er spontan, als er Matthews Gesichtsausdruck sah. Die Zeiten, als er sich genommen hatte, was er wollte, ohne Rücksicht auf Verluste, waren vorbei.

Er bückte sich und rief: „Poppy!"

Wie erwartet, rannte seine Tochter auf ihn zu. Er fing sie auf und wirbelte sie herum. Die Kleine kreischte vor Vergnügen.

„Machst du los?", fragte Matt. Er bemühte sich um Höflichkeit, er hatte es Annie versprochen. Aber er würde ihn im Auge behalten. Bis jetzt lief ja alles gut.

Edward blieb stehen und nickte. „Ja, ich muss. Ich habe einen kniffligen Fall und muss dafür noch Einiges vorbereiten." Er wandte sich zu Poppy. „Süße, ich muss jetzt gehen. Es war sehr schön mit dir!"

Poppy strahlte ihn an. „Eddie Poppy Schokolade kaufen?"

Edward lachte. „Hat sie dir geschmeckt?"

Poppy nickte heftig. „Ja!"

„Ich werde sehen, was ich tun kann", antwortete er und fügte, als er Poppys fragendes Gesicht sah, hinzu: „Vielleicht Süße."

Das schien Poppy zu reichen. Sie nickte zufrieden.

„Dann haben wir das geklärt. Bye Poppy!"

Poppy hob die Hand und lächelte. *„Byebye!"*

„Wir sehen uns bald wieder, ja?!" Edward lächelte und sie lächelte zurück. Er drückte sie noch einmal an sich, sie roch nach Seife und Sonnencreme. Ein Geruch, an den er sich gewöhnen konnte. Dann stellte er sie auf den Boden ab und richtete sich auf.

„Auf Wiedersehen Matthew." Er lächelte leicht, er wusste, dass Matthew ihn genauestens beobachtete und er konnte ihm diese Vorsicht nicht verdenken.

„Bis demnächst. Edward."

***

„Wenn ich gewusst hätte, wie viel Spaß diese Hochzeitsplanung macht, hätte ich schon viel früher mitgemacht!", verkündete Andrew, als sie im Auto saßen und sich auf den Heimweg machten.

Melinda lachte. „Ja, klar!"

„Ehrlich!" Er zwinkerte ihr zu. „Wenn du mir erzählt hättest, dass man dabei ständig die leckersten Dinge probieren kann!"

„Entschuldige bitte, dass ich dir dieses DETAIL vorenthalten habe." Sie verdrehte die Augen.

„Detail? Essen ist doch kein Detail!", entrüstete er sich und Melinda lachte wieder.

„Wie gut, dass du so viel Sport treibst, sonst müsste ich ja befürchten, dass du dich zum Pummelchen entwickelst."

„Soll das heißen, mit Bauch liebst du mich nicht mehr?", fragte er mit hochgezogener Augenbraue.

„Das habe ich nicht gesagt."

„Aber gedacht!", erwiderte er.

„Wer weiß..." Melinda grinste.

„Ich wusste gar nicht, dass du so oberflächlich bist", frotzelte er weiter.

„So wie es aussieht, wirst du den Rest deines Lebens Gelegenheit haben, herauszufinden, wie ich wirklich bin."

„Nur wenn ich am Samstag *ja* sage!", konterte er.

„Wie bitte?", rief Melinda aus, aber Andrew lachte nur und griff nach ihrer Hand, um ihr einen Kuss aufzudrücken.

„Ich freue mich schon sehr darauf, all deine Geheimnisse zu entdecken!", bekannte er mit samtiger Stimme und Melinda liefen unwillkürlich wohlige Schauer über den Rücken.

„Dann ist ja gut!", gab sie betont streng zurück. Dann grinste sie ihn frech an und beugte sich zu ihm herüber und küsste ihn spontan auf die Wange. „Ich liebe dich!", flüsterte sie in sein Ohr, bevor sie wieder zurück auf ihren Sitz rutschte.

Er griff wieder ihre Hand und drückte sie. „Ich dich auch!"

# Nächsten Samstag
## Kapitel 12

„Oh mein Gott, da kommen Sie!", rief Nigel aus und fühlte sich mit einem Schlag zwanzig Kilo leichter. Kurz schaute er nach unten, um sich zu überzeugen, dass dort nicht tatsächlich ein Haufen Steine der Erleichterung lagen.

„Hattest du Zweifel, ob sie es tun würden?" Verwundert sah Annie ihn an. Sie standen als Empfangskomitee vor dem Haus, um die Gäste auf die Terrasse zu geleiten. Es war ein wundervoller Sommertag, mit dem keiner mehr gerechnet hatte. Seit es Anfang der Woche heftig gewittert hatte, war der Himmel erst gestern Nachmittag wieder aufgeklärt.

„Ich... keine Ahnung. Ich glaube, ich habe die ganze letzte Woche wie auf Autopilot funktioniert." Nigel zuckte mit den Schultern.

„Auf mich wirkten sie sehr verliebt und auch überhaupt nicht durchgeknallt oder so", bemerkte sie und beobachtete wie der Konvoi an teuren Limousinen hupend die Lindenallee entlang fuhren, um schlussendlich vor dem Säulenportal stehen zu bleiben.

„Man soll den Tag nicht vor dem Abend loben!", gab Nigel zurück und pinnte sich ein Lächeln ans Gesicht. Mit ausgebreiteten Armen lief er auf das Brautpaar, das soeben aus dem ersten Wagen stieg, zu.

„Mrs. Crawfield, Mr. Crawfield, lassen Sie mich der Erste sein, der Ihnen gratuliert!" Er ergriff die Hände von Melinda und drückte sie herzlich. „Ich wünsche Ihnen von Herzen alles erdenklich Gute! Auf dass Ihre Ehe wie der heutige Tag sein möge, voller Sonnenschein!"

„Vielen Dank Mr. Bedford!" Melinda strahlte. Der Gottesdienst war so wundervoll gewesen. Mabel und ihre Mutter hatten heimlich mit dem Pfarrer gesprochen, ihm einige Dinge verraten und so war die gesamte Zeremonie sehr persönlich geworden. Mabel hatte sogar eine Freundin aufgetrieben, die für sie „Amazing Grace" gesungen hatte.

Nigel staunte, die Melinda Crawfield, die nun vor ihm stand, hatte nichts gemein mit der verwöhnten Mindy Miller, die er im Frühjahr kennengelernt hatte. Es war als leuchtete sie von innen heraus. War sie vorher hübsch gewesen, wirkte sie nun in ihrem einfachen Spitzenkleid wie aus einer anderen Zeit. Wenn er sie ansah, musste er sich nicht mehr zwingen zu lächeln. Sie so entspannt zu sehen, ließ auch das letzte bisschen Anspannung von ihm abfallen. Diese Feier würde so wundervoll werden, wie er sich das vorgestellt und gewünscht hatte.

Mit einem herzlichen Lächeln wandte er sich zu Andrew um und reichte ihm die Hand. „Auch Ihnen Mr. Crawfield, meinen herzlichsten Glückwunsch."

„Vielen Dank Mr. Bedford. Wir freuen uns sehr, hier bei Ihnen feiern zu können." Andrew strahlte mindestens genauso, wie Melinda.

„Dann wollen wir nicht länger warten!" Nigel machte eine ausholende Handbewegung. „Kommen Sie, es ist alles bereit!"

Annie trat lächelnd dazu. „Herzlichen Glückwunsch!", wünschte sie und reichte beiden die Hand.

„Vielen Dank, Miss Taylor", antwortete Andrew und auch Melinda bedankte sich.

„Kommen Sie, ich bringe Sie nach hinten!", warf Nigel ein.

Andrew reichte seiner Ehefrau den Arm. „Kommen Sie Mrs. Crawfield."

„Sehr gern, Mr. Crawfield!" Melinda lächelte ihn an. Sie konnte es selbst kaum glauben, sie hatten es getan! Sie war jetzt wirklich Mrs. Crawfield. Und wie überraschend leicht es am Ende doch war! Wenn Marie sie jetzt sehen könnte, sie wäre bestimmt stolz auf sie.

Gemeinsam gingen sie hinter Annie her, durch die Halle und den festlich geschmückten Saal auf die Terrasse. Überall waren wundervolle Blumengestecke in allen Größen verteilt. Die Floristin Rosemary Davis hatte wieder Wunder gewirkt. Die weißen und cremefarbenen Rosen mischten ihren betörenden Duft mit dem des Lavendels. Um den ländlichen Charme zu unterstreichen. hatte sie alte Rosensorten und auch typische Bauernblumen wie Stockrosen, Lupinen und Wicken verwendet. Auf der Terrasse standen sogar große Kübel mit Hortensien Spalier und schafften so einen wundervollen Übergang von Haus und Garten.

Melinda und Andrew blieben einen Moment stehen, um den Anblick auf sich wirken zu lassen. War der große Saal hinter ihnen schon prächtig, verschlug ihnen der Garten beinahe den Atem. Auf der Rasenfläche war ein großzügiges Zelt aufgebaut, in dessen Innern sich die Tanzfläche, sowie die Band befanden. Unzählige weiße Lampions hingen in den Bäumen und Sträuchern. Kerzen in allen Schattierungen von lila und cremeweiß waren in Windlichtern überall verteilt. Auf den Stehtischen, den Treppenstufen, selbst auf der Brüstung der Terrasse standen sie in allen Größen und Variationen.

Auf die Strohballen hatte Nigel verzichtet, dafür aber eine lange, rustikale Kaffeetafel unter der großen Eiche gezogen, wie sie auf alten Fotos von Bauernhochzeiten zu finden war. Auch hier hingen Lampions und Windlichter in den Zweigen. Es war märchenhaft und genau das, was Melinda sich immer gewünscht hatte.

„Oh mein Gott! Es ist wunderschön!", hauchte sie und sah erst Andrew, dann Nigel an. „Vielen, vielen Dank! Es ist genau das, wovon ich immer geträumt habe!"

Liz hatte sich unbemerkt angeschlichen, um den Gesichtsausdruck des Brautpaares einzufangen. Max war nach dem Gottesdienst gefahren wie der Teufel, damit sie rechtzeitig vor Melinda und Andrew auf Gracewood anzukommen. Während sie unablässig auf den Auslöser tippte, fragte sie sich, nicht zum ersten Mal in den letzten Tagen, wie ihre eigene Hochzeit werden würde. Noch hatten sie aber nicht einmal einen Termin, also schüttelte sie kurz den Kopf, um den Gedanken zu vertreiben und sich wieder auf das Geschehen vor ihrer Kamera zu konzentrieren.

„Sie haben keine Ahnung, wie sehr mich das freut!", gab Nigel zwinkernd zurück und Melinda lachte gelöst.

Liz knipste und machte in diesem Moment eines der schönsten Bilder des Tages.

Nigel reichte den Beiden zwei Champagnergläser und entschuldigte sich, er wollte Annie mit den anderen Gästen helfen.

„Du siehst sehr glücklich aus", stellte Andrew fest und stieß mit seinem Glas sacht an das Ihre.

„Du auch." Melinda sah zu ihm auf, dann runzelte sie die Stirn. „Und hungrig."

„Du hast ja keine Vorstellung!", stöhnte Andrew. „Ich bin am Verhungern. Weißt du, wann es etwas gibt?"

Melinda schmunzelte. „Soweit ich informiert bin, gibt es jetzt Champagner und Häppchen und später Kuchen." Sie nickte zu der Kaffeetafel hinüber. Dann stutzte sie. War das etwa? Konnte es sein?

„Marie?!", rief sie aus. Tatsächlich! Marie Grassner kam mit einem breiten Lächeln auf sie beide zu. Sie trug eine elegante Seidenbluse und dazu eine weite fließende Hose. Sie sah aus, als gehöre sie hierher.

Melinda wandte sich zu Andrew um. „Hast du...?" Aber der grinste nur. Sie drückte ihm einen Kuss auf die Wange. „Danke!"

„Ich weiß doch, was sie für dich bedeutet", gab er leise zurück. „Manchmal ist es eben Freundschaft auf den ersten Blick."

Sie sah ihn noch einmal an und er wusste, dass seine Überraschung gelungen war. Sie an seiner Seite zu wissen, machte ihn so glücklich, dass er ihr jeden Wunsch erfüllen würde. Selbst wenn sie gar nicht wusste, dass sie es haben wollte.

Melinda drehte sich beschwingt um und lief die Treppenstufen hinunter, Marie entgegen.

„Herzlichen Glückwunsch, liebe Melinda! Sie sehen zauberhaft aus!" Marie ergriff ihre Hände und drückte sie.

„Dankeschön! Ich freue mich so sehr, Sie zu sehen!", rief Melinda aus und drückte die Frau, die ihr so geholfen hat, spontan fest an sich. „Kommen Sie, jetzt können Sie endlich Andrew kennenlernen!" Melinda wandte sich um. Andrew war ebenfalls herunter gekommen und begrüßte Marie.

„Wie schön, dass Sie hier sind! Wie war die Zugfahrt?", fragte er.

„Zugfahrt?", wunderte sich Melinda.

„Herzlichen Glückwunsch, Mr. Crawfield. Ich wünsche Ihnen alles Gute!" Marie gab Andrew die Hand.

„Andrew reicht." Er lächelte sie warm an.

„Welche Zugfahrt?", wiederholte Melinda ihre Frage und Marie gab schmunzelnd Auskunft.

„Ich bin mit dem Zug aus Bern hierhergekommen."

„Wirklich? Wie lange, waren Sie denn da unterwegs?" Melinda riss die Augen auf. Sie war sich nicht sicher, ob sie überhaupt schon einmal mit dem Zug gefahren war.

„Einen ganzen Tag!" Marie lachte, als sie Melindas erschrockenen Blick sah. „Ich liebe Zug fahren! Und ich habe schreckliche Flugangst. Außerdem ist es besser fürs Klima."

„Ich weiß gar nicht, was ich sagen soll!" Melinda schaute von einem zum anderen. „Und du wusstest das?"

Andrew lachte. „Ja, ich wusste es." Er legte den Arm um sie. „Viele junge Amerikaner erobern jedes Jahr im Sommer per Interrail Europa."

„Das gibt es noch?! Ich dachte, das sei ein Relikt aus den Neunzigern", antwortete Melinda.

Marie verkniff sich ein Schmunzeln, nur jemand der so jung war wie Melinda, konnte die Worte Relikt und Neunziger in einem Satz sagen.

„Oh Mel!" Andrew grinste und wechselte das Thema. „Ich glaube, wir müssen uns um unsere anderen Gäste kümmern. Marie, amüsieren Sie sich, wir sehen uns später!"

„Das werde ich. Bis nachher!"

Melinda drückte Marie noch einmal und flüsterte ihr ins Ohr. „Ich freu mich so, dass Sie da sind!"

„Ich mich auch!", flüsterte Marie zurück.

Melinda lächelte noch einmal und wandte sich dann zu ihren anderen Gästen um, die sie und Andrew beglückwünschen wollten.

***

„Oh, ist das wunderschön hier!", staunte Mabel. Sie wusste gar nicht, wohin sie als erstes sehen sollte. Seit sie aus dem Wagen gestiegen war, hatte sie die besondere Energie dieses Ortes gespürt.

„Ja, nicht wahr?" Auch Lauren war ganz erfüllt von Liebe und Freude. „Ich habe mich sofort in das Haus verliebt! Aber nicht im Traum hätte ich mir das hier ausgemalt." Sie wies auf die Dekoration des Gartens.

„Es ist aber auch wie ein Traum!", bestätigte Mabel. „Hast du die weißen Lampions gesehen?"

„Habe ich. Apropos traumhaft, deine Freundin kann wirklich toll singen! Macht sie das beruflich?"

„Nein, ich finde auch sie sollte, aber sie denkt, sie könnte nicht davon leben." Mabel zuckte mit den Achseln. „Also macht sie lieber gar nichts aus ihrem Talent. Sie singt nur für sich oder eben für Freunde."

„Du findest es schade", stellte Lauren fest.

„Ja, das tue ich. Zumal sie ja nicht gleich ihren Job komplett aufgeben müsste... Aber es ist ihre Entscheidung und die respektiere ich." Mabel lächelte ihre Tante an. „Ich freue mich einfach, wenn ich in den Genuss komme, sie singen zu hören und ich bin ihr sehr dankbar, dass sie heute gekommen ist!"

„Es war wirklich ein Genuss. Leider war sie schon so schnell weg, dass ich nicht mehr mit ihr sprechen konnte. Bitte bestell ihr doch liebe Grüße!"

„Das mache ich gern." Mabel sah sich suchend um. „Weißt du, wo Mr. Bedford ist? Ich wollte noch wegen unserer Überraschung mit ihm sprechen, aber ich weiß nicht einmal wie er aussieht."

Auch Lauren schaute sich um. „Dort! Der junge Mann mit den leuchtend roten Haaren."

„Super! Dann bis später", sagte Mabel und ging auf Nigel zu.

***

„Wenn ich noch eine Hand schütteln muss, beiße ich rein!", brummte Andrew missmutig. „Babe, sag mir nicht, dass ich auf meiner eigenen Hochzeit jämmerlich verhungern muss."

„Eigentlich müsste es gleich Kaffee geben." Melinda zuckte hilflos mit den Achseln. Sie hatte keine Uhr und ihr Handy war in ihrer kleinen Tasche, die Mabel irgendwo mit sich herumtrug. Sie hatte sie ihr vorhin zusammen mit dem Brautstrauß abgenommen, damit sie die Hände frei hatte.

Andrew schnaubte. „Ich will keinen Kuchen!"

„Entschuldigung", mischte sich Liz ein, die in der Nähe gestanden und Andrews Dilemma mitbekommen hatte. „Ich weiß, wo es etwas Richtiges zu essen gibt." Sie lächelte verschmitzt, als sie die fragenden Gesichter sah. „Ich kenne einen Geheimweg in die Küche."

Andrew und Melinda sahen sich an und dann verstohlen um. Ihre Gäste hatten alle Champagnergläser in der Hand und unterhielten sich prächtig.

„Einverstanden." Andrew nickte. „Wo geht's lang?"

Liz grinste. „Bitte folgen Sie mir unauffällig!"

Mit schnellen Schritten ging sie hinein, durchquerte den Saal und steuerte zielsicher auf die Wand zu. Andrew und Melinda folgten ihr, Hand in Hand. Bemüht unsichtbar zu sein, wenigstens für einen kurzen Moment. Liz öffnete schwungvoll eine in der Wand verborgene Tapetentür und führte die Zwei durch einen kurzen Gang und durch eine weitere Tür. Plötzlich standen sie mitten in der großzügigen Küche von Gracewood Hall. Hier ging es geschäftig zu. Verschiedene Personen liefen hin und her. Der Küchentisch bog sich geradezu unter den vielen Kuchen und Torten, die dort standen. Auf verschiedenen großen Servierwagen stapelten sich Teller, Schüsseln, Platten und Gläser aller Art. Unschlüssig sahen sich Andrew und Melinda an, niemand nahm Notiz von ihnen.

Da rief Liz über den erhöhten Geräuschpegel hinweg. „Mrs. Cuthbert!"

„Was ist?", antwortete eine ältere Frau, die augenscheinlich die Oberhoheit über die Küche inne hatte und drehte sich um. „Grundgütiger!", rief sie erschrocken, taumelte einen Schritt nach hinten und fasste sich an die Brust. „Elizabeth, was tust du?"

Augenblicklich herrschte Totenstille und alle starrten sie an. Melinda versuchte zu lächeln. Normalerweise reagierte sie auf ungewohnte Situationen mit Arroganz. Aber gerade dieses Verhalten wollte sie ja ändern.

„Das Brautpaar vor dem Hungertod bewahren!", antwortete Liz fröhlich und bugsierte Melinda und Andrew mitten hinein in das Gewusel.

„Es gibt doch gleich Kaffee und Kuchen", stammelte Mrs. Cuthbert. Sie hatte von der Braut schon so viel gehört, sie aber noch nie gesehen, dass diese Situation sie ganz durcheinander brachte. Angeblich sollte sie doch nicht so ein Drachen sein. Sie wusste gar nicht, wohin sie gucken sollte.

„Kuchen?", fragte Liz mit hochgezogener Augenbraue und deutete mit einem verstohlenen Nicken auf Andrews Statur.

Mrs. Cuthbert besah sich den Bräutigam näher. Liz hatte Recht, schoss es ihr durch den Kopf und plötzlich war sie wieder ganz die Alte. „Was steht ihr alle so herum und schaut? Zurück an die Arbeit!", wies sie ihre Helferschar zurecht. Dann winkte sie das Brautpaar näher. „Herzlichen Glückwunsch und willkommen in meiner Küche." Sie nickte ihnen zu. „Setzen Sie sich, ich mache Ihnen derweil etwas zurecht."

„Vielen Dank Mrs. Cuthbert!", bedankte sich Andrew inbrünstig.

„Ja, vielen Dank!", beeilte sich auch Melinda zu sagen.

Mrs. Cuthberts Augenbraue zuckte nur minimal. War das dieselbe junge Frau, die ihren Nigel monatelang mit ihrem Getue an den Rand des Wahnsinns getrieben hatte? „Nicht der Rede wert!", brummelte sie und wandte sich ab, um dem Brautpaar die Suppe, die die Bedfords heute Mittag hatten aufzuwärmen.

Liz lächelte die beiden an und ging zu Mrs. Cuthbert hinüber. „Alles in Ordnung mit ihrem Herzen?", fragte sie, obwohl sie wusste, dass die Haushälterin von Gracewood Hall über eine ausgezeichnete Gesundheit verfügte.

„Jaja", grummelte die Ältere. „Du wirst schon genauso ein Schelm, wie Max!" Sie schmunzelte. Eigentlich war es ja

Liz gewesen, die das schelmenhafte endlich wieder aus ihm heraus geholt hatte, als sie letztes Weihnachten hier reingeschneit war. Mit ihrer unbekümmerten Art hatte sie, zumindest für ihn, alles durcheinandergewirbelt.

„Das sind die Spiegelneuronen!", gab Liz gutgelaunt zurück und schnappte sich zwei Wassergläser aus dem Schrank.

„Spiegel... Was?" Mrs. Cuthbert war verwirrt.

„Spiegelneuronen. Im Gehirn. Erkläre ich Ihnen später!" Liz füllte Wasser ein und brachte die Gläser zu Andrew und Melinda.

„Ist wohl auch besser so", murmelte Mrs. Cuthbert und schnitt dicke Scheiben vom Sauerteigbrot ab.

Keine zehn Minuten später saß das frischvermählte Paar höchst zufrieden vor zwei Schüsseln Suppe. Andrew biss herzhaft von dem Brot ab und kaute mit einem so seligen Gesichtsausdruck, dass Mrs. Cuthbert das Herz aufging. Wer hätte das gedacht, dass ausgerechnet Mindy Miller an ihrem Hochzeitstag heimlich Suppe und Brot in der Küche von Gracewood Hall essen würde?!

\*\*\*

„Sie sind wirklich ein traumhaftes Paar, findest du nicht?" Lauren lehnte sich an ihren Mann, als die Musik einsetze und das Brautpaar auf die Tanzfläche zuschritt.

Michael Miller legte den Arm um ihre Schultern. „Wann ist unser kleines Mädchen eigentlich so groß geworden?", fragte er mit deutlich hörbarer Wehmut in der Stimme.

„Ich habe keine Ahnung!", lachte Lauren leise auf. „Ich war ja nun wirklich immer in ihrer Nähe, aber selbst mir ist es ein Rätsel, wie aus diesem kleinen Wesen, diese junge Frau geworden ist!"

„Sie war wirklich winzig!" Michael gönnte sich einen melancholischen Moment voller Erinnerungen. „Selbst die kleinste Mütze war noch zu klein."

„Ja, ich erinnere mich und jetzt sieh sie dir an", schmunzelte Lauren.

Michael gab ihr einen Kuss auf die Schläfe. „Das hast du gut hingekriegt."

„Das war ich doch nicht allein!", wollte Lauren einwenden, aber Michael schüttelte den Kopf. „Mein Anteil war verschwindend gering und wenn ich da war, war ich dir doch eher hinderlich."

„Mr. Miller, was sind Sie heute selbstkritisch." Lauren drehte sich zu ihm um und sah ihn an. „Ich wusste als wir heirateten, dass du dir etwas aufbauen willst. Daraus hast du nie einen Hehl gemacht." Sie gab ihm einen zarten Kuss. „Und dass du unser süßen Mädchen verwöhnen wolltest, konnte ich immer verstehen. Auch wenn es manchmal schwer war, den strengen Part zu übernehmen."

„Ach Schatz, ich liebe dich, weißt du das?" Michael beugte sich zu ihr und küsste sie.

„Und ich liebe dich!", erwiderte Lauren und strahlte ihn an.

***

Melinda kam sich vor, wie in einem Traum. Es war, als schwebe sie durch den Tag an diesem wunderbaren Ort, der wirkte als wäre er aus einer anderen Welt. Gab es eigentlich jemals Streit auf Gracewood Hall? Vielleicht sollte sie sich bei der großartigen Liz danach erkundigen. Melinda sah über Andrews Schulter und ließ den Blick schweifen. Es war alles perfekt! Obwohl oder vielleicht gerade weil sich niemand bemühte, es perfekt zu machen. Ihr kam Candice Hochzeit in den Sinn und sie schüttelte sich kaum merklich. Beinahe wäre es ihr genauso gegangen.

„Alles in Ordnung?", erkundigte sich Andrew leise und ohne aus dem Takt zu kommen. Gut, das war bei dem langsamen Elvis Song auch nicht schwer.

„Ja, ich musste nur gerade daran denken, wie dieser Tag beinahe geworden wäre", erklärte Melinda ihm.

Andrew grinste. „Du meinst mit lauter betrunkenen Gästen, die sich gegenseitig schmutzige Witze erzählen und einem Trauzeugen, der wild mit der Tante der Braut knutscht."

„Ach du meine Güte, das hatte ich ganz vergessen!" Melinda schüttelte sich bei der Erinnerung. Einiges an Candice Hochzeit war wirklich schlimm gewesen.

„Ich nicht!" Aus Andrews Grinsen wurde ein warmes Lächeln. „Aber so amüsant das auch war, bin ich doch mehr als froh, dass uns das nicht passiert."

„Ja, weil ich keine Tante habe", gab Melinda trocken zurück und verdrehte die Augen.

Andrew zog sie näher zu sich. „Nein oder nicht nur. Ich will einfach der Einzige sein, der auf meiner Hochzeit wild rumknutscht."

„Tatsächlich?" Melinda zog eine Augenbraue hoch. „Vor allen Gästen?"

„Wenn du möchtest...", gab Andrew mit blitzenden Augen zur Antwort und lehnte sie schwungvoll zurück. Melinda riss überrascht die Augen auf, aber Andrew grinste nur. Ihre Hochzeitsgäste klatschten begeistert Beifall und Andrew zog Melinda wieder zu sich. „Aber ich dachte eher, an unsere Hochzeitsnacht...", beendete er den Satz und ließ ihr jedoch keine Zeit zu antworten, sondern drehte sie mehrmals um sich selbst. Melinda lachte auf, seine Bewegungen passten überhaupt nicht zum Takt. Aber das tat dem Spaß, den ihre Zuschauer hatten, keinen Abbruch.

„Wenn du mir endlich verraten würdest, wo sie stattfindet", antwortete sie, als sie wieder in seinen Armen lag.

„Vertrau mir Babe, es wird dir an nichts mangeln!", versprach er rau und besiegelte dieses Versprechen mit einem Kuss zu den letzten Klängen ihres Hochzeitsliedes.

\*\*\*

Nigel stand auf der Terrasse und ließ stolz seinen Blick schweifen. Es war ein wirklich traumhaftes Fest. Selbst er konnte die Liebe, die alles verband und durchtränkte, spüren. Aber er sah es auch in den strahlenden Augen des Brautpaares, das sich jetzt viel zu langsam in der Musik wiegte. Fast alle Programmpunkte waren abgehakt. Die Väter hatten bewegende Worte gefunden, um Andrew und Melinda alles Gute zu wünschen. Melindas Cousine Mabel hatte mithilfe der Mütter des Brautpaares Kinder- und Jugendfotos zu einer kleinen Zeitreise zusammengestellt und Arthur hatte im Namen von Gracewood Hall einen Baumstamm zum Zersägen gestiftet. Nigel musste sich eingestehen, dass es ihm ein klitzekleines bisschen Schadenfreude bereitet hatte, Mindy beim Sägen schwitzen zu sehen.

Jetzt ging die Sonne langsam unter und gleich würden die Lichterketten aufleuchten. Für Nigel war das immer ein besonderer Moment. Überhaupt ging es für ihn bei den Veranstaltungen nicht nur um die Einnahmen und den guten Erhalt von Gracewood Hall. Er liebte sein Zuhause so sehr, dass er sich nichts Wundervolleres vorstellen konnte, als andere Menschen an dieser Schönheit teilhaben zu lassen. Er seufzte glücklich auf.

„Es läuft doch super!" Annie war an seiner Seite aufgetaucht.

„Das tut es", bestätigte er und warf ihr einen grinsenden Blick zu. „Für dich auch, nicht wahr?"

„Allerdings! Ich kann es immer noch nicht fassen. Ich habe mehreren Leuten meine Visitenkarte gegeben, die ich nur wegen Matt eingesteckt hatte!" Annie lachte. „Wer weiß, was dabei rauskommt. Jetzt freue ich mich einfach nur!"

„Du hast es verdient", sagte er. Langsam war auch er platt. Es war zwar alles glatt gegangen, aber seine 10.000 Schritte pro Tag hatte er heute bestimmt übertroffen. Er konnte es selbst nicht glauben. Er hatte die Hochzeit von Mindy Miller hinter sich gebracht!

„Danke." Annie wurde ein bisschen rot, aber das konnte man auch auf die letzten roten Sonnenstrahlen zurückführen.

„Wenn du willst, kannst du für heute Schluss machen und zu Matt und deiner Tochter heimgehen. Das Essen ist ja vorbei. Den Rest kriegen wir auch so hin. Außerdem verabschiedet sich das Brautpaar auch bald."

Jetzt war es an Annie zu seufzen. Jetzt, wo sie langsam zur Ruhe kam, spürte sie die Müdigkeit und ihre schmerzenden Füße. „Bist du sicher?"

„Sicher, bin ich sicher! Ab mit dir nach Hause!" Er grinste verschmitzt und wackelte mit den Augenbrauen. „Bestimmt vermisst Matt dich schon!"

„Ähm... ja", stammelte Annie, plötzlich verlegen. So sehr sie ihr Leben hier auf dem Land liebte, manchmal war der Kosmos doch etwas klein. „Alles klar, wir sehen uns morgen!" Sie hob die Hand, lief die Treppe hinunter und ging ums Haus herum zu Matts Wagen.

„Ja!", murmelte er und sah ihr nach. Dann bemerkte er, dass Liz über die Wiese auf ihn zukam. Eigentlich schwebte sie eher. Er hatte den Eindruck, dass ihr Tag richtig gut gelaufen war.

„Hey!", sagte er und grinste. „Dich muss ich gar nicht fragen, wie dein Tag war!"

Liz lachte. „Ich habe unglaubliche Fotos gemacht! Du wirst sie lieben!"

„Ich? Du meinst wohl eher die Crawfields", gab er zurück.

„Nein, ich meinte dich! Denn ich habe auch eine Menge Fotos gemacht, die du als Werbemotive nutzen kannst."

„Tatsächlich?", freute sich Nigel.

„Ja!" Liz stellte sich neben ihn und ließ ebenfalls den Blick über die Szenerie schweifen. „Gracewood sieht heute einfach wunderschön aus."

„Schön genug für deine eigene Hochzeit?", hakte er neugierig nach. Seit Max und Liz sich auf Gracewood Hall kennen und lieben gelernt hatten, träumte er davon ihre Hochzeit planen zu dürfen.

„Du nun wieder! Ich habe keine Ahnung! Ich habe mich noch nicht entschieden." Sie warf die Arme in die Luft.

Nigels Kopf schnellte herum. „Bitte sag mir, dass das ein Scherz ist!", flehte er. „Noch eine Mindy Miller ertrage ich nicht."

Liz sah seinen fassungslosen Blick und lächelte. „Keine Sorge, meine Hochzeit wird ein Kinderspiel!" Sie legte ihm einen Arm um.

Nigel seufzte erleichtert. Wie hatte er auch nur eine Sekunde daran zweifeln können. Liz war die Klarheit in Person. Sie wusste genau, was sie wollte und bekam es auf wundersamer Weise auch immer.

„Wir heiraten Anfang Oktober", verkündete sie.

„Was?" Nigel rückte von ihr ab. „Das ist in drei Monaten! Wie willst du..."

Aber Liz unterbrach ihn gut gelaunt. „Das passt perfekt! Meine Familie kann aus Deutschland kommen, die haben Feiertag und außerdem seid ihr auch frei."

„Woher weißt du, dass wir da keine Veranstaltung haben?", wunderte sich Nigel.

„Ich habe vorhin in deinen Kalender gesehen", gab Liz grinsend zu. „Es wird alles ganz toll! Wir machen eine Art Erntedank-Landhochzeit draus. Also doch so ähnlich wie heute, aber noch rustikaler. Dankbarkeit ist ein wundervolles Thema für eine Hochzeit, findest du nicht?"

Nigel klappte den Mund auf, wusste aber nicht was er sagen sollte und schloss ihn wieder. Er hatte sich eine großartige Feier für seinen besten Freund vorgestellt und jetzt... „Erntedank?", krächzte er. „Was sagt denn Max dazu?"

„Max ist mit allem einverstanden!", erklärte Liz mit strahlenden Augen. „Also, was sagst du?"

Nigel schluckte, wischte den Gedanken an allen Pomp und Prunk beiseite und rang sich ein Lächeln ab. „Dankbarkeit ist ein wirklich großartiges Thema für eine Hochzeit!"

„Sag ich doch!" Liz lehnte sich an ihn. „Du wirst sehen, alles wird ganz wunderbar!"

\*\*\*

Melinda stand lachend mit ihren zwei besten Studienfreundinnen Madeline und Luise zusammen und tauschte gemeinsame Erinnerungen aus, als Mabel auf sie zukam. „Melinda, entschuldige bitte, aber es wird Zeit", meinte Mabel. „Du musst dich umziehen."

„Tatsächlich? Ist es schon so spät?", fragte sie ungläubig. Der Tag war so wundervoll gewesen und wie im Flug an ihr vorbeigezogen. Sie konnte gar nicht glauben, dass ihre Hochzeit jetzt schon vorbei sein sollte.

„Ja, tatsächlich." Mabel lächelte.

„Na dann!" Melinda lachte und wandte sich zu ihren Freundinnen um. „Es war sooo schön, euch zu sehen! Danke, dass ihr gekommen seid!"

„Deine Hochzeit konnten wir uns doch auf keinen Fall entgehen lassen!" Luise drückte sie fest.

„Und erst recht nicht, wenn sie in einem echten englischen Schloss stattfindet!", ergänzte Madeline. „Grüß deinen stattlichen Ehemann von uns!" Madeline zwinkerte ihr zu und Melinda schoss tatsächlich die Röte ins Gesicht.

Die Mädchen kicherten, wie sie es früher so oft getan hatten. Melinda drückte beide noch einmal, bevor sie sich zu Mabel umdrehte und mit ihr über den Rasen auf das Haus zuschritt.

„Bist du traurig, dass du jetzt losmusst?", wollte Mabel wissen, als sie außer Hörweite waren.

„Ja und nein", antwortete Melinda. „Die Feier war wundervoll, tausendmal schöner, als ich noch vor zwei Wochen gedacht hatte. Aber ich freue mich auch so sehr auf die Flitterwochen und die Zeit mit Andrew." Sie blieb stehen und nahm Mabels Hände in ihre. „Vielen Dank für deine Unterstützung. Ohne dich, wäre das alles nicht so schön geworden."

Mabel strahlte. „Das habe ich sehr gern gemacht!"

„Also bist du mir nicht böse, dass ich in all den Jahren dich so..." Melinda suchte nach den richtigen Worten. Es war jetzt vielleicht nicht der richtige Zeitpunkt dafür, aber sie spürte, dass es wichtig für sie war, in den neuen Lebensabschnitt so frei wie möglich zu gehen. Und wenn es die Möglichkeit gab, ungeklärte und unausgesprochene Dinge endlich ans Tageslicht zu holen, sie zu betrachten und zu vergeben, dann wollte sie es jetzt tun. Sich Candice zu stellen, hatte sie ungeheuren Mut gekostet, aber danach war alles so viel besser. Als müsste man durch den Schmerz durch, bevor man sich gut fühlte.

„...ignoriert habe?", fragte Mabel und lächelte nachsichtig.

„Ich wollte eigentlich ‚mies behandelt' sagen, aber ja das trifft es auch."

„Melinda, ich bin dir nicht böse. Gut, es gab Zeiten, da habe ich mich geärgert. Ich war auch manchmal verletzt, aber ich wusste immer, dass das nicht du warst."

Melinda runzelte die Stirn. „Und woher?"

„Weil wir uns als Kinder sehr gut verstanden haben. Du bist mir immer nachgelaufen und wolltest alles so machen, wie ich."

„Wann soll das denn gewesen sein? Ich erinnere mich gar nicht."

Mabel nahm Melindas Hand, hakte sie bei sich ein und ging langsam mit ihr weiter. „Unsere Familien haben jeden Sommer miteinander auf Long Island verbracht." Mabel schluckte. Sie sprach selten über die Zeit, als ihre Mum noch lebte. „Es war so toll! Wir sind den ganzen Tag am Strand gewesen. Ich habe dir gezeigt, wie man Sandburgen baut. Zusammen mit unseren Dads haben wir einmal die größte Sandburg der Welt gebaut. Einen ganzen Tag haben wir dafür gebraucht. Unsere Mütter haben viel gelacht. Heute weiß ich, dass sie sich über den Eifer unserer Väter amüsiert haben." Sie verstummte, überwältigt von den Erinnerungen. Es war, als könnte sie die Schreie der Möwen hören und das Lachen ihrer wunderschönen Mutter. Sie räusperte sich. „Das war der letzte Sommer, bevor wir nach England gegangen sind. Du musst damals fünf gewesen sein."

„An den Tag erinnere ich mich", überlegte Melinda. „Wir haben an dem Tag Unmengen Wassermeloneneis gegessen."

„Stimmt! Das hatte ich ganz vergessen!" Mabel lächelte wieder. In ihrer Erinnerung waren es endlose, unbeschwerte Sommer gewesen.

Melinda dachte an diesen Tag vor so langer Zeit. Das große Mädchen in ihrer vom Sonnenlicht verblassten Erinnerung war Mabel? Warum hatte ihr das keiner erzählt? „Und weil ich damals klein und süß gewesen war, hast du meine ganze eklige Art ertragen?", hakte sie noch einmal nach.

„Du warst nicht eklig, du warst in der Pubertät", stellte Mabel richtig. „Wir haben uns erst sieben Jahre später wieder gesehen. Es war kein Wunder, dass du dich nicht an mich erinnert hast."

„Aber warum hat es so lange gedauert und warum hast du nichts gesagt?", wunderte sich Mel.

Mabel zuckte die Achseln. Mittlerweile waren sie im Haus angekommen und stiegen die Treppe hinauf. „Mein Dad hat es einfach nicht ertragen, ohne sie an all den Orten zu sein, an denen sie gemeinsam so glücklich gewesen waren. Meine Mum war seine große Liebe. Aber als ich sechzehn wurde, wollte ich unbedingt den Sommer wieder bei euch verbringen. Ich habe euch so vermisst! Leider hattest du kein Interesse, du wolltest lieber Zeit mit deiner ganz neuen besten Freundin verbringen. Also haben Tante Lauren und ich allein den Sommer genossen, während dein Dad und meiner gearbeitet haben."

„Daran erinnere ich mich. Entschuldige, ich habe mich wirklich nicht von meiner besten Seite gezeigt." Melinda war zerknirscht.

„Ach bitte, gräm dich nicht deswegen. Die Vergangenheit ist vorbei!" Mabel lächelte sie an.

„Du bist zu gut für diese Welt!", sagte Melinda und Mabel lachte auf.

„Ganz bestimmt nicht! Warte ab, bis du mich richtig kennenlernst!" Damit öffnete sie die Tür zu ihrem Zimmer, in dem auch Melindas Sachen lagen.

„Ich nehme dich beim Wort!", antworte Melinda ebenfalls lachend. „Sobald wir zurück sind."

„Weißt du jetzt wohin die Reise geht?", wechselte Mabel das Thema.

„Ich habe keine Ahnung. Ich durfte nicht einmal meine eigenen Koffer packen, weil Andrew der Meinung war, ich würde es dann sofort erraten!" Melinda verdrehte die Augen und Mabel musste nochmal lachen.

„Dann lass uns dich herrichten und sehen, ob wir es doch herauskriegen!"

\*\*\*

Zur gleichen Zeit machte sich auch Andrew fertig, um mit Mel in die Flitterwochen zu starten. Mit einem Mal war er nervös. Er hoffte, Mel würde die Überraschung gefallen. Noch vor ein paar Stunden war er von seiner Idee total überzeugt gewesen und jetzt bekam er kaum die Knöpfe seines Hemds auf. Warum nur, waren Kammerdiener aus der Mode gekommen?

In diesem Moment klopfte es an der Tür und sein Dad steckte den Kopf durch die Tür. „Darf ich reinkommen?"

„Klar!" Andrew grinste schief und ließ die Hände sinken. „Wie kann ich dir helfen?"

„Darf ich mich nicht von meinem Sohn verabschieden?" Henry Crawfield betrat scheinbar gelassen und ohne großes Ziel den Raum. Andrew wusste auf den ersten Blick, dass sein Vater etwas auf dem Herzen hatte. Er wartete einen Moment, ob sein Vater das Gespräch sofort beginnen würde. Als dies nicht der Fall war, konzentrierte Andrew sich wieder auf die Knöpfe an seinem Hemd.

Henry Crawfield sah sich im Raum um und stellte sich anschließend vor das Fenster. „Es war eine schöne Feier", bemerkte er.

„Das fand ich auch", bestätigte Andrew. Endlich konnte er das Hemd fallen lassen, die Hose folgte direkt. Er sah noch einmal nach seinem Vater. Der stand mit dem Rücken zu ihm und betrachtete scheinbar interessiert das Partygeschehen. Also lief er ohne ein weiteres Wort ins angrenzende Bad. Er wollte sich einmal kurz abduschen. Es war ein langer, warmer Tag gewesen.

Henry Crawfield seufzte. Jetzt war der Junge endgültig erwachsen. Wie schnell war die Zeit vergangen! Hatte er nicht noch so viel machen wollen mit ihm? Sie hatten immer von einem Roadtrip mit einem alten Ford Mustang die Route 66 runter geträumt. War es jetzt dafür zu spät?

Als Andrew wiederkam, schüttelte er die melancholischen Gedanken ab und drehte sich lächelnd zu seinem Sohn um. „Und hast du Melinda nun verraten, wohin die Reise geht?"

„Nein", stöhnte Andrew und stieg in seine Chino. Für einen kurzen Moment hatte er seine Zweifel glatt vergessen.

„Die Provence ist auf jeden Fall besser für Flitterwochen geeignet, als die Rundreise durch England und Schottland in diesem Luxuszug, die du dir vorher überlegt hattest." Henry lachte.

„Der Zug war deine Idee", bemerkte Andrew.

„Tatsächlich?" Henry kratzte sich am Kopf und Andrew grinste. „Vielleicht solltest du Mum damit überraschen." Er griff nach einem Poloshirt.

„Vielleicht." Henry räusperte sich. „Das hast du übrigens gut hinbekommen, mit der Zeitung. Ich habe mir die Zahlen angesehen und dieser Charlie ist ein toller Kerl!"

Andrew hielt mitten in der Bewegung inne, dann zog er sich sein Shirt schnell über und sah seinem Vater staunend an. Sie hatten in den letzten Monaten immer wieder über seine Ideen für die Neuausrichtung diskutiert.

„Danke Dad", brachte er verblüfft hervor.

Henry ging lächelnd auf seinen Sohn zu und umarmte ihn. „Ich bin stolz auf dich!"

Andrew drückte seinen Vater fest und blinzelte mehrmals. Was für ein Tag!

\*\*\*

„Auf Wiedersehen! Bis bald!" Melinda hing aus dem Fenster der Limousine und winkte. Jetzt war alles unglaublich schnell gegangen. Eben noch stand sie im Zimmer und zog sich um, dann warf sie auch schon den Brautstrauß, den zu ihrer allergrößten Freude Mabel gefangen hatte, und nun saß sie mit Andrew in dem Wagen, der sie in ihre Flitterwochen bringen würde.

„Komm rein Schatz! Sie sehen dich jetzt sowieso nicht mehr!" Andrew zog sachte am Bund ihrer Hose und Mel ließ sich ins Innere des Wagens plumpsen.

„Bist du glücklich?", fragte er. Es sah ihre leuchtenden Augen, aber er wollte es von ihr hören.

„Sehr!", antwortete sie und rückte näher an ihn heran. „Und du?", flüsterte sie.

Mit einem Ruck zog er sie noch näher zu sich. Mels Herzschlag beschleunigte sich augenblicklich. Sie konnte es kaum glauben, vor ihnen lagen drei ganze Wochen nur sie zwei und ein Hotelzimmer.

Andrew sah hinunter auf ihre Lippen. „Ich bin überglücklich", antwortete er, bevor er sie küsste. Auch wenn sie sich heute schon oft geküsst haben, war das der Kuss, den Melinda in Erinnerung behalten würde. Als würde jetzt ihr neues Leben beginnen.

Vorsichtig löste sie sich von ihm. Denn jetzt wollte sie es endlich wissen! „Verrätst du mir nun, wohin die Reise geht?"

„Nein, denn dann ist es ja keine Überraschung mehr!", antwortete er gut gelaunt.

„Das war ja so klar!", antwortete Melinda und lachte.

„Du kennst mich eben gut!", gab er zurück, legte seinen Arm um ihre Schultern und zog sie an sich. „Ich liebe dich, Mrs. Crawfield und ich freue mich sehr auf unser gemeinsames Leben."

Melinda schmiegte sich an ihn und legte den Kopf an seine Schulter. „Ich liebe dich auch, Mr. Crawfield."

## Ende

# Personenverzeichnis

## *Die Hauptpersonen*

**Melinda Miller, genannt Mindy**, will auf Gracewood Hall heiraten und treibt Nigel an den Rand des Wahnsinns

**Andrew Crawfield**, Melindas Verlobter, der ihren wahren Kern erkennt, bevor sie sich dessen bewusst wird

**Henry und Laetizia Crawfield**, seine Eltern

**Lauren Miller**, Melindas geduldige und einfühlsame Mutter

**Michael Miller**, Melindas Vater

**Mabel Miller**, Melindas brave Cousine

**Candice Cliffton**, die Trauzeugin und beste Freundin mit nicht so besten Absichten

**Montgomery Cliffton**, ihr schrecklicher Ehemann

**Marie Grassner**, Hotelinhaberin und Inspiration für Melinda

**Anna**, fröhliche Hotelangestellte

**Dr. Nara**, Ayurvedaärztin, die viel sieht

## *Die Familie, ihre Freunde und Angestellten*

**Richard Bedford**, Oberhaupt der Familie mit Wikingergenen

**Vivien Bedford**, seine Frau, erfolgreiche Künstlerin aus Louisiana mit ganz eigenen Vorstellungen von Traditionen und Kindererziehung

**Nigel Bedford**, ältester Sohn mit roten Haaren und einem eigenwilligen Kleidungsstil

**Arthur Hayes**, Nigels große Liebe, kümmert sich um die Besitzungen der Familie

**Mrs. Mildred Cuthbert**, Haushälterin, Köchin und gute Seele des Hauses

**Maxwell Thompson**, Nigels Schulfreund aus Internatszeiten, ist praktisch auf Gracewood Hall aufgewachsen und will von Liebe nichts mehr wissen

**Liz Sommer**, lebhafte Bloggerin aus Deutschland, wirbelt Max´ Weihnachtsfest auf Gracewood Hall gehörig durcheinander

**Matthew** (Matt) **Gardner**, Stallbursche und „Mädchen" für alles, der für die Liebe seines Lebens nahezu alles tun würde

**Annie Taylor**, Matheass, alleinerziehende Mum von Poppy, arbeitet aushilfsweise auf Gracewood Hall

## die Kinder

**Lilly Thompson**, Tochter von Maxwell und Diana, eine kleine dunkelhaarige Elfe, 6 Jahre alt

**Poppy Taylor**, uneheliche Tochter von Annie und Edward, hat Annies dunkle Haare geerbt, 2 Jahre alt

## weitere Personen

**Rosemary Davis**, die Blumenkünstlerin des Ortes

**Edward Dunbar**, Poppys treuloser Vater, der sich ändern möchte

**Rebecca Hunter**, umwerfende Brünette mit wenig Glück in der Liebe

## Liebe Leserin, lieber Leser,

vielen Dank, dass du mein Buch gekauft hast. Ich hoffe sehr, dass es dir gefallen hat! Über eine kurze oder gern auch lange Rezension würde ich mich sehr freuen. Solche Bewertungen helfen, dass auch andere Leser meine Bücher finden.

Solltest du nach dem Lesen einwenden, dass es zwar ganz nett sei, aber doch unrealistisch sein ganzes Leben und sein Mindset in so kurzer Zeit umzukrempeln, dann hast du Recht.

Sicher kann man nicht mit einer einzigen Entscheidung plötzlich ein ganz anderer Mensch werden und jahrelang erprobte Verhaltensweisen einfach so über Bord werfen. Und vor allem nie rückfällig werden.

Daher lass mich dir sagen, es ist erstens ein Roman. Was du hier gelesen hast ist quasi ein Auszug aus Mindys Leben. Ich bin mir ziemlich sicher, dass sie auch in den nächsten Jahren mit Unsicherheiten, Zweifeln und Ängsten zu tun haben wird. Es kann auch gut sein, dass sie Andrew ab und zu die Führung ihres Lebens überlässt.

Aber dennoch bin ich mir tausendprozentig sicher, dass eine einzige kraftvolle Entscheidung unserem Leben eine neue Richtung geben kann.

Die Kunst ist, sich dann auch daran zu halten. Das erfordert Übung und Entschlossenheit.

Die Kraft und den Willen dazu haben wir alle in uns!

Erinner dich doch nur mal an all die Dinge, die du schon in deinem Leben erlebt hast. Oder auch an alles, was du bereits gelernt hast! Du glaubst mir nicht?

Dann mach dir kurz bewusst, was wir können, wenn wir auf die Welt kommen.

Schreien. Atmen. Greifen. Schlucken.

Ist jetzt nicht so viel.

Hast du mal beobachten können, wie schwer es ist laufen zu lernen. Wie oft Kinder hinfallen und trotzdem wieder aufstehen bis sie es können? Wenn du dabei in ihr Gesicht schaust, siehst du Entschlossenheit und Konzentration. Das ist purer Kampfgeist!
Und weißt du, was das Beste an diesem Beispiel ist?

Das du diese Herausforderung gemeistert hast! Du hast dich auf ein Ziel fokussiert, laufen zu lernen, und hast so lange geübt, bis du es konntest.
EGAL wie lange es gedauert hat. EGAL wie oft du hingefallen bist. EGAL wie weh es getan hat.
Du bist wieder aufgestanden. Wieder und wieder. Und warst dabei nicht einmal einen Meter groß.

Wenn es also etwas in deinem Leben gibt, dass du gern ändern möchtest. Dann los! Ich glaube an dich. Du hast alle Kraft in dir, die du brauchst! Besuch mich gern auf facebook oder instagram und berichte mir von deinem Wunsch, deinem Traum, den du Wirklichkeit werden lassen willst. Benutz #träumelebenaufgracewoodhall und markier mich oder schreib mir eine Email: info@sandrarehle.de

Und wenn du noch etwas Motivation brauchst, dann besuche Gracewood Hall gern noch einmal. Sowohl Liz und Max, als auch Annie und Matt, Nick und Milla standen vor schwierigen oder weitreichenden Entscheidungen und haben sie angepackt.

# Danksagung

Ein Buch zu schreiben war immer mein Traum. Meiner, nicht der von meiner Familie oder meinen Freunden oder meinem Team. Und doch machen sie alle mit! Helfen, wo sie können und genießen diesen wunderbaren und manchmal auch nervenaufreibenden Prozess auch noch. Es ist der Wahnsinn. Ich bin so unbeschreiblich dankbar, dass ihr an meiner Seite seid!

Clara, du bist die Beste. Du bist meine größte Inspiration. Was bin ich froh, dass es dich gibt!

Christin, ich liebe dich so sehr! Egal, wo ich gerade (fest-)stecke, du bist immer da. Ich danke dir von Herzen!

Sandra, nach 20 Jahre kann ich es sagen, bei mir war es Liebe auf den ersten Blick. Ich weiß, dein Wunder wartet auf dich!

Nicole, wow, wie spontan, liebevoll und wunderschön du bist! Ich danke dir sehr und freue mich auf ein baldiges Wiedersehen. Und sorry, die Pusteblumen mussten bleiben. Ich lieb die! ☺

Schatz, wie soll ich in Worte fassen, was so unbeschreiblich ist? Ich liebe dich, deine Anmerkungen, die immer auf den Punkt aber unglaublich unleserlich sind und überhaupt unser ganzes gemeinsames Leben.

Meine Kinder, ich danke euch für eure Geduld, wenn ich mal wieder etwas noch fertig machen muss, für euren Stolz und eure großartigen Ideen. Ihr zwei seid ein Geschenk für die Welt. Wir lieben euch unendlich!

# Winterzauber auf Gracewood Hall

Die aufgeweckte Lifestylebloggerin Liz Sommer hat von der Männerwelt genug.
Da kommt die Einladung, Weihnachten auf Gracewood Hall verbringen zu können, genau richtig!
Kaum angekommen, lernt sie den attraktiven, aber verschlossenen Maxwell Thomson kennen. Auch Max will von Liebe und Romantik nach einem schweren Schicksalsschlag nichts mehr wissen.
Wird es ihnen gelingen, die Vergangenheit hinter sich zu lassen?

ISBN: 375282133
256 Seiten

# Frühlingserwachen auf Gracewood Hall

Die junge Annie Taylor hat sich gut in ihrem Leben als alleinerziehende Mama eingerichtet. Doch mit den ersten warmen Sonnenstrahlen zieht der Frühling auf Gracewood Hall ein und wirbelt alles gehörig durcheinander.
Plötzlich sieht Annie ihren alten Freund Matt mit ganz anderen Augen.
Und dann steht auch noch ihr Ex mit großen Plänen vor der Tür und bittet um eine zweite Chance.

ISBN: 3748190182
316 Seiten

# Sommerfrische auf Gracewood Hall

Nicholas Bedford lebt seinen Traum. Als Fotograf reist er an die schönsten Plätze der Erde.
Als er in der Millionenmetropole Kalkutta die schöne Yogalehrerin Milla Sjögren trifft, ist er von ihrem Wesen sofort fasziniert. Doch bevor er sie richtig kennenlernen kann, verlieren sie sich auch schon wieder aus den Augen. Monate später sieht er sie ausgerechnet auf dem traditionellen Sommerfest von Gracewood Hall wieder, und auf einmal steht seine ganze Welt Kopf.

ISBN: 3749448647
248 Seiten